Pourquoi pas ?

Mylène Viens

Pourquoi pas ?

ROMAN

David

Catalogage avant publication de Bibliothèque et Archives Canada

Viens, Mylène, auteur
    Pourquoi pas? / Mylène Viens.

(14/18)
Publié en formats imprimé(s) et électronique(s).
ISBN 978-2-89597-659-2 (couverture souple). —
ISBN 978-2-89597-689-9 (PDF). —
ISBN 978-2-89597-690-5 (EPUB)

    I. Titre. II. Collection : 14/18

PS8643.I353P68 2018   jC843'.6   C2018-905084-5
                                     C2018-905085-3

Les Éditions David remercient le Gouvernement du Canada, le Conseil des arts du Canada, le Conseil des arts de l'Ontario et la Ville d'Ottawa pour leur appui à leurs activités d'édition.

Les Éditions David
335-B, rue Cumberland, Ottawa (Ontario) K1N 7J3
Téléphone : 613-695-3339 | Télécopieur : 613-695-3334
info@editionsdavid.com | www.editionsdavid.com

*À tous ces personnages
qui font partie de ma vie.*

*À la mémoire de mon ami
Daniel Farley.*

*On dit toujours qu'on est maître de son destin,
qu'il faut écrire soi-même son histoire.
C'est exactement ce que j'ai choisi de faire
en écrivant ce roman,
pour tracer la mienne.*

Avant-propos

Le livre que vous vous apprêtez à lire est bien plus qu'un simple roman. Cette histoire est la mienne. C'est un parfait mélange de réalité et de fiction, de ce qui est arrivé et de ce qui aurait très bien pu arriver.

J'ai souhaité l'écrire pour contrer tous les jugements dont notre société raffole. Pour montrer que, entre vous et moi, il n'y a aucune différence. Nous avons les mêmes désirs et les mêmes besoins. Seulement, notre réalité change. Ne vous méprenez pas, je ne me prends pas pour une messagère d'un groupe à part – loin de là mon intention ! – et je ne veux surtout pas de votre pitié. Je veux simplement partager mon histoire et rappeler que, dans un monde où la différence sépare, l'amour peut unir.

PARTIE 1

Le souhait

CHAPITRE 1

La dernière journée

Depuis que je suis toute petite, c'est ma mère qui s'occupe de moi. Elle a abandonné sa carrière pour prendre soin de sa fille. Heureusement, elle travaillait comme technicienne dans une école primaire. Je m'amuse à dire qu'elle était prédestinée à avoir un enfant quelque peu « différent », qu'elle avait fait ce choix en optant pour un tel métier, même si je sais que cela n'a absolument rien à voir. Elle s'occupe donc de moi vingt-quatre heures sur vingt-quatre, sept jours sur sept, trois cent soixante-cinq jours par année depuis maintenant dix-sept ans. Chaque matin, elle me lève, me prépare et m'envoie à l'école. Quand je suis là-bas, elle profite de son seul temps de répit. Nous attendons ainsi toutes les deux, avec autant d'enthousiasme, le fameux autobus jaune.

– Hé ! Hé ! Salut la p'tite !

Fidèle au poste, ce grand gaillard bedonnant est mon chauffeur depuis déjà quelques années. C'est lui qui m'a trouvé le surnom que tout le monde utilise maintenant. Il faut dire que je le porte bien, puisque je ne fais toujours que la moitié de la taille de mes amis. Avec toutes nos *rides* de bus depuis le début de mon secondaire, on peut dire que Mikael et moi, on se connaît plutôt bien. C'est fou comme une balade en autobus ouvre les yeux et porte à la discussion. Bien que cet homme ait trois fois mon âge, il me semble parfois l'une des rares personnes à me comprendre. Derrière ses quelques rides et ses cheveux gris se cache l'âme d'un adolescent. Avec lui, je peux parler de tout, sans gêne. Il ne se prend pas pour un autre et ne prétend jamais connaître la vérité, comme le font plusieurs jeunes de mon âge. Il se contente de donner son opinion et de s'intéresser à la mienne.

— Salut Mike ! Ça va ?

— Toujours ! Et toi ? me demande-t-il, en sortant du véhicule pour ouvrir la porte arrière et abaisser la plateforme métallique sur laquelle j'engage ma chaise roulante.

Ce bon vieil autobus a été, à de nombreuses reprises, notre sujet de discussion. Avec les deux autres élèves que nous allons chercher, nous avons pris l'habitude, surtout les vendredis soir, de parler de notre projet de fou : rénover cette vieille carrosserie et la transformer en *mini camper*. Notre plan est déjà établi. On enlèverait les quelques sièges, on y installerait une toilette, un super grand lit ainsi qu'une table et de petits bancs confortables. Évidemment, on prendrait soin de repeindre l'extérieur en recouvrant le jaune banane de beaux graffitis à notre image. En fait, on rêvait de vivre la liberté des années 1960-1970, lors du mouvement hippie.

— Ouais, ça va super bien ! Surtout quand c'est ta dernière journée du secondaire À VIE !

— As-tu planifié quelque chose de spécial cet été, pour fêter ça ? demande Mikael, en s'assoyant lourdement sur le siège du conducteur.

— J'aimerais bien aller me promener un peu partout à travers le Québec. Tu me connais, depuis le temps, je voudrais partir libre comme l'air, sur un *nowhere*, mais je crois que ça va finir comme d'habitude à rester tranquille avec ma famille. Pis toi ?

— Moi, j'vais probablement aller pêcher pis chasser dans le Nord. J'ai ben hâte ! Mais j'ai aussi entendu parler d'un nouveau festival country… J'aimerais ben aller y faire un tour avec mes fils. Ça nous ferait une activité entre gars. J'les ai pas vus depuis un maudit bout ! On est tous séparés asteure qu'y'ont chacun leur maison.

Ah oui ! La musique country, Mike adore ça ! Je me souviens du premier matin où je suis entrée dans son autobus. La porte de la maison n'était pas fermée derrière moi que j'entendais déjà des airs aux allures de rigodons. Ce n'était pas un autobus scolaire qui venait me chercher, mais une boîte à chansons ambulante ! Les deux autres élèves et moi avons mis du temps à nous y habituer, mais nous y avons finalement pris goût. Les chansons qui, au départ, nous ennuyaient par leurs paroles anodines ont fini par nous entraîner dans leur danse et leur esprit festif. Les rares matins où Mike s'absentait, nous demandions au remplaçant de mettre la radio au 89,1 FM pour ne pas manquer notre rendez-vous quotidien.

— Ça y est, tout le monde descend ! lance Mike, une fois stationné parmi les dizaines d'autobus au pied de l'imposante bâtisse.

Penché devant moi pour détacher ma chaise, il me pose la traditionnelle question :

— Qu'est-ce tu manges à soir, la p'tite ?

Il me fait toujours rire quand il me demande ça, puisque chez moi je ne me préoccupe jamais des repas. Comme tous les adolescents, j'arrive à la maison vers cinq heures et je questionne ma mère de la même façon.

— Aucune idée !

— Qu'est-ce que t'as mangé hier, *debord* ? Je manque d'inspiration pis c'est moi qui est en charge du souper.

— Hem... Hier ma mère nous a fait du bon spaghetti.

— Ouais, ça pourrait être bon ça... Merci !

— Bye Mike, à tantôt !

Dans l'agitation matinale, je passe le pas de la porte et m'engouffre dans le long corridor menant au vestiaire. Quelques visages me saluent. À la Polyvalente de l'Érablière, nous sommes plusieurs en chaise roulante. Les écoles de quartier n'étant pour la plupart pas adaptées, nous nous retrouvons tous au même endroit. Les immeubles ont beau pousser comme de la mauvaise herbe, les quartiers grossir et les écoles se multiplier, aucun endroit ne peut nous accueillir. Il y a soit une marche infranchissable pour entrer, soit beaucoup trop d'escaliers à l'intérieur ou, même, une absence totale d'ascenseur !

— Salut Myriam ! Comment vas-tu ce matin ? Prête pour cette dernière journée ? me demande mon accompagnatrice qui m'attend près de mon casier.

Suzanne est à mes côtés depuis de nombreuses années pour m'aider dans mes activités quotidiennes. Elle fait partie de l'équipe hors pair qui nous accueille chaque matin pour nous diriger dans nos classes. Sans eux, rien de tout cela ne serait possible !

— Hé ! Hé ! Il ne nous reste plus que quelques heures à faire dans cette école, s'enthousiasme Christian qui arrive derrière moi. Penses-tu sincèrement que ça va nous manquer, tout ça ?

— Salut Chris. Sûrement pas, mais ta compagnie dans le cours de maths, assurément !

Christian est mon voisin de casier, mais surtout mon meilleur ami. On a tout vécu ensemble ! Je suis pratiquement certaine qu'il me connaît plus que moi-même, c'est un peu comme mon grand frère.

— T'inquiète pas, on se verra tout autant, mais sans théorie de Pythagore cette fois ! Tu vas voir, on va juste avoir plus de *fun* ! s'exclame-t-il, en tournant sa chaise d'un bref coup de poignet sur la roue.

Nous avançons dans le long couloir vers l'agora qui fourmille déjà d'activités. Dans la cohue, je perçois la voix grave de celui que je cherche.

— Bonjour, mon amour, dit-il en approchant sa bouche de mon cou.

Eh oui, c'est dans ce merveilleux univers que j'ai rencontré mon copain Jérémy. On sort ensemble depuis près de deux ans, mais on se connaît depuis longtemps. On s'est rencontrés en secondaire 1, lors de la journée d'accueil, quand nos pères se sont reconnus dans la foule et ont commencé à discuter. À ce moment, je ne me serais jamais doutée qu'à peine quelques années plus tard, il serait le premier à embrasser mes lèvres. Grand, les cheveux bruns et des lunettes, il n'a pas changé d'un poil, à l'exception des quelques-uns qui lui ont poussé au menton! À ses côtés, je peux enfin être moi, tout simplement! Toutefois, je sens que quelque chose change entre nous. C'est peut-être seulement une impression due à la fin du secondaire qui approche, la fin d'une grande étape dans nos vies.

* *

*

La journée s'amorce avec l'un des cours que j'aime le moins : Éthique. Du plus loin que je me souvienne, je n'y ai jamais rien appris. Cette heure ressemble plutôt à... n'importe quoi! Je me rappelle y avoir vu un nombre infini de films – dont au moins cinq fois la première heure de *Transformers* –, y avoir colorié de nombreux mandalas et même y avoir passé un examen sur les différentes manières d'embrasser! Inutile de vous dire que ma professeure est un peu cinglée...

Malgré tout, je me rends dans la classe avec mon accompagnatrice. Dès le début, Mme Grégoire annonce les couleurs de l'activité. Pour cette dernière rencontre, elle a décidé que l'on aurait une petite discussion de groupe. Étalant un paquet de cartes sur la table, elle en pige une et choisit un élève. Suzanne décide de sortir pour ne gêner personne, car les sujets peuvent être autant d'ordre personnel que sexuel ou philosophique.

Les questions s'enchaînent, les confessions se font entendre et les rires éclatent. L'heure est à la fête. Mon tour est maintenant venu. Même si je connais tout le monde, j'éprouve un léger stress.

— Je ne pige pas de carte Myriam, puisque j'en ai préparé une spécialement pour toi. Qu'est-ce que tu ferais s'il ne te restait que quarante-huit heures à vivre ?

Moi qui n'ai habituellement pas la langue dans ma poche, je suis bouche bée. Je ris un peu pour faire passer le malaise. Ce n'est pas la première fois que je m'interroge là-dessus, mais habituellement, aucun auditoire n'attend de réponse de ma part et je peux vraiment être franche envers moi-même.

Les voyant tous pendus à mes lèvres, je ne sais que dire. La question ne m'est visiblement pas adressée par hasard, je suis la seule en chaise roulante dans ce groupe. Étrangement, à la seconde où elle s'abat sur moi, un visage vient me hanter, celui d'Éric, mon premier béguin. Plutôt grand pour son âge, les cheveux châtains courts, il fumait du *pot* et était du genre à commencer les bagarres. Il n'avait vraiment aucun point en commun avec moi ! Pourtant, on aimait bien rigoler ensemble. Il a eu une réelle importance à mes yeux, puisque auprès de lui je ne me sentais pas différente. Il me traitait comme les autres. Il ne m'épargnait pas. Quand il voulait me poser une question un peu plus malaisante, il n'y allait pas par quatre chemins. Je pouvais lui répondre avec la même franchise. Du jour au lendemain, il a disparu de ma vie, de mon quotidien, de mon école.

Perdue dans mes rêveries, je ne me rends pas compte du temps qui s'écoule. La professeure, maintenant debout devant moi, attend toujours. Je finis par bafouiller le fond de ma pensée.

— Je ne sais pas trop… Je crois que… je crois que j'essayerais de retrouver des personnes qui m'ont marquée… des gens qui, par leur simple présence, m'ont changée à tout jamais. Je voudrais leur dire… je voudrais qu'ils sachent l'impact réel qu'ils ont eu dans ma vie. Je voudrais les serrer fort dans mes bras, les embrasser, leur dire enfin la vérité… leur dire toutes ces choses qui ne se disent pas habituellement, en toute franchise ! Je voudrais simplement les remercier d'avoir été là pour moi, au bon moment.

Souriante, la professeure semble plutôt satisfaite. Au fond de la classe, je vois mes amis me faire des signes, mais malgré leur air joyeux, je devine leurs yeux humides. J'en veux à l'enseignante. Pourquoi n'a-t-elle pas pigé une carte au hasard, comme elle l'a fait pour tous les autres ? Voulait-elle réellement créer un malaise ? Parce qu'il est évident que c'est ce qu'elle a fait. On jurerait qu'un vent glacial est passé dans la salle. Elle voulait sans doute faire un bilan de notre passage au secondaire, voir ce que l'on en avait retenu, qui nous étions devenus… Seulement, comme à son habitude, elle ne s'y est pas prise de la bonne manière.

Malgré tout, les questions s'enchaînent. Mme Grégoire se contente maintenant de piger des cartes sur la table. Peut-être a-t-elle enfin pris conscience de son erreur ? Peu à peu, une confiance précaire s'installe, mais moi, je demeure obnubilée par l'idée de n'avoir plus que quarante-huit heures à vivre.

* *

*

En sortant du cours, je mentirais si je disais que j'ai toute ma tête. C'est complètement ridicule ! Pourquoi n'ai-je pas d'abord pensé à ma mère et à mon père, qui m'ont tout donné, qui se sont occupés de moi sans arrêt depuis que je suis née ? Pourquoi n'ai-je pas pensé à mes amis, qui ont toujours été là pour moi ? C'est à rien n'y comprendre ! Et surtout, pourquoi n'ai-je pas pensé à mon chum qui m'aime tant ? Pourquoi un autre visage masculin est-il venu se poser dans ma tête à cet instant précis ?

J'aime Jérémy. Pourtant, je ne peux m'empêcher de me demander si les choses se seraient déroulées autrement entre nous si nous n'avions pas été tous les deux en chaise roulante. Oui, je ne l'ai pas précisé plus tôt, mais nous sommes atteints de la même maladie qui affecte tous les muscles du corps et rend chaque mouvement de plus en plus difficile. Nous ne sommes cependant pas touchés de la même manière. Jérémy est atteint de la forme de dystrophie musculaire la plus tristement connue. Sa maladie se développe uniquement chez les garçons et progresse malheureusement très rapidement, rendant son état plus dégénératif. Contrairement à moi, il a su ce que c'était que marcher et avoir une vie « normale », ne serait-ce que quelque temps. Moi je n'ai jamais marché, je n'ai jamais été forte. Je suis comme une poupée de chiffon ! Je ne peux pas manger seule, me lever ou même me soulever un tant soit peu. C'est comme si mes bras et mes jambes étaient trop lourds pour ma force physique. Bien sûr, avec les années, mes membres deviennent plus grands, plus lourds et, une chose en entraînant une autre, mon état se dégrade également, mais plus graduellement que celui de mon petit ami.

Comme pour la plupart des jeunes couples, nos sentiments se sont réellement développés au secondaire. Pendant nos cours de science, lors de nos travaux d'équipe, nous aimions nous taquiner et rire ensemble et, de fil en aiguille, les premiers battements de cœur se sont fait entendre.

Partageant une situation semblable, nous en discutions ouvertement. Dans nos élans de folie, nous pensions quelquefois à notre futur. Ces histoires commençaient comme les meilleurs contes de fées, nous deviendrions des petits vieux ratatinés, toujours aussi follement amoureux. Nos épisodes de rêverie tournaient au cauchemar, lorsque nous entrevoyions le jour où, nos mouvements devenant de plus en plus restreints, nos lèvres ne pourraient plus se toucher. Le jour où ses lèvres ne trouveraient plus le chemin des miennes. Le jour où nous serions tous les deux complètement prisonniers de nos corps. Vision insupportable ! Juste à y penser, mon cœur se déchirait en mille miettes ! Je ne demandais pas la fin du monde. Je ne demandais pas de marcher, de courir, ni même de pouvoir lui faire l'amour – quoique je le désire ardemment ! Je demandais simplement de pouvoir embrasser mon copain !

J'ai hésité avant de m'engager dans cette relation. Je savais qu'elle serait difficile. Nous nous comprendrions et nous épaulerions mutuellement, mais nous serions sans cesse confrontés à notre triste réalité, impossible à oublier. Comme toutes les amoureuses, je m'étais questionnée sur mes sentiments. Partagions-nous un amour fort ou n'était-ce qu'une question de circonstances ? Que deux personnes handicapées soient en amour, c'est ce que tout le monde souhaite ! Même les proverbes le disent : « Qui se ressemble, s'assemble ! » Le chemin entre moi et Jérémy était tout tracé. Était-ce la facilité qui nous avait réunis ?

Je ne sais plus quoi penser. J'ai l'impression qu'il y a quinze Myriam en moi, qui essayent de me conseiller et de me guider, mais elles parlent toutes en même temps. Dans cette cacophonie, une seule personne peut réellement m'aider : Christian.

Je le cherche partout durant la pause, dans chacun des couloirs de l'école. Dès que je l'aperçois, je pousse un long soupir de soulagement. Nos regards se croisent et il comprend l'urgence du moment. Il me fait un sourire moqueur.

— Qu'est-ce qu'il y a, Myriam ? On dirait que t'as vu un fantôme !

— Je sais pas ce qui se passe, Chris… Je sais plus quoi faire… Pourquoi je me sens prise au piège comme ça ? C'est pas la première fois que ça m'arrive, j'ai eu d'autres signes auparavant, mais… Un événement, une simple question de madame Grégoire peut pas tout briser aussi facilement ! Qu'est-ce que je fais ? Je ne suis plus sûre de ce que je ressens pour Jérémy…

Christian baisse les yeux et laisse tomber un long soupir. Je sais qu'il ne porte pas Jérémy dans son cœur.

— Tu peux pas continuer à te mettre à l'envers comme ça.

Pour mieux me saisir, il s'approche de moi, plonge son regard dans le mien, pose ses deux mains sur mes épaules et me secoue un peu.

— Tu dois agir. Fais comme tu veux, mais agis ! Ça peut plus durer. Si tu doutes constamment, il y a peut-être une raison !

CHAPITRE 2

Le rêve impossible

— Salut la p'tite! Ça va bien? Tu dois être contente, t'as fini l'école! Pour de bon cette fois!

— Ah... ça va... mais mettons que c'est pas ma journée... J'ai connu mieux!

— Qu'est-ce qui t'est arrivé?

— Eh bien... j'ai rompu avec Jérémy, murmuré-je pendant que la plateforme me hisse dans l'autobus.

Mike reste sans mots. Je le vois se tourner pour chercher Jérémy du regard, lui qui ne se trouve habituellement jamais bien loin à cette heure.

— Qu'est-ce qui s'est passé? Y'a-tu fait quelque chose?

— Non, c'est pas sa faute... il a été génial. C'est moi... j'ai des doutes sur la nature de mes sentiments.

— T'inquiète pas, un jour tu vas trouver le bon! C'est normal que les sentiments évoluent, pis c'est pas toujours comme on voudrait.

Mike me fait alors le plus beau des sourires et me donne une petite tape sur l'épaule avant de prendre place derrière le volant.

– Viens, on va te remonter ce moral-là avec une bonne crème glacée molle ! Aujourd'hui, c'est moi qui paye la tournée !

Depuis déjà trois ans, la tradition de la crème glacée pour célébrer la fin des classes a été adoptée dans mon autobus, au grand bonheur de tous. Nous adorions cet événement qui nous permettait de jaser plus longtemps autour d'une collation rafraîchissante avant de nous séparer pour l'été. C'est Mike qui a d'abord proposé l'activité et nous étions tous emballés. Il a dû convaincre nos parents, car il fallait qu'ils soient d'accord. Personne ne devait s'inquiéter ou se plaindre du retard à la maison. Nos parents ont chaleureusement accueilli l'idée, étonnés de voir un chauffeur de bus entretenir une si belle relation avec ses jeunes passagers.

Cette année, toutefois, la crème glacée me laisse un arrière-goût. Il y a quelque chose de différent dans l'air. Savourant une grosse cuillère de mon sundae aux framboises, je prends conscience que je ne reverrai plus mes fidèles acolytes en septembre prochain. Bien sûr, nous nous promettons de nous revoir, de nous tenir au courant et de nous écrire de temps à autre, mais je sais bien, au fond de moi, que plus rien ne sera comme avant.

Comme je suis la dernière à descendre, j'ai la chance de saluer mes deux amis et de leur souhaiter les meilleures vacances qui soient. De gros becs mouillés et des câlins s'échangent. Une fois seule dans l'autobus, je suis envahie par un sentiment d'ambivalence : j'ai hâte de découvrir de nouveaux horizons, de rencontrer de nouvelles personnes, de plonger dans l'aventure tête première, mais je ne veux pas quitter ma vie, mes amis, mon quotidien. Un certain vertige me prend à la gorge pour me couper le souffle. Je trouve que le temps passe trop vite, que les choses changent trop rapidement. Quand je dis ça, on jurerait entendre ma grand-mère mais, au fond, elle a peut-être raison.

Si je dois réellement tout perdre de ma routine, de mes amis, de mon école, de mon chum, je ne dois pas le faire à moitié. Je dois jouer le tout pour le tout! Je dois prendre mon envol. Je dois partir. Partir loin, partir sans mes parents et sortir de ma routine sécurisante. Je veux voir comment je peux me débrouiller ailleurs.

La seule question à résoudre, c'est le « comment ? ». Dans ma condition, c'est loin d'être négligeable! Je ne peux pas simplement prendre une voiture et aller sur un *nowhere*. Je dois trouver quelqu'un capable de prendre soin de moi, dénicher un véhicule adapté, prévoir une destination accessible… Au-delà des équipements, les personnes prêtes à se dévouer pour une jeune fille comme moi ne courent pas les rues!

— Allez Myriam! On est rendus chez toi.

Pendant que Mike me détache, je parle sans arrêt comme pour repousser le retour à la réalité. Dans un élan de folie, je pense au plan de fou que nous avons si souvent élaboré.

— Tu sais, Mike, tu n'as aucune idée d'à quel point j'ai envie de prendre le large, pour vrai! Notre *road trip* en autobus, j'aimerais tellement ça le faire! Tout dans ma vie est tellement prévu d'avance et planifié. J'ai besoin d'aventures!

Sans laisser la chance à Mike de répliquer, je poursuis sur ma lancée et deviens de plus en plus excitée. Les choses vont si vite dans ma tête, les mots s'enfilent les uns à la suite des autres, sans que j'aie la chance de reprendre mon souffle. Je déverse une avalanche de mots à la vitesse de mes pensées qui s'entrechoquent.

— Au fond, qu'est-ce que l'on a à perdre ? Prenons la première entrée d'autoroute et partons ! On réussira ben à s'arranger ! On se connaît depuis longtemps, je sais que ça va bien aller et, si jamais ça dérape, ben on reviendra ! Au moins, on aura essayé ! Un peu de folie n'a jamais tué personne, après tout !

— Je ne crois pas que tes parents seraient ben contents, rigole-t-il.

— Ils s'en remettront, ils me connaissent ! Ils savent que j'ai soif d'aventures. Je crois même que, d'une certaine manière, ils sont un peu contents que je sois en chaise roulante ! Ça leur épargne beaucoup de problèmes, je peux te l'assurer ! Tu sais aussi bien que moi que je ne serais pas un ange. Les mauvaises fréquentations et les risques m'ont toujours tentée.

— J'espère que tu ne me comptes pas parmi tes mauvaises fréquentations !

— Bien sûr que non, Mike ! Mais grâce à moi, tu pourrais passer à l'histoire… lancé-je, une pointe de défi dans la voix.

— Ah oui et comment ?

— Eh bien, une fugue avec une handicapée, cela ne s'est jamais vu dans le monde !

— Tu veux dire un kidnapping ?

— La police pourra croire ça au départ, mais elle se rendra vite compte que je t'ai suivi de mon plein gré. Je ne voudrais pas te faire perdre ton emploi quand même !

— Ouf… je pense bien que, peu importe ce que tu dirais, je perdrais ma *job* pareil…

– Oui, tu as sûrement raison… mais les gens parleraient de toi des années durant! Dans cinquante ou soixante-dix ans, les gens se souviendraient encore du chauffeur de bus scolaire qui aurait permis à une jeune handicapée de fuguer en toute sécurité. Les gens se souviendraient de toi, Mike!

Ce n'est certes pas sérieux, mais il y a un fond de vérité dans ce que nous disons. Comme d'autres rêvent de gagner à la loterie après des années de misère, je rêve de partir. Partir loin. Partir seule. Juste partir.

Pendant notre délire, les portes grinçantes de la ferraille jaune s'ouvrent devant moi et je commence ma descente. Nous sommes maintenant là, devant ma maison, à discuter face à face de scénarios plus inimaginables les uns que les autres, qui ne verront probablement jamais le jour.

– Écoute, amuse-toi bien, prends soin de toi et ne fais pas trop de folies!

– Merci, Mike. Toi aussi! Prends soin de toi et de ta petite famille. Amuse-toi!

Mike remonte dans son grand carrosse et je me retourne en direction de la rampe d'accès qui mène à ma maison. Juste avant que je franchisse le seuil de la porte, j'entends un sifflet des plus stridents. C'est Mike qui m'interpelle de sa fenêtre.

– Myriam! N'oublie pas ton vieux chauffeur. Donne-moi de tes nouvelles cet été. Écris-moi des courriels de temps en temps.

– Promis.

CHAPITRE 3

Le docteur McFault

Pendant mes vacances, ma mère en profite toujours pour me faire voir mes différents spécialistes. En effet, j'en ai pour les fins et les fous ! Pneumologue, inhalothérapeute, rhumatologue, neurologue… sans compter les examens annuels chez le médecin de famille et les rendez-vous nécessaires à l'entretien de mes équipements. Je pourrais passer le plus clair de mon temps dans les hôpitaux : une prise de sang par-ci, un rayon-X par-là… Pour les médecins, je suis comme un rat de laboratoire atteint d'une maladie qui respecte toutes les normes établies. Combien de fois ai-je expliqué l'un de mes symptômes et me suis-je fait répondre, dans un français cassé, « C'est pas étonnant ! » par un médecin baissant la tête et levant la main, comme pour repousser ce que je venais tout juste de lui dire ? Devais-je être rassurée ou inquiète ? J'ai choisi de rester optimiste, tout se déroulait comme prévu, après tout !

Aujourd'hui, en prévision de mes dix-huit ans qui approchent à grands pas, je rencontre mon nouveau pneumologue. Ayant été suivie de près à l'hôpital pédiatrique, je dois maintenant faire le saut chez les adultes. Cela ne m'inquiète pas. Je ne serai pas trop déstabilisée, puisque l'Hôpital général se trouve juste derrière celui des enfants. L'ambiance n'en sera pas trop changée non plus car, dans ces deux établissements, l'anglais règne – langue que je ne maîtrise pas tout à fait, mais qui est devenue pour moi synonyme de traitements, de séjours en soins intensifs et, quelquefois, d'opérations. Eh oui, il y a de ces mots, comme *surgery*, que je saisis toujours dès les premières syllabes, peu importe l'accent.

À l'entrée, on me dirige vers le centre de réadaptation situé derrière, où le médecin va me rencontrer. C'est si calme. Personne ne court ou ne crie, comme dans l'hôpital des enfants, c'en est presque déroutant. Je m'y retrouve néanmoins, grâce à l'odeur stérile qui m'est familière. Dans la salle d'attente, il n'y a que des personnes âgées : quelques-unes amputées d'une jambe se déplaçant en chaise manuelle et d'autres, assises dans leur triporteur, avançant à vive allure, leur bombonne d'oxygène derrière eux. Cette vision m'amuse. Je sais pertinemment que plusieurs y verraient beaucoup de tristesse et de désolation, mais moi, j'y vois un certain réconfort. Je nous trouve plutôt rigolos tous ensemble. On croirait un cirque avec ses différentes bêtes, toutes aussi spéciales les unes que les autres. Chacun de nous a des particularités qui nous permettent de faire des choses que les autres ne peuvent normalement pas faire.

– Myriam ! Qu'est-ce que tu fais ici ? Je pense que tu t'es trompée d'endroit, c'est l'autre côté pour les enfants, rigole mon ami.

— Salut Dave! Ben oui, ç'a ben l'air que je ne suis plus une enfant! Je suis dans la même gang que toi asteure. Toujours en train d'écouter de la musique, dis-je en pointant les écouteurs plongés dans ses oreilles. C'est quoi ta dernière découverte?

— Un groupe français, il s'appelle Pendentif. Écoute ça!

Dave possède une connaissance ahurissante du monde musical. Il sait toutes les paroles des chansons par cœur et a en tête une biographie pour chaque artiste, même le batteur en arrière-scène, dont la plupart des gens ignorent l'existence. C'est un vrai spécialiste!

— Wow, c'est bon! J'avais jamais entendu parler...

Dave se met soudain à me faire la discographie du groupe. Il parle si vite qu'il doit reprendre son souffle et allonger les lèvres jusqu'à un petit tuyau blanc, semblable à une grosse paille, qui pend près de sa bouche. Accroché par de nombreuses attaches, pinces et tuteurs, ce tube va jusqu'à l'arrière de sa chaise roulante et est raccordé à une console de métal blanc, où une suite de chiffres et de lumières s'affiche constamment. Cet engin est vital pour Dave, puisqu'il lui permet de respirer plus profondément, en lui donnant une décharge d'air qui lui gonfle les poumons.

Par réflexe, au début, je retenais mon souffle jusqu'à ce qu'il respire à nouveau. Heureusement, le jeu de ses yeux et ses mimiques ont rapidement su me faire oublier ma synchronisation respiratoire. Maintenant, je ne remarque sincèrement plus rien de tout cet embarras, pour ne voir que cet homme original et rieur.

– C'est la première fois que tu viens ici ? Il est temps que tu fasses la connaissance de quelqu'un, je crois. Regarde, il s'en vient. Tu vas l'adorer, j'en suis sûr !

De la salle d'attente, je vois apparaître au bout du corridor un grand monsieur avec un chapeau de cowboy noir, accompagné de son chien blanc. D'un pas enjoué, l'animal guide son maître vers ma mère et moi.

– *Hello darling! How are you?*

– *Good, thanks, and you?*

– *Good. It's a beautiful sunny day!*

L'homme se met soudain à me baragouiner de longues phrases dans la langue de Shakespeare, que je ne comprends évidemment pas vraiment. Il s'interrompt soudainement et j'en déduis qu'il vient de me poser une question.

– *Excuse me, do you speak French?*

L'homme sourit et poursuit en bon français québécois.

– Oui, bien sûr ! Je te présente mon chien Dylan. Tu aimes les animaux ?

Le caniche royal approche sa tête de ma main et glisse son museau humide sous mes doigts, comme pour se faire flatter.

– Comment pourrais-je ne pas l'aimer ? Il est trop mignon ! Vous faites de la zoothérapie ?

– Oui, regarde ! Dylan a même sa carte de spécialiste.

Il me montre avec enthousiasme l'une de ces cartes plastifiées que les médecins accrochent à leur chemise. On peut y voir la photo de Dylan, assis fièrement, juste au-dessus de son nom et de sa fonction : « *Therapy dog* / Chien thérapeute ».

L'homme et le chien deviennent rapidement le centre d'attention. Les gens sourient à Dylan et s'en approchent pour le caresser. Bientôt, tous sont attroupés autour de nous.

— *Mrs. Myriam Desharnais is requested in room number eight. Mrs. Myriam Desharnais is requested in room number eight.*

L'interphone me ramène à l'ordre. Saluant Dave, je me dirige en compagnie de ma mère vers le long corridor où chaque porte est numérotée. En entrant dans la salle, je suis accueillie par un étudiant qui me pose les questions que je connais par cœur. Mes réponses restent les mêmes qu'à l'habitude. Tout semble très stable. Ayant soigneusement rempli le formulaire, il s'éclipse un instant pour discuter avec le médecin, avant de revenir en sa compagnie, pour l'examen complet.

— *Hello Myriam, my name is Doctor McFault. How are you today?*

— *Hello! Good and you?*

— *Not so bad, not so bad...*

Arborant la chemise blanche et portant un stéthoscope comme unique bijou, le D^r McFault correspond à l'image parfaite d'un médecin. Il est grand, porte des petites lunettes rondes sur le bout du nez et a les cheveux courts, poivre et sel, mais tout de même assez longs pour dissimuler — ou du moins pour tenter de dissimuler — un début de calvitie, que j'aperçois dans le reflet du miroir accroché au mur. Il remonte ses lunettes et ouvre mon dossier pour le consulter. Je ne le connais pas suffisamment pour en être bien certaine, mais je trouve qu'il affiche un air sérieux, voire grave, et semble plutôt nerveux. Je commence à m'inquiéter : mes résultats sont-ils si mauvais ? Ont-ils fait une erreur dans le test? Mon regard passe du médecin au jeune interne. Pour briser le silence, l'étudiant qui parle très bien français s'informe de ce que je fais en ce moment dans la vie. Suis-je aux études? Dans quel domaine? Qu'est-ce que je veux faire plus tard comme métier? Je lui dis que je viens de terminer mon secondaire et que, dès la fin d'août, je vais commencer mon cégep en littérature, dans le but de devenir, j'espère bien, journaliste ou chroniqueuse. Pendant que je lui dévoile mes plans et mes objectifs de vie, je vois du coin de l'œil le médecin lever la tête et écouter attentivement chacune de mes réponses. Il pose mon dossier sur une table, loin derrière, et me fixe droit dans les yeux.

— *Myriam, do you want to live?*

Je reste bouche bée. Jamais personne n'a été aussi direct. Que s'est-il passé? Est-ce que mon état a gravement empiré? Je me sens pourtant en pleine forme! Le médecin continue de baragouiner des explications que je n'écoute plus que d'une oreille. J'en comprends tout de même qu'il suit plusieurs patients, atteints comme moi de dystrophie musculaire et que, pour certains, il a dû effectuer une incision à la gorge pour y installer une trachéotomie qui les ventile dorénavant jour et nuit. Ne pouvant plus bouger, ils sont maintenus en vie par cette machine qui leur permet de respirer. Il m'explique que ces patients n'ont pas ma maladie spécifiquement, mais bien celle de Jérémy, ce qui me trouble tout autant. Nous avons beau avoir rompu, je nous imagine tous les deux dans cette situation et j'ai une envie effroyable de crier! C'est injuste d'être ainsi limité!

— *I mean... do you want to live, no matter what happens?*

Dans ses yeux, que je fixe maintenant de toutes mes forces, je lis sa réelle inquiétude. Il veut savoir si, le cas échéant, je désire qu'il me sauve. Il me demande, en toute franchise, si je veux qu'il me maintienne en vie de la sorte. Les questions que l'étudiant m'a adressées visaient à déterminer si j'étais encore attirée et excitée par les aventures de la vie. D'une voix ferme et assumée, je lui réponds aussitôt : « *YES!* » Soutenant encore un moment mon regard, le D^r McFault finit par m'offrir un subtil sourire, avant de s'approcher de moi en silence pour procéder à l'examen.

* *
*

En sortant de ce rendez-vous, pas besoin de vous dire que je suis en furie ! Contre ce médecin, que je n'aimerai assurément jamais, contre ma maladie, qui me rattrapera tôt ou tard, mais aussi contre moi-même. J'aurais dû répliquer à la brutalité cruelle du médecin. Les choses sont déjà assez difficiles, nous n'avons pas besoin de nous les faire cracher au visage. Un peu de tact aurait été grandement apprécié !

Assise à mes côtés, ma mère n'a absolument rien manqué de la scène. Elle sait la rage qui m'habite et m'offre comme réconfort ce que je préfère le plus au monde et qui me redonne le sourire en toute circonstance : un café latté du Second Cup ! Cela peut sembler banal et anodin, mais cette potion raffinée me remplit toujours de joie et d'espoir. Dans mon cas, les effets de la caféine dépassent largement les normes. Lorsque je bois un latté, je suis prête à affronter le monde entier !

Avant de rentrer à la maison, nous arrêtons dans un parc pour déguster ce nectar. En silence, je pense à ce qui s'est passé dans la dernière heure. Je ne veux pas savoir ce qui m'attend, ce que la vie me réserve. De toute manière, personne ne peut réellement le prévoir. Personne n'aura raison de moi, pas même ma maladie! Oui, je suis handicapée, et alors? Je vais leur prouver à tous ces médecins et à tous ces gens complètement rationnels que je suis bien plus que ça! Les autres auront beau dire ce qu'ils veulent, c'est ma vie et j'en ferai bien ce que je veux!

Une enfant interrompt mes pensées lorsqu'elle s'approche et me confie que je ressemble à la petite sirène Ariel, avec mes cheveux roux et mes jambes «brisées». Je souris. Elle a raison. Comme elle, je suis à la quête d'aventures et d'une nouvelle réalité. Comme Ariel, je suis prisonnière de mon corps.

CHAPITRE 4

L'offre inespérée

Lundi 25 juin 2018   11 h 46
À : Myriam Desharnais (miss.mymy@hotmail.com)
De : Mikael Lapierre (chantal65@hotmail.com)
Objet : Festival country

Salut la p'tite !

Comment vas-tu ? J'espère que tu passes un bon début de vacances, avec la belle chaleur qu'il fait ces temps-ci. De mon côté, je profite bien de mes congés. Je travaille fort sur mon chalet, à Val-des-Monts, avec ma femme Chantal. On a presque tout sablé la terrasse de bois en arrière et on se prépare maintenant à la peinturer. On n'a pas encore choisi la couleur, mais tu me connais, je vais laisser Chantal décider. Elle a sans aucun doute plus de goût que moi pour ce qui est de la décoration ! Quand j'ai acheté cette maison, elle avait beaucoup de cachet, mais avec les trucs design de Chantal, on dirait un vrai chalet de rêve ! Il y a tout de même du travail à faire pour remettre ce petit bout de paradis au goût du jour, mais j'ai confiance! Mes gars étaient supposés venir nous aider durant leurs vacances, mais finalement, Claude nous a annoncé la semaine passée qu'il irait plutôt chez sa belle-famille, dans le Nord, pour aider sa belle-mère qui vient tout juste de se faire opérer au cœur pour des pontages. Robin ne pourra pas non plus se libérer, puisqu'il travaille d'arrache-pied, pendant que plusieurs chantiers de construction sont ouverts, dans le but d'amasser le plus d'argent possible pour la venue du premier bébé de la famille. Eh oui, tu as bien compris, Myriam, je vais bientôt être grand-papa!

Bref, tout cela pour dire que je n'ai plus de *partners* pour aller à la fameuse fin de semaine du Festival de musique country, dont je t'ai parlé, qui a lieu dans deux semaines près de Québec. Tu connais Chantal, le country, c'est pas son truc. Je me demandais donc si l'idée de venir te tentait? Ce que tu m'as dit la dernière fois, concernant une fugue, m'a beaucoup fait réfléchir. Je comprends que tu veuilles faire ça... Malheureusement, je ne suis pas le gars pour t'aider. Je ne peux pas m'occuper de toi, je ne suis pas qualifié, mais je peux te fournir le transport si tu veux. Je me rends à Québec de toute façon! Il suffit que je prenne l'autobus adapté qui traîne en ce moment dans ma cour à cause des grosses rénovations à la *shop* cet été. Je suis le seul à l'utiliser et ils n'ont pas vraiment de place pour l'entreposer durant les travaux. Le voyage se ferait donc sans trop de problèmes. Si tu trouves quelqu'un qui peut t'accompagner, on part!

Évidemment, je veux que tu prennes le temps de bien y penser avant de me répondre. Je veux ABSOLUMENT que tes parents soient au courant, parce que même si j'aimerais bien passer à l'histoire, comme tu dis, je ne veux pas qu'on se souvienne de moi comme d'un voleur d'enfants !

Dis-moi ce que t'en penses.

Mike

Je n'en crois tout d'abord pas mes yeux ! Je dois lire le message à plusieurs reprises avant d'en comprendre tout le sens. Je ne l'aurais jamais cru prêt à faire une telle chose pour moi, une simple élève qu'il transporte depuis maintenant des années. Au fond, il ne me doit rien et c'est ce qui me touche le plus dans son offre. Évidemment, même avec sa proposition, ma fugue n'en est pas réalisée pour autant. Pour concrétiser mon projet, il me faut beaucoup plus qu'un chauffeur et un véhicule adapté, mais c'est tout de même un très bon début ! Il me faut quelqu'un de formé exprès pour moi et suffisamment responsable pour tout gérer. En même temps, cette personne ne doit pas trop s'en faire et doit pouvoir s'amuser avec moi. Je ne voudrais pas qu'elle s'inquiète constamment et qu'elle prévoie tout. J'ai déjà assez d'une mère !

Ce simple courriel me remplit de joie et de confiance. Une perche m'est tendue. Au fond, qu'ai-je à perdre ? Sur le coup, je n'en glisse pas un mot à maman. Je ne veux surtout pas faire anéantir mon projet alors qu'il n'est encore qu'à l'état embryonnaire. Pour bien planifier le tout, je décide d'aller me promener dans mon quartier. Prendre le large, seule, me remet toujours les idées en place.

Cheveux au vent, rassurée par le souffle chaud sur ma peau, je sens la liberté autour de moi. Je parcours toutes les rues de mon quartier – si je ne passe pas deux ou trois fois dans les mêmes ! –, puisque je me suis promis de ne pas retourner à la maison sans avoir un plan de *match*, aussi minime soit-il. Les cartes sont sur la table, c'est à mon tour de jouer ! Pour prendre un peu de recul, je me dirige vers mon lieu de prédilection. Il se trouve à quelques pas de chez moi, en périphérie d'un parc assez populaire. À l'arrière, il y a trois arbres qui forment une sorte de tipi. Installée au centre de ce trio, je me sens à l'écart du monde, simple témoin de la vie des gens qui s'amusent autour. Ainsi en retrait, il est plus facile pour moi de réfléchir et de prendre des décisions sur ma vie.

Dans cet état d'esprit, je consulte la liste de tous mes contacts sur mon cellulaire. Je garde toutes les portes ouvertes, je ratisse large dans mon carnet d'adresses. Oui, je cherche quelqu'un pour s'occuper de moi, mais je reste à l'affût de personnes qui pourraient me refiler le nom de quelqu'un. Prête à tout pour cette escapade, je tombe sur le numéro d'Élisabeth. En voyant son nom apparaître sur l'écran, je n'ai plus aucun doute : j'ai trouvé LA personne qu'il me faut ! Pourquoi n'y ai-je pas pensé avant ?

Élisabeth a travaillé pendant près de deux ans à la maison, pour donner un peu de répit à ma mère. Elle a été notre première employée, la meilleure qui soit. Elle et moi nous entendions à merveille ! Elle me connaissait sous toutes les coutures. Je me souviens de nos longs fous rires. Vers la fin, j'ai réussi à convaincre mes parents de lui laisser la *van* adaptée, afin que nous puissions sortir en ville. Avec elle, j'ai eu la chance de goûter un tant soit peu à la liberté. Nous allions dans le centre-ville d'Ottawa, au restaurant, dans des petits cafés, au cinéma… Quand elle est allée poursuivre ses études à Montréal, ce fut une grosse perte. J'étais très contente qu'elle soit finalement acceptée dans le domaine d'études de son choix, mais j'étais vraiment triste de ne plus l'avoir à mes côtés. Bien plus qu'une simple employée, elle était devenue ma grande amie.

Elle a quitté la région depuis pratiquement un an. Nous nous sommes évidemment revues, lorsqu'elle est venue dans le coin durant ses vacances. Je me souviens de lui avoir parlé de mon désir de partir seule, sans mes parents, en territoire inconnu. Nous avons alors discuté, sans filtre, de tout ce que nous pourrions faire : l'idée d'un saut en parachute et du parapente était même sortie. Nous ne faisions que rêver, alors pourquoi nous censurer ? Nous voulions faire quelque chose de mémorable. Sage et responsable, Élisabeth a un côté un peu fou et rebelle, tout comme moi. En effet, l'année dernière, elle a entraîné son amoureux Nicolas dans un saut de bungee, à Chelsea, sur l'une des plus hautes falaises de l'Amérique du Nord. Il en faut du cran pour se jeter tête première, attaché au bout d'une simple corde élastique !

Je ne lui ai pas parlé depuis plusieurs mois, mais je sens qu'elle serait la personne idéale pour cette grande expédition. Je me souviens qu'elle est originaire de Québec et qu'elle y passe la majorité de ses vacances, avec sa famille et ses amis. Les choses commencent donc tranquillement à se placer : je pourrais partir avec Mike en direction de Québec et y retrouver Élisabeth, qui prendrait soin de moi pendant le reste du voyage. Tout excitée, je compose son numéro. Après quatre sonneries, sa voix ensoleillée résonne à mon oreille.

– Oui, allô !

                                Pourquoi pas?

CHAPITRE 5

Rêve ou réalité ?

Deux jours plus tard, je me retrouve en compagnie d'Élisabeth au Second Cup, sur le boulevard Gréber. De passage en Outaouais, elle a bien voulu me rencontrer pour que je lui explique mon projet si mystérieux. Chacune avec notre boisson préférée – elle, son petit café Paradisio, et moi, mon petit latté saupoudré d'un soupçon de cannelle –, nous nous installons près de la fenêtre.

– Bon, alors, raconte-moi ton idée de fou !

– Eh bien… Imagine-toi donc que j'ai eu une proposition concrète de partir à l'aventure, sans mes parents. Je ne peux pas me permettre de refuser, du moins pas sans essayer, et pour ça j'aurais besoin de toi !

Je lui explique l'offre de Mike. Je lui dévoile mon plan en détail sans lui laisser la chance de placer un seul mot, de peur qu'elle ne s'y oppose, d'une manière ou d'une autre. Je ne veux pas lui mettre de pression, mais je sais bien au fond de moi qu'elle est mon unique chance. Elle reste silencieuse et m'écoute attentivement, hochant la tête de temps en temps pour confirmer ce que je dis. À la fin de mon monologue, je prends une grande respiration et lui demande son avis, avant de prendre une grosse gorgée de café pour masquer le doute et la peur qui me gagnent de plus en plus.

— Donc, c'est ça… Penses-tu que c'est une bonne idée ? On pourrait aller au Festival country avec Mike et ensuite poursuivre les vacances dans le coin. Bref, est-ce que tu es partante pour cette grande folie ?

— C'est vraiment super ! Le problème, c'est que Nicolas et moi avons prévu d'aller en vacances précisément à ces dates… On se voit pas beaucoup ces temps-ci. Entre mes études et sa *job*, on ne fait que se croiser. On a réservé cette période pour la passer ensemble. Je suis vraiment désolée, Myriam, je ne pourrai pas venir avec toi…

Tout mon enthousiasme est tombé, mon beau projet vient de prendre abruptement fin.

— Mais c'est une très bonne idée ! Tu peux certainement y aller avec quelqu'un d'autre. La nouvelle personne qui vient t'aider à la maison ne pourrait pas venir avec toi ?

— Elle n'est pas comme toi… Je ne me vois pas partir avec elle.

— Et Suzanne, ton accompagnatrice à l'école ? Tu l'aimes bien, non ?

— Oui, mais elle a une famille, des enfants. Elle ne peut pas s'absenter si longtemps. Et puis, même si je l'adore, elle a presque l'âge de ma mère. Ça s'rait pas pareil.

Du mieux que je peux, je tente de dissimuler ma tristesse, mais Élisabeth me connaît trop pour ne pas la voir.

— Mmmm… Laisse-moi voir ce que je peux faire. Quand même, on n'a pas une offre comme ça tous les jours ! Je vais en parler ce soir avec Nicolas, peut-être qu'on pourrait s'organiser autrement. Je ne te garantis rien... Je t'appelle ce soir.

Le reste de la journée me semble interminable. Je tente de me changer les idées, mais rien n'y fait. Je ne pense qu'à l'avenir de mon épopée, qui se joue en ce moment entre Élisabeth et Nicolas.

Quand je vois apparaître le visage de mon amie sur mon cellulaire, je suis impatiente d'apprendre le verdict.

— Oui, allô.

— Prépare bien ta valise, on part pour un *road trip* !

— Hein ! T'es sérieuse ?

— Eh oui ! On a regardé nos horaires et, en fait, ça nous adonne mieux. On prendra nos vacances d'amoureux quelques semaines plus tard, après que je serai revenue de mon voyage avec toi.

— Nicolas est pas trop fâché ?

— Ben non, il va même te le dire lui-même. Attends, je te mets sur le haut-parleur.

— Salut Myriam ! Comme ça te me voles ma blonde ? Ben non, je plaisante ! Allez vous amuser. J'ai appris ce matin que je devais justement me rendre à l'extérieur du pays pour le travail. J'irai pendant que vous serez parties. Tout est parfait !

— Ah... c'est super ! Merci, merci à vous deux !

— Donc, oui Myriam, je suis partante pour cette escapade !

Je ne tiens plus en place. Je n'aurais pu trouver meilleure coéquipière ! Nous discutons un moment, pour régler certains détails et nous mettre en confiance. Nous prenons en note les numéros de téléphone de personnes ressources, en cas de bris de chaise ou d'inconvénients du genre. Maintenant que le projet est en branle, vaut mieux bien préparer notre coup. Il ne reste plus qu'une seule étape et non la moindre : l'annonce à mes parents.

*   *

*

C'est dans la cuisine, pendant qu'ils prennent leur café de fin de soirée, que je leur apprends la nouvelle. Surpris, ils ne me croient tout d'abord pas. C'est quand je leur dis que tout est planifié, que j'en ai discuté avec Élisabeth, que notre première chambre d'hôtel est réservée et que je pars pour une semaine, dans exactement dix jours, que je vois leur visage changer.

Ils ont chacun leur manière de réagir. Comme d'habitude, ma mère semble la plus inquiète. Ses traits se froncent et elle s'imagine déjà le pire. Je suppose que c'est dans le sang de toutes les mères de s'inquiéter du sort de leur progéniture ! Mon père, quant à lui, affiche un air à mi-chemin entre le doute et l'épanouissement. Dès la fin de mon discours, il lève les sourcils comme lorsqu'il est en colère, mais ses traits s'adoucissent aussitôt pour laisser place à un beau et grand sourire. Je vois dans ses yeux que je le rends heureux : je lui redonne sa vie, sa femme et sa liberté, l'espace d'un instant.

Un silence envahit la pièce. Plongés dans nos pensées, nous nous regardons, comme en attente d'une approbation divine. Cet état d'esprit ne dure cependant pas très longtemps, puisque ma mère s'empresse de jacasser.

— Mais si jamais ta chaise brise... Si jamais Élisabeth trouve que c'est trop... Oui, c'est définitivement beaucoup trop de pression et de responsabilités pour une seule personne ! Elle n'en sera jamais capable. Tu as besoin de soins spécialisés et...

— J'ai bien réfléchi et tout planifié, dis-je fermement pour l'interrompre. Je pars entre bonnes mains. Mike vient me chercher. Il est fiable et expérimenté sur la route, tu le sais bien. Élisabeth va m'attendre sagement à Québec. Je lui en ai longuement parlé et elle s'en sent capable. De toute manière, elle me connaît bien. Tout va être sous contrôle, ça va aller comme sur des roulettes !

— Ce n'est pas raisonnable de partir comme ça. Tu as entendu ce que le docteur McFault a dit, ta santé est fragile... Prends donc des petites vacances dans notre coin, à la place ! Élisabeth pourrait venir tous les jours, si tu veux. Au moins, s'il y avait quelque chose, tu ne serais pas loin...

— Je ne pars pas faire la guerre en Syrie, je pars juste en vacances quelques jours à Québec ! Il ne faut pas exagérer non plus ! Et si jamais ce docteur dit vrai, je ne vois sincèrement pas pourquoi je me retiendrais...

Ma mère trouve immédiatement quelque chose à redire, mais je cesse de l'écouter pour fixer le visage de mon père. Les pensées ailleurs, il semble tout joyeux à la venue de ces vacances inattendues. Bien que cela me blesse qu'il ne s'intéresse pas plus à mes plans, je suis plutôt contente de lui faire plaisir.

Papa a toujours été comme ça. Je me sens parfois comme un boulet attaché à ses pieds. Je sais bien qu'il m'aime, mais je sais aussi que je l'empêche de faire ce qui lui plaît et il ne se gêne pas pour me le rappeler. « On peut pas aller faire du ski », « On peut pas te laisser seule une fin de semaine », « On peut pas partir dans le Sud cet hiver à cause de toi », dit-il parfois, dans un élan de frustration, en ouvrant si grand les yeux qu'une grosse ride noire vient se former sous son œil droit, ce qui lui donne un air menaçant. Je le déteste dans ces moments-là, je voudrais le maudire ! Lancées comme du venin, ses paroles me donnent l'impression de suffoquer à l'intérieur et appellent toujours mes larmes. Malgré ces épisodes de colère, il traîne parfois ce même boulet comme le plus précieux des diamants, en disant à qui veut bien l'entendre : « Voici ma fille, je suis si fier d'elle ! »

J'aime croire que mon père m'emplit de rage par ses commentaires, pour me permettre d'aller plus loin, de me dépasser. Quand il me dit d'une manière fataliste : « T'es pas capable de faire ça, voyons ! », je vous assure que je consacre tous mes efforts à y parvenir, ce qui porte généralement ses fruits. À bien y penser, peut-être qu'il a seulement une grande confiance en moi et veut me pousser à donner le meilleur de moi-même ?

Ce mercredi soir, en plein cœur de la cuisine, je constate à quel point mes parents vont bien ensemble. Le côté nerveux et anxieux de ma mère trouve écho dans le côté relax et confiant de mon père. Ils sont comme le yin et le yang, parfaitement complémentaires. Pendant mon voyage, ils se retrouveront enfin seuls, hors de leur rôle parental, et redeviendront les jeunes amoureux qu'ils ont jadis été. Ces vacances feront certainement du bien à tout le monde.

CHAPITRE 6

Christian

Je ne peux évidemment pas partir pour une telle aventure sans saluer mon meilleur ami. Depuis déjà quatre ans, Christian et moi avons notre rituel du *Friday night*, comme on l'appelle. Même si nous nous voyons pratiquement tous les jours à l'école, peu importe nos devoirs ou nos études, nos tracas ou nos joies, nous nous retrouvons assurément le vendredi soir, dès sept heures, dans son immense sous-sol. Parfois juste tous les deux, parfois accompagnés d'amis et de Jérémy, nous en profitons pour rire un bon coup.

Au son de la *playlist* de mon iPod, je me lance dans de longues tirades parfois philosophiques, parfois frivoles. Christian se retrouve souvent assis devant moi, sur le sofa de velours rouge vif, absorbé par ma folie, sourire en coin, en attendant que je m'essouffle. Il est devenu, avec le temps, mon psychologue personnel. Je ne le recommanderais cependant pas à n'importe qui, puisque ses méthodes laissent parfois à désirer : j'ai droit à des claques derrière la tête ou même en plein visage ! C'est tout juste si les oreillers ne virevoltent pas d'un bout à l'autre du salon. Ses parents, au premier ou même au deuxième étage de leur immense maison, nous entendent parler, crier, rire ou chanter. Ils ne reconnaissent pas leur fils quand je suis dans les parages, me disent-ils souvent : il est plus excité, parle beaucoup plus et rit aux éclats. Il faut dire que j'ai autant d'influence sur lui que lui en a sur moi. Nous sommes vraiment détestables ensemble, comme des frères et sœurs. Deux vrais fous !

Malgré les apparences, Christian et moi ne venons pas du tout du même milieu. Nous n'avons pas tout à fait les mêmes valeurs ni la même réalité, mais nous partageons la même folie. Il habite dans une région cossue de Gatineau, la Côte d'Azur, avec ses belles grosses maisons de riches, de vraies forteresses, tandis que moi je réside dans ce qui était jadis le centre-ville d'un petit village maintenant appelé le vieux Gatineau. J'ai nommé Templeton. Il vient d'une famille que je décrirais comme « noble » et très cartésienne. Depuis au moins trois générations, autant du côté de sa mère que de son père, tous ont été comptables. À eux seuls, ils auraient très bien pu se bâtir une solide entreprise ! Alors, à la fin de ses études secondaires, lorsqu'est venu le temps pour Christian de choisir son métier et son parcours scolaire, je ne l'ai pas vu hésiter une seule seconde. En fait, je crois que je ne l'ai jamais vu douter ou se remettre en question sur quoi que ce soit. Son chemin est déjà tracé : il va faire comme sa sœur aînée, sa mère et son père. Il n'a aucun doute sur son choix de collège et d'université. Il connaît déjà le programme, a déjà entendu parler de quelques professeurs et possède les manuels nécessaires. Dans sept ans, il aura en main un titre de comptable professionnel et pourra certainement travailler dans l'agence où son père et sa sœur se sont forgé une place.

Tous les domaines de sa vie semblent réglés au quart de tour. J'envie son innocence, ou plutôt sa détermination – selon le point de vue. Il sait toujours ce qu'il doit faire. J'imagine que c'est un gène de rationalité, légué de génération en génération depuis des décennies et dont ma famille, ou peut-être seulement moi, a été privée.

La veille de mon départ, je me rends donc chez lui. Il m'accueille avec un large sourire et me fait signe de descendre au sous-sol, pour cette soirée avant la grande aventure.

– Hé ! Hé ! Comme ça, c'est demain le grand jour ? Mike t'a confirmé le tout ?

– Oui ! J'ai si hâte. Enfin un peu de LIBERTÉ ! m'écrié-je, en levant la tête au ciel.

– Oui, ça fait longtemps que t'en parles ! La prochaine fois, on fait le *road trip* ensemble, OK ? Ça serait génial !

– Bah ouais ! J'avoue que ça sera drôle d'être avec mon frérot, mais je suis pas mal sûre que je te tomberai sur les nerfs après deux jours. J'ai du caractère, tu pourrais être surpris !

– T'inquiète pas ! J'ai l'habitude. Je te côtoie assez pour le savoir ! Je suis prêt à courir le risque, dit-il en baissant les yeux, comme s'il venait de donner son nom pour aller à la guerre, avant d'éclater de rire.

Sincèrement, j'y ai pensé, mais je tiens à vivre mon escapade en solo. Ce voyage est bien plus qu'un *road trip*. C'est une réelle quête de liberté, une quête d'identité. Je veux sortir de ma zone de confort, voir ce que je vaux dans un contexte inconnu, sans mes repères, sans mon grand frère pour veiller sur moi.

— On prend une bière pour célébrer ? Quelle tu veux ? On a des Boréale, des Stella Artois, des Corona et je crois qu'il reste une Trois Portages du BDT.

— Trois Portages, s'il te plaît !

Nous empruntons un long corridor et ouvrons une porte qui, selon toutes les apparences, devrait donner sur un vulgaire placard, mais cache en réalité un mini-ascenseur. En bas, nous nous engouffrons dans la dernière pièce au bout du couloir où se cache la foire d'Ali Baba familiale. Christian se propulse à grands coups de roue grâce à ses mains charnues, qui ont pris l'habitude du mouvement répétitif. Je m'amuse à lui donner de petites poussées avec ma chaise motorisée. Aucune fenêtre ne permet de voir un tant soit peu où nous nous dirigeons. Distinguant la poignée du frigo, Christian ouvre la porte et une lumière diffuse nous éclaire soudain. La petite salle regorge de trésors. Une immense étagère recouvre le mur en entier. À l'exception de la bibliothèque municipale, je n'ai jamais vu autant de livres réunis dans un même endroit. M'éloignant de Christian, je m'approche pour lire quelques titres. En effleurant leur page couverture du bout des doigts, je découvre *Annabelle* de Marie Laberge, *Et si c'était vrai…* de Marc Lévy, *Ces enfants de ma vie* de Gabrielle Roy, *L'appel de l'ange* de Guillaume Musso.

— C'est bon, j'ai tout ce qu'il nous faut ! Tu viens ? lance Christian en refermant brusquement la porte pour nous plonger de nouveau dans le noir et interrompre mes découvertes.

— Oui, oui ! Je suis là, je m'en viens.

En tournant vers la sortie, je cogne ma chaise une fois, puis deux, contre de grosses boîtes de carton qui, selon le bruit de l'impact, doivent contenir les décorations de Noël remisées pour la saison chaude. Déjà sorti depuis un moment, Christian m'interpelle.

— Arrête de fouiner dans les livres, je sais que tu aimes ça, mais là si tu continues, tu vas tout briser !

Une fois dans le salon, Christian se libère aussitôt de l'emprise de sa chaise, avec la force et l'agilité de ses bras, pour s'assoir confortablement dans le grand sofa rouge. L'un en face de l'autre, nous n'attendons pas plus longtemps pour déboucher nos bouteilles.

— T'es sûre que ça ne dérange pas tes parents qu'on prenne leurs bières ? Je veux dire, je sais que la plupart des jeunes de notre âge ont déjà pris une brosse, mais je ne veux pas qu'ils soient fâchés... Je leur ai déjà fait assez mauvaise impression comme ça !

Christian a du mal à ne pas cracher la gorgée qu'il vient tout juste de prendre, tellement il s'esclaffe à l'idée de ces souvenirs.

— Ah ! Ah ! C'est vrai que les deux dernières fois que tu es venue, ils ont eu un choc. C'est drôle, ils en ont parlé pendant des jours ! Ils ne te pensaient pas de même, mais au fond, c'est juste parce qu'ils ne te connaissent pas réellement. Pas comme moi, du moins !

*　　*
*

En effet, ses parents ne m'avaient jamais vue sous cette facette et, à vrai dire, c'était sans doute mieux ainsi. Il y a deux semaines, lorsque nous nous sommes réunis entre amis, j'ai apporté une gourde remplie de Baileys pour faire goûter cet alcool crémeux. Après quelques gorgées, la plupart des invités ont gentiment repoussé leur verre. J'ai donc bu les restants avec joie. Je ne voulais surtout pas gaspiller! Évidemment, après ma dernière gorgée, sa mère est descendue au sous-sol. En remontant, c'est très clairement qu'elle a dit à son mari : « Ça y est, Myriam est saoule! S'il y a quelque chose, je te laisse t'en occuper, moi je vais me coucher! »

Cet événement aurait très bien pu passer, s'il n'y avait pas eu le fameux DVD le vendredi suivant... J'avais reçu un texto d'une de mes amies, me disant qu'il fallait absolument que je voie un film. Le titre semblait inspirant : *Hasta la Vista*. Il racontait l'histoire de personnes handicapées qui partaient pour un *road trip*. Sans poser de questions, je suis allée le louer pour le regarder avec Christian. J'ai demandé à son père de nous installer le film, puisque le lecteur DVD était remisé beaucoup trop haut pour nous deux. Il est resté un moment avec nous, curieux de voir ce que nous allions écouter. Malheureusement pour moi, il a vu la première scène... Nous avons rapidement compris ce qui poussait les personnages à partir en escapade : encore puceaux, ils voulaient avoir des relations sexuelles. Imaginez la honte et la gêne sur mon visage! Son père a trouvé cela plutôt amusant et en a rajouté, en appelant sa femme pour qu'elle vienne voir. Après avoir bien ri de moi, ils ont disparu pour nous laisser regarder le film qui, finalement, n'avait rien de si troublant.

— Samedi dernier, pendant le souper de famille, tout le monde m'a interrogé sur toi. Mon oncle s'amuse à dire que tu es *wild*! Ils n'arrêtent pas de penser qu'on sort ensemble. Je te le dis, j'ai subi un interrogatoire, littéralement!

Dans ma famille aussi, cette rumeur court depuis longtemps. Même que la situation m'a valu quelques crises de jalousie de la part de Jérémy. Bien que nous tentions de l'oublier, nous savons qu'il y a un fond de vérité dans cette histoire. Lors de l'un de nos habituels *Friday night*, la vérité est sortie du sac. Nous nous sommes franchement demandé pourquoi nous ne formions pas un couple. Ç'aurait été tellement plus simple! Nous ne pourrions jamais être tristes ensemble!

Christian a tout ce que je désire d'un homme : il est confiant, drôle – voire hilarant – rassurant et embarque dans mes folies. Une seule chose cloche. Quand je le vois, rien ne s'allume en moi. Il n'y a pas cette petite flamme, celle qui vous rend complètement folle quand vous êtes en compagnie de celui que vous aimez. Nous sommes et ne serons pour toujours que des amis : des meilleurs amis.

*   *
*

— Est-ce que tu as parlé à Jérémy? Je veux dire depuis que vous avez rompu…

— Non… Il ne répond plus à mes appels… J'aurais vraiment aimé lui parler avant de partir… Je sais qu'il pense qu'il a fait quelque chose de mal, mais c'est faux! Il n'y est pour rien. Notre rupture était inévitable. Je voudrais qu'il sache à quel point je l'ai aimé et à quel point je l'aime toujours, seulement différemment…

— Je suis sûr que ça va s'arranger, vous deux. Vous avez été de bons amis avant d'être un couple et une amitié, ça ne se brise pas si facilement.

— Je le souhaite, je le souhaite tellement !

— Inquiète-toi pas. Profite de ton voyage ! Je suis certain que tu as déjà planifié des folies ?

— Arrête, je ne suis pas si pire que ça !

— Je suis sûr que tu serais *game* de sauter en parachute !

— Si je peux sauter avec ma chaise, c'est sûr que oui !

Nous commençons à déconner sur tout ce qui pourrait m'arriver pendant mon périple, en évoquant des dangers improbables, dignes des scènes absurdes de la collection *Films de peur*. Entre deux fous rires, Christian se penche et me regarde droit dans les yeux. Son regard est différent, plus triste.

— Christian, ça va ?

Il détourne la tête. Je l'entends renifler et respirer par secousses. M'approchant, je pose la main sur ses doux cheveux châtains.

— Chris… Mais qu'est-ce qui se passe ? Rien de tout ça va arriver, tu le sais bien. Voyons, frérot !

— Fais attention à toi, p'tite sœur, murmure-t-il en relevant doucement la tête. Ne fais pas trop de niaiseries sans moi. Reviens-nous saine et sauve. Je te le dis… si jamais tu meurs, s'il t'arrive quelque chose, je te tue. J'ai besoin de toi à mes côtés.

CHAPITRE 7

Le grand départ

Je me retrouve dans mon lit, à quelques heures seulement du départ tant attendu. Installée sur le dos, seule dans le noir, j'entends mon père ronfler dans la chambre d'à côté. Malgré mon excitation, je suis nostalgique à l'idée de laisser derrière moi une histoire inachevée. Dès que je ferme les yeux, c'est le visage de Jérémy qui vient constamment s'imprégner sur ma rétine. Je me remémore des moments intimes que nous avons vécus ensemble. Je revois ses yeux noirs chocolatés posés sur moi, je sens son souffle chaud sur mon visage et son odeur enivrante. Je me souviens de notre tout premier baiser. Nous étions dans sa chambre au premier étage. Son jeune frère se trouvait au sous-sol, en train de jouer à des jeux vidéo. Nous étions nerveux et maladroits. Jérémy avait mis la radio. Je me souviens de l'avoir regardé droit dans les yeux et de l'avoir entendu dire les deux plus beaux mots du monde : « Je t'aime ! » Il s'est alors penché sur moi et a déposé ses douces lèvres humides contre les miennes.

Même si je sais que les choses ont changé, je m'ennuie de lui, de son odeur, de son réconfort, de son écoute, de ses yeux, de sa bouche ! Je sais que je lui ai brisé le cœur. Je l'ai vu dans ses yeux brumeux, mais… qu'aurais-je dû faire ? Après avoir reçu son amour si pur, je lui devais au moins ma franchise. Je devais lui dire ce que je ressentais. Sans m'avoir demandé la permission, mes sentiments ont évolué.

Depuis, il ne m'adresse plus la parole. Le pire moment de son silence a sans aucun doute été lors du bal de finissants. À l'occasion de cette grande fête qui venait boucler la boucle de notre long parcours scolaire, à cette célébration que nous avions prévu passer ensemble, nous nous sommes à peine regardés. Cette soirée, qui devait être un réel conte de fées, s'est finalement révélée une expérience en solitaire. L'observant de loin, j'ai reconnu la fameuse cravate qu'il avait soigneusement magasinée pour s'agencer parfaitement à la couleur de ma robe. En prenant une gorgée de son *rhum and coke*, il m'a adressé un bref sourire. Il a discrètement agité la main et m'a murmuré un compliment avant de se retourner vers ses amis. C'est le dernier contact que nous avons eu : une simple phrase lue sur le bout des lèvres.

Même si toutes ces images me reviennent en tête et me semblent plus que réelles, ce ne sont maintenant que des souvenirs. J'ai dressé un mur de béton entre nous qui étions si proches. Dans la pénombre de ma chambre, les yeux clos, je n'ai qu'une seule envie : lui demander pardon.

J'agrippe mon cellulaire et, malgré l'heure tardive, je lui envoie un texto, avant de plier bagage vers le monde du rêve.

Myriam :

Je m'excuse pour tout… Je ne garde que de bons souvenirs de notre histoire. Nos moments ensemble resteront à tout jamais gravés dans le plus profond de mon cœur. Je ne t'oublierai jamais et je serai toujours là pour toi. J'espère qu'un jour je retrouverai mon vieil ami. ☺ Prends soin de toi. Xox

*   *
*

Au réveil, je m'empare de mon cellulaire pour afficher le calendrier. Nous sommes bel et bien le samedi 7 juillet. Une fois préparée, je me dirige aussitôt devant la fenêtre du salon pour guetter l'arrivée de la grosse baleine jaune, exactement comme je le faisais quelques semaines plus tôt. Je n'ai jamais été aussi impatiente de voir ce vieux tas de ferraille ! Je l'ai toujours aimé, mais avant, il me conduisait inévitablement à l'école, tandis qu'aujourd'hui, il va m'amener au bout de mes rêves. Sur le chemin de la liberté, de MA LIBERTÉ !

Fidèle à moi-même, je suis prête une bonne demi-heure avant l'heure dont Mike et moi avons convenu. Ça ne me cause pas trop de soucis, puisque cela me permet de prendre enfin conscience de tout ce qui est en train de se passer. Même si le projet est en branle depuis près de deux semaines, c'est aujourd'hui le jour J : la journée du grand départ.

Dans le reflet des vitres de mes voisins, je distingue le fameux engin qui ralentit sa cadence pour finalement s'immobiliser devant chez moi. Je me précipite dehors pour dévaler la rampe d'accès à pleine vitesse. Je la descends si vite que je manque presque un tournant et j'évite de justesse de finir ma course la tête la première. J'effectue aussi rapidement la descente de ma cour pour arriver devant les portes vitrées de l'autobus. Mike, toujours assis sur son siège, ouvre la porte et me sourit de toutes ses dents.

— Hé! Hé! Ça va bien ? Toujours partante pour notre *road trip* ?

— Certain que je suis partante! À ce point-ci, il n'y a pas grand-chose qui pourrait me faire changer d'idée!

Quand Mike sort du véhicule, je m'éloigne un peu et remarque le nouveau *look* de son vieux tacot. Trop excitée, je n'avais pas remarqué les dessins qu'il a pris la peine de gribouiller sur la vieille tôle. Un grand ovale de couleur rose *flash*, de nombreux signes de *peace and love* et des taches de différentes couleurs décorent notre nouveau bolide. Il y en a pour tous les goûts : du jaune, du bleu, du mauve, du rouge, du blanc… et beaucoup de vert lime !

— Wow! C'est toi qui as fait tout ça ?

— Oui, en fait, c'est moi et ma femme. Je lui ai parlé de l'histoire qu'on se racontait, toute la gang, les vendredis à propos de notre fugue. Chantal a trouvé ça plutôt mignon. J'me suis dit qu'après tout, on réalisait vraiment notre projet, alors pourquoi ne pas aller jusqu'au bout! Mais c'est son idée… On a bien réussi notre coup, hein ?

— Tellement! C'est super beau! Comment vous avez fait ça ? J'veux dire, avec quels genres de produits ?

— Ah et ben, on s'est servi des cannettes qu'on prend pour faire des graffitis, pis après ça on trouvait qu'y manquait encore un peu de vie là-dedans. *Fak*, on a fait comme les artistes qui font de l'art abstrait, on a rempli des ballons de peinture de toutes les couleurs pis on les a fixés au hasard sur l'autobus. À la fin, on les a percés avec des dards des jeux fléchés des gars qui traînaient au sous-sol. C'était plutôt *cool* à faire!

– Ah! Ah! Mais mon dieu, vous en avez mis du travail! Vous avez dû bien rigoler! Mais... toute cette peinture, c'est permanent, non? Comment tu vas faire pour l'enlever en septembre? Tu ne pourras certainement pas laisser ça comme ça, même le nom de la compagnie est caché...

– Bof... t'en fais pas! Il y a trois jours, j'ai croisé un gars qui travaille avec moi à *shop*, pis y m'a dit qu'y avait entendu parler le gérant. Ils prévoient se débarrasser de tous les autobus de plus de six ans pour en acheter des nouveaux, plus économiques en essence. Ils vont obtenir des subventions pour ça, je crois. Le nôtre doit ben avoir huit ans. C'est pas pour rien qu'ils m'ont demandé de le garder cet été, il n'a plus de valeur à leurs yeux. J'ai pris le risque! Si jamais ils le reprennent au début de l'année, je le repeindrai. Ça ne sera pas ben long, et puis j'ai vu comment c'est le *fun* à faire!

Ma mère, qui arrive derrière moi avec mes nombreux bagages, a une réaction aussi grande que la mienne.

– Mais mon dieu! Je n'ai plus besoin de m'inquiéter que vous ayez un accident sur la route, toutes les autos vont vous voir des kilomètres à la ronde maintenant!

Elle n'a pas tort. On sera difficile à manquer. Même le stop, en avant de l'autobus, a été remplacé par un gros bonhomme sourire.

Une fois bien installée et attachée pour le grand voyage, je regarde les autres empiler les valises. Avant de partir, Mike se dirige vers le banc arrière pour fouiller dans l'un de ses sacs et revenir avec un cadeau.

– Tiens, Myriam ! Je pouvais pas t'emmener au Festival de musique country sans t'offrir le symbole national de cette culture. Voici ton chapeau de cowgirl ! dit-il, en le déposant sur ma tête.

Légèrement trop grand, il m'arrive d'abord à la hauteur des sourcils, mais une fois bien placé, il me donne plutôt fière allure. Fait de paille d'un beige décoloré, le contour légèrement plus foncé d'une couleur rosée, il me plaît bien. Un long cordon attaché par une bille de bois traîne dans mon cou.

– Je l'ai trouvé dans une vente de garage près de chez moi. Il m'a tout de suite fait penser à toi, j'ai pas pu résister ! J'ai fouillé un peu dans mes trucs country, dans mes tonnes de CD. Pour te mettre dans l'esprit, j'en ai même apporté quelques-uns pour que tu ne sois pas trop perdue et déstabilisée quand on va arriver là-bas. J'ai pris les incontournables, les classiques quoi : Cayouche, Irvin Blais… Tu me diras si tu veux que je les mette.

Debout dans les marches de l'autobus, ma mère lève les yeux au ciel. Elle se fait une liste mentale de tout ce dont je pourrais avoir besoin et vérifie, pour la millième fois, qu'elle n'a rien oublié. Du siège de conducteur, Mike nous observe furtivement en attendant le bon moment pour démarrer. Mon père se décide finalement à sortir de la maison pour venir se placer en bas de la portière. Il échange un long regard avec Mike avant de monter lui serrer la main.

— Fais-lui bien attention ! Amusez-vous bien…
Mais, si jamais il lui arrive quelque chose…

— Ne vous inquiétez pas, monsieur, j'ai pas eu
de filles, mais j'ai deux grands garçons, je sais ce
que c'est. Je vais en prendre soin comme si c'était
ma fille. Faites-vous-en pas !

Mon père pousse un grognement, tel un homme
des cavernes, en reculant d'un pas.

— Bon, je crois que tu as tout ce qu'il te faut ! Si
jamais il y a quelque chose, appelle-nous, n'importe
quand, à n'importe quelle heure du jour ou de la
nuit. Si ça répond pas, tu as toujours nos deux
cellulaires, me dit nerveusement ma mère, en
posant sa délicate main sur mon avant-bras.

— Oui, oui, je sais, Mom. Inquiète-toi pas, tout
ira bien. Amuse-toi ! Oublie-moi un peu. Pense
à toi !

Mes parents descendent finalement de l'autobus pour se planter quelques pas plus loin et nous
envoyer la main, avant de nous voir disparaître au
coin de la rue.

PARTIE 2

L'épopée

CHAPITRE 8

Enfin, la liberté !

Le vent frais arrive par la fenêtre ouverte et frappe mon visage. Je ferme les yeux. J'écoute la musique au rythme endiablé chantée par des voix rauques, vieillies par le temps et la fumée. J'entends Mike chantonner en avant. J'ouvre les yeux et je vois la belle route se dessiner devant nous. Je balaie l'horizon du regard à deux reprises : c'est officiel, il n'y a plus aucune trace de parents ou de figures d'autorité autour de moi. Je suis bel et bien seule face à mon destin ! Le sourire aux lèvres, je lève la tête le plus haut possible pour respirer cet air de liberté. J'agrippe fermement le cordon de mon chapeau pour ne pas qu'il prenne son envol. Le paysage devant nous est sublime : les branches des grands arbres assis sur les collines s'animent sur notre passage comme pour nous saluer et nous souhaiter la bienvenue. Je suis déjà passée par ici. J'ai déjà parcouru ce chemin. J'ai déjà sillonné ces rivières. J'ai déjà vu ces montagnes. Mais aujourd'hui, les paysages qui m'ont jadis ennuyée à mourir ont un goût d'aventure.

– Ça va toujours bien en arrière ?

– Oui, à merveille ! Je ne vois pas ce que je pourrais demander de mieux !

– C'est génial alors ! Je m'arrête pour me dégourdir les jambes pis aller me chercher un bon café. Tu veux que j'te prenne quelque chose ? Un petit latté peut-être ?

– Ah, oui s'il te plaît, certainement ! On voit que tu me connais bien, toi.

Dans le stationnement du Tim Hortons, j'attends sagement le retour de Mike. Je vois tous les gens pointer l'autobus du doigt. Ils se cassent presque le cou pour l'admirer. Pour une fois que les gens ne me dévisagent pas à cause de ma chaise roulante !

Maintenant avec un café à la main, que je conserve tout près de mon cœur, je ne vois franchement pas ce qui pourrait me rendre plus heureuse. Le rêve que j'ai si longtemps chéri prend vie !

– Merci, Mike ! Je veux dire, merci pour tout ce que tu fais pour moi. Rien ne t'y obligeait, tu sais…

– Je sais, Myriam, mais ça me fait vraiment plaisir. Comme je l'ai dit à ton père, t'es un peu comme la fille que je n'ai jamais eue ! Après le festival, est-ce que t'as des plans ? Tu veux que je t'emmène quelque part ?

– Eh bien, pour l'instant je suis pas mal libre. Je veux me laisser porter par la vague, mais avant de partir, j'ai tout de même fouillé un peu sur Internet. Je me suis fait une sorte de liste de choses et d'endroits que j'aimerais aller voir.

– Ah, c'est bien ça ! Et elle ressemble à quoi, cette liste ?

– Eh ben, elle est pas mal variée ! Juste après ton festival country, j'ai vu qu'il y a un festival de création littéraire. Je ne sais pas exactement de quoi il s'agit, mais ça m'intrigue beaucoup. Lui aussi, c'est sa première année d'existence et j'aimerais bien y aller.

— Ça te ressemble, ça ! Je te regarde aller et d'après moi, tu vas finir par devenir une journaliste, une journaliste culturelle. T'es toujours au courant de tout ! T'es juste assez curieuse et tu aimes écrire. Ça serait parfait, non ? lance-t-il, en me regardant dans le rétroviseur.

— J'y pense, j'y pense... Mais je ne sais pas encore ce que je veux faire. Depuis le temps que j'écris dans le journal étudiant, c'est vrai que ça pourrait être une option.

Au secondaire, je me suis beaucoup impliquée dans le journal scolaire. J'y rédigeais la plupart des chroniques culturelles. Chaque mois, un article de l'école était choisi et publié dans le journal local *La Revue de Gatineau*. À la fin de l'année, des journalistes réputés remettaient des prix pour le meilleur article de l'école, lors d'un grand gala. Deux années de suite, mes textes ont remporté ces honneurs. C'était le plus bel hommage que l'on pouvait me faire !

Depuis, l'écriture est devenue mon plan de vie. Je ne sais pas exactement comment je vais l'exploiter, mais je sais que je gagnerai ma vie grâce à ma plume. C'est dans le but de me plonger dans le monde de l'écriture que je veux aller à ce nouveau festival. Je souhaite aller rencontrer des gens qui partagent ma passion.

— Et ça se passe où exactement ?

— À Rimouski.

— En tout cas, ce sera ton festival ! Moi, écrire, c'est pas mon truc...

Dans la voix enrouée de Mike, je perçois un léger malaise. Je lui ai souvent proposé de lui montrer ce que j'écrivais, mais chaque fois, il a subtilement changé de sujet. Le jour où j'ai reçu mon album des finissants, je lui ai demandé de le signer et d'écrire un petit mot que je pourrais lire en pensant à lui. Il n'a jamais voulu. Aujourd'hui, sa réaction me met encore une fois la puce à l'oreille… Mike serait-il analphabète ? Cela fonctionnerait avec tout le reste : il ne veut pas lire mes articles ni signer mon album, même s'il sait à quel point c'est important pour moi. Il y a seulement un truc qui cloche : il m'envoie des courriels. Toutefois, si je me souviens bien, l'adresse électronique est au nom de Chantal. Il est fort possible que ce soit elle qui rédige tous les courriels que nous nous échangeons. C'est quelque chose de plausible !

Je ne dis rien. Je ne veux surtout pas rendre Mike mal à l'aise. Je sais combien son peu de scolarité le gêne, il m'en a déjà parlé. Il a dû arrêter l'école à un très jeune âge, pour aller aider sa famille. Il s'est mis à travailler à l'usine près de chez lui, avec son père et ses frères aînés. De toute manière, il n'aimait pas l'école et n'apprenait pas facilement. Cette lacune lui est revenue en plein visage, vers l'âge de dix-sept ans, lorsqu'il a commencé à fréquenter Chantal. Le père de celle-ci détestait Mike, ne le trouvant pas digne de sa fille, destinée à un avenir prometteur. À l'époque, Chantal finissait son secondaire avec des notes nettement au-dessus de la moyenne et se dirigeait vers le cégep, en sciences pures, dans le but de devenir médecin.

— Je me souviens, on était en vacances de pêche au chalet avec mes frères et mes amis. Elle habitait la maison juste à côté. Je l'avais tout de suite remarquée avec ses longs cheveux noirs bouclés et ses yeux rieurs ! On avait pêché beaucoup de poissons cette journée-là et, assis dans le bateau, je l'ai vue seule sur le quai. J'ai alors pris mon courage à deux mains et je lui ai proposé de venir fêter avec nous, autour d'un feu de camp. Depuis ce jour où je me suis assis près d'elle, je ne l'ai plus jamais quittée ! m'a-t-il raconté l'année dernière, toujours aussi amoureux.

C'est en me persuadant qu'un jour, moi aussi, je trouverai l'amour que je continue ma route avec Mike, sur des airs de musique country.

CHAPITRE 9

Bain de country

Les rythmes s'entrecoupent. Le volume augmente. Les chapeaux et les bottes de cowboys se multiplient dans les rues. Les gens se regroupent. Les odeurs de patates frites, de steaks et de saucisses se mélangent. Nous sommes bel et bien arrivés à destination. Dans la foule, on avance à pas de tortue à bord de notre bolide de hippies, lorsque trois petits coups rapprochés se font entendre dans la porte vitrée. Par la fenêtre, je reconnais immédiatement la silhouette et les longs cheveux châtain clair d'Élisabeth.

— Ouvre-lui, ouvre-lui, Mike ! C'est mon amie !

Le sourire fendu jusqu'aux oreilles, Élisabeth saute à bord et se retourne aussitôt pour faire signe à un jeune homme de la suivre.

— Salut Myriam ! T'avais bien raison de dire que je te trouverais malgré la foule. Pas mal original comme moyen de transport !

— Ah ! Ah ! Ouais, c'est une idée de Mike ! Je trouve ça pas mal *cool* ! Entrez, entrez ! Restez pas en avant, assoyez-vous !

Après avoir salué Mike, Élisabeth et son ami se rapprochent pour venir s'assoir sur les bancs à mes côtés.

— Je te présente mon ami Scott, tu l'as déjà rencontré l'année dernière, lors de ma petite fête d'au revoir. Tu te souviens ?

Si je m'en souviens ? Bonne question ! J'avais très rapidement cessé de compter combien de bières et de *shooters* s'étaient écoulés ce soir-là. J'étais arrivée l'une des dernières et les présentations avaient été plutôt brèves. Je me rappelle vaguement son sourire, mais je n'ai pu oublier son regard.

Ses cheveux bruns en bataille recouverts d'un béret, son regard brouillé par des lunettes teintées et sa chemise, ouverte sur un chandail du célèbre Bob Marley, me rafraîchissent la mémoire. Il est resté à côté de moi lors de cette fameuse soirée. Il a changé mes verres et mes pailles tout au long de la fête, pendant que nous riions de bon cœur en voyant Élisabeth relever les défis lancés par les convives pour souligner son départ.

— Ahhhh… ben oui, Scott ! Ça va bien ?

— Oui, très bien ! dit-il en hochant la tête, avec un sourire qui révèle ses jolies fossettes.

— Il est en vacances dans le coin en fin de semaine, je l'ai invité à se joindre à nous pour notre petite épopée. J'espère que cela ne te dérange pas ?

— Bien sûr que non ! Plus on est de fous, plus on rit ! On va faire de ce voyage, un *road trip* mémorable ! Es-tu prêt, Scott, à vivre quelque chose de malade ?

— Je n'attends que ça, Myriam ! Élisabeth m'a parlé de votre projet, ç'a l'air pas mal trippant.

Pendant que je leur dévoile plus précisément mes plans pour la semaine, notre rythme de croisière ralentit de nouveau. Nous faisons pratiquement du surplace. Du coin de l'œil, je vois Mike s'agiter et faire des simagrées en fronçant les sourcils, en pinçant les lèvres et en levant les bras au ciel, lorsqu'un véhicule le coupe. Ce n'est définitivement pas facile de circuler dans un festival à bord d'un aussi gros bolide !

— Ça va, Mike ? Si tu veux, tu peux nous débarquer ici, on marchera un peu. On a tout notre temps, pas besoin d'être si proches de l'entrée du site de toute façon.

— Mmmm grrr... Ce ne sera pas plus facile de m'arrêter ici, tu sais... Avec le gros bus qu'on a, on dirait qu'il n'y a pas de stationnement à notre taille. À moins que... Regarde au fond là-bas, une place vient de se libérer !

Aussitôt dit, aussitôt parti ! Mike appuie à fond sur la pédale. Le bolide grogne bruyamment avant de s'aventurer dans une multitude de trous et de bosses qui me propulsent d'un côté à l'autre de ma chaise. Élisabeth et Scott s'empressent de me maintenir en place pour limiter les dégâts. Nous réussissons enfin à dénicher l'une des meilleures places, tout près des festivités. Entre une Coccinelle bleu poudre et une Porsche d'un rouge flamboyant, nous avons définitivement trouvé le bon endroit pour les véhicules marginaux !

Je réclame une photo souvenir de ce début d'escapade qui s'annonce aussi éclatant qu'un feu d'artifice. Prenant tous place à l'avant de l'autobus, nous demandons à un passant d'immortaliser le moment. Au premier plan, chapeau de cowgirl sur la tête, je me trouve en plein centre, entourée d'une équipe d'enfer. À ma gauche, Élisabeth et Scott, dos à dos, en position de cowboys ; à ma droite, Mikael, imitant un fusil avec ses mains pour se donner un air rebelle. Nous formons une sacrée équipe !

Le site est plein à craquer, on jurerait une fourmilière humaine tellement ça grouille de partout ! À l'entrée, je vois à peine deux mètres devant moi – les gens mesurant tous plusieurs pieds de plus. Je suis aveuglément Élisabeth, comme un chien guidé par son maître, et comme cette petite bête poilue, je hume l'odeur du vent de liberté, encore nouveau pour moi.

Sur le vaste terrain, nous nous laissons vaguer à travers les divertissements. J'entends des enfants crier et s'amuser devant le jeu de deux clowns qui reproduisent des scènes de *western* en jonglant avec leurs fusils de plastique. Plus loin, un groupe de quatre jeunes hommes performe sur une scène, devant près d'une centaine de personnes qui, bière à la main, dansent sur le rythme endiablé du violon, de la guitare et de l'harmonica. En face, une immense file d'attente s'étire sur près de dix mètres devant le stand de la « Pataterie de Jo-Jo, meilleures chips maison ». Chaque client repart avec un sac de croustilles, en prenant une bouchée, l'air des plus satisfait. Je me promets de m'en régaler avant de partir.

À travers la cacophonie, je perçois soudain un rythme qui me revient en tête. Je connais cet air de rigodon, c'est ma chanson préférée de la station de radio country de Mike. Je bifurque alors du chemin tracé par la foule pour me rapprocher de ce spectacle. J'ai beau crier de toutes mes forces à Élisabeth et à Scott, ils n'entendent rien. Je les fixe un long instant en espérant qu'ils se retournent, sans succès. Je laisse tomber et me dirige seule vers cette chanson qui a si souvent habité ma tête.

Étrangement, il n'y a pas beaucoup de monde devant la scène, pourtant la plus grande que j'aie vue jusqu'à présent. En jouant un peu du coude – expression qui dans mon cas consiste plutôt à donner de légers coups d'appuie-pieds dans les mollets –, je réussis à me rendre tout près. Je suis maintenant à moins de trois mètres du célèbre chanteur Laurie Leblanc qui interprète son plus grand succès, *La Pitoune*. Complètement absorbée par la mélodie et le rythme entraînant, je commence aussitôt à chanter. Pendant le petit solo de guitare, le chanteur me fait un clin d'œil en descendant de la scène, pour venir jouer tout près de moi. Gênée, je souris nerveusement. Il se place à mes côtés comme les guitaristes le font lors des grands spectacles rock. Je suis estomaquée de voir à quel point ses doigts se promènent rapidement sur les cordes de son instrument. Lui et sa guitare ne font qu'un ! Des spectateurs s'attroupent autour de nous. Les gens se font signe, s'arrêtent et sortent leur caméra. Parmi la foule, je vois le visage de Mike s'illuminer. Lui, qui adore également ce succès radio, bat la mesure et hurle de joie. En trois grandes enjambées, Laurie Leblanc est de retour sur scène, avec maintenant au moins une centaine de personnes devant lui, si ce n'est pas plus ! Chantant toujours à pleins poumons, même si je n'entends plus le son de ma voix, je sens une main se poser sur mon épaule droite : c'est Mike. Il est suivi de Scott et d'Élisabeth, qui rient et tapent des mains, même s'ils ne connaissent absolument rien de ce genre musical. Comme initiation, ils ne pouvaient franchement rêver mieux !

Le spectacle fini, nous reprenons notre chemin pour explorer le site.

— Regardez par là-bas, au fond! Il y a un groupe de chevaux. On dirait qu'ils s'apprêtent à faire une course. Allons voir ça! s'exclame Élisabeth, en pointant l'arène du doigt.

Même si la clôture arrive exactement à la hauteur de mes yeux, j'aperçois la vingtaine de chevaux d'un beau brun foncé. Montées sur de longues pattes musclées, ces bêtes arborent de longues crinières qui virevoltent au vent. Malgré la foule imposante, ils semblent calmes et détendus.

— Bonjour à tous et bienvenue au tout nouveau Festival de musique country de Québec! Aimez-vous votre expérience jusqu'à présent? lance un jeune homme, en plein cœur de l'enclos.

L'assistance regroupée autour de l'animateur répond d'un grand cri de joie, pendant qu'il grimpe sur une petite boîte en bois pour être vu de tous.

— Qui dit musique country, dit chapeaux de cowboys et qui dit cowboys, dit chevaux! Pour l'occasion, nous avons demandé à vingt-deux chefs équestres de la région de nous amener leurs meilleurs chevaux. Comme nous savons que vous aimez l'action, la vitesse et la fougue de ces belles bêtes, nous allons vous proposer une course, mais attendez, pas n'importe laquelle! Ce sera une course de chevaux comme vous n'en avez jamais vu! Les chevaux ne seront pas montés par des professionnels expérimentés, mais bien par VOUS! Oui, vous avez bien compris, ces chevaux seront montés par VOUS, chers festivaliers! Nous aurons donc besoin de volontaires. N'ayez crainte, aucun préalable n'est nécessaire. On accepte TOUT LE MONDE! Il suffit de venir vous inscrire en avant, à la table, pour que l'on puisse vous assigner un cheval. On va prendre une grosse heure pour vous expliquer en détail comment monter et comment faire de la vitesse en toute sécurité. Donc, on vous invite à vous inscrire, il y a vingt-deux places disponibles. Premiers arrivés, premiers servis ! La course débutera ici même dans une heure et quart. À tantôt !

Je croise le regard de Scott où je sens immédiatement naître une petite flamme d'excitation. Je l'entends aussitôt dire : « Ça y est, on le fait ! » Sa détermination est remarquable, on dirait que rien ne l'effraie. C'est évident qu'il aime l'aventure et l'action. Le voyant les yeux grands ouverts et le corps alerte, prêt à partir vivre cette aventure, je me joindrais volontiers à lui, mais je me souviens alors que, dans mon état, cette frivolité n'est pas des plus recommandées. Je décide donc d'inciter Mike et Élisabeth à y participer.

— Allez, Mike ! Je sais que tu es un grand cowboy dans l'âme, vas-y ! Tu vas adorer, j'en suis sûre ! Et toi Élisabeth, t'as fait un saut de bungee, tu voudras bien faire du cheval ! Allez-y tous ensemble ! Je veux voir ça ! Ça va être MALADE !

— Ouf… Myriam, j'ai beau avoir fait du bungee, je ne suis pas prête à faire une course de chevaux ! Pas là, pas maintenant, pas sur un cheval inconnu ! bafouille Élisabeth.

— C'est l'expérience d'une vie ! Allez-y ! C'est pas tous les jours qu'on peut faire ça, quand même !

Mike hésite. L'idée semble vraiment le tenter, mais quelque chose le retient. Après un court silence, sans dire un mot, il fait un pas en avant et un signe de tête à Scott. Tous les deux se mettent à courir en direction de la table d'inscription où une file d'une quinzaine de personnes s'est déjà formée.

Élisabeth et moi les encourageons avec nos plus beaux cris de *groupies*. Ils enfilent les dossards dix-huit et dix-neuf lorsque nous les voyons disparaître derrière l'enclos.

* *

*

Juchées sur le haut d'une grosse colline, Élisabeth et moi attendons avec impatience. Mon cellulaire affiche cinq heures lorsque l'animateur sort de sa cachette et qu'une musique digne des Jeux olympiques d'Athènes débute.

— Rebonjour, chers festivaliers! C'est maintenant l'heure du grand spectacle. Je sais combien vous avez hâte de voir vos proches se débrouiller sur ces grandes bêtes, je vous ai vus vous installer bien confortablement pour ne rien manquer. J'en ai même vu appeler et texter les participants, qui s'apprêtent à vivre un moment unique, car oui, pour ceux qui viennent de se joindre à nous, cette course de chevaux que vous vous apprêtez à voir n'est pas ordinaire! Les vedettes de cette course ne sont pas des professionnels, ce ne sont même pas des cavaliers ou des gens du milieu, mais bien des festivaliers, comme vous, qui se sont portés volontaires il y a une heure et quart, pour vivre une expérience mémorable. Sans plus attendre, car je sais qu'ils sont bien excités derrière, je vous invite à accueillir nos vingt-deux cowboys et cowgirls de la journée!

Sous les applaudissements, l'homme présente rapidement chacun des participants, en racontant en quelques mots pourquoi ils ont choisi de s'inscrire à l'événement. À tour de rôle, les concurrents sortent de l'ombre et font un petit tour de l'enclos, avant de se mettre en piste.

— Sur le cheval numéro dix-huit, voici Mikael Lapierre, un cowboy dans l'âme, qui depuis des années écoute de la musique country! Il a même réussi à rendre plusieurs de ses amis accros à ce genre musical, notamment Myriam qui prend part pour la première fois à un tel festival. Elle est parmi nous ce soir, on la salue!

En applaudissant, je me demande pourquoi Mike a choisi de me mentionner. Je le vois me chercher des yeux. Élisabeth se lève et agite le bras pour lui faire signe. Il nous répond en soulevant légèrement son chapeau. Plutôt habile, il se tient bien droit sur son cheval habillé aux couleurs du Québec, en bleu et blanc.

— Sur le cheval numéro dix-neuf, Scott Ménard est en voyage improvisé avec des amis. Il souhaitait participer à l'événement non seulement pour se dégourdir les pattes, ou plutôt celles de son cheval, mais surtout pour rendre son voyage inoubliable. On l'accueille chaleureusement!

Scott se prend pour une *superstar* et file à vive allure dans l'enclos, en se cramponnant à la crinière de son cheval pour améliorer son aéro-dynamisme. Il tente le tout pour le tout et se hisse debout sur les étriers, en faisant virevolter sa main dans tous les sens. Sur son cheval vêtu de vert fluo, on croirait voir le jeu habile d'un professionnel. Le public l'adore déjà. Si le gagnant était choisi par la foule, il remporterait sur-le-champ le premier prix!

Dans leur cage respective, les coureurs se trouvent à la ligne de départ. Certains se couchent littéralement sur leur cheval pour ne former plus qu'un avec la bête, tandis que d'autres, plus froids et distants, se tiennent bien droits sur ce grand dos musclé. Mike opte pour la deuxième option et regarde droit devant lui, sans jeter le moindre regard à son partenaire de course. À ses légers tics, je sens sa nervosité monter et je m'empresse de l'encourager.

– *Let's go*, Mike! T'es capable! Yahoo!

Le décompte s'amorce et un coup de fusil est tiré en plein ciel. Les chevaux ne se font pas prier et décollent à pleine vitesse. Plusieurs cavaliers, qui montent certainement pour la première fois sur une aussi grosse bête, ont de la difficulté à rester en place tellement la vitesse est surprenante.

Le public encourage les participants. Scott gère bien sa vitesse et occupe déjà la troisième place, tandis que Mike se trouve au milieu du lot. Avec seulement trois tours de pistes à parcourir, la course passe à la vitesse de l'éclair. Plus la compétition progresse, moins nous y voyons clair, avec la terre et le sable qui montent dans l'air. Quand le gagnant franchit la ligne d'arrivée, la foule se lève d'un seul bond! Les cris de victoire se font entendre partout sur le site.

Nous apercevons l'animateur venu nous présenter les trois gagnants. Quelle n'est pas notre surprise de voir se découper la silhouette de Mike, dans un nuage de poussière, en deuxième place sur le podium, suivi de Scott au troisième rang! Élisabeth et moi nous écrions de joie.

– Yahoo! Ce sont nos amis, sur le podium!

Une fois la petite cérémonie terminée, nos deux vainqueurs viennent nous rejoindre sur la colline. Élisabeth saute au cou de Scott pendant que Mike se dirige vers moi.

– T'avais raison la p'tite, fallait je le fasse ! Sans toi, j'aurais eu ben trop peur ! Tu m'as donné le courage qu'il me fallait !

Ce genre de commentaire, je l'entends souvent – un peu trop à mon goût, en fait ! Sans le savoir, sans même rien faire, il semblerait que j'inspire les gens. Allez savoir pourquoi... Parfois, je trouve ça gratifiant, mais parfois, ça m'insulte au plus haut point ! Je me dis que les gens, en se comparant à moi, ont l'impression de se consoler. Je les comprends, je fais pareil bien malgré moi ! Seulement, quand tu vois tout le monde te considérer comme « le plus mal pris des mal pris », tu en as ta dose. Aujourd'hui, c'est différent. Ces mots viennent de mon vieil ami Mike et je me demande pourquoi il me dit ça.

– Mais voyons, pourquoi tu ne l'aurais pas fait ? De quoi avais-tu si peur ? Regarde le résultat, t'as fini sur le podium en deuxième place ! Comment t'as réussi cette finale, au fait ?

– J'me suis accroché, la p'tite.

Son regard change, ses pupilles se dilatent et une couche humide vient s'y déposer. Les yeux mouillés, il se penche vers moi.

– Avant, quand mes frères et moi allions au chalet, tu te souviens là où j'ai rencontré Chantal pour la première fois... Eh bien, nous avions un petit enclos avec deux chevaux très bien dressés, qui nous écoutaient à la lettre. C'était mon père qui les avait domptés. Un soir de tempête, mon petit frère Gilles était allé les rentrer dans la grange, car on savait que notre jument avait une réelle frousse des orages. Quand il est arrivé dans l'enclos, y'était déjà trop tard... Les coups de tonnerre étaient venus plus vite que prévu et la jument était déjà prise de panique. Il a voulu la calmer, la rassurer, mais elle était hors d'elle ! Je ne sais pas si tu sais, un cheval c'est fort, très fort, mais un cheval en panique, c'est DANGEREUX ! Elle l'a piétiné, c'est moi qui suis venu à sa rescousse. J'ai été horrifié de voir dans quel état elle l'avait laissé ! Le lendemain matin, mon père avait fait disparaître les deux bêtes. Je ne sais pas comment il s'en est débarrassé et j'ai jamais voulu le savoir. Heureusement, mon frère s'en est sorti avec deux côtes cassées et des points de suture. Après des mois de repos, il s'est remis sur pied. Tu sais, avant j'adorais les chevaux, mais un tel événement refroidit assez vite nos envies ! Quelque part au fond de moi, il me manquait cet échange avec eux. C'est toi qui m'as poussé à le faire, tu m'as permis de renouer avec mon passé et je te le dois, Myriam. Merci !

Je ne comprends aucunement ce que je fais aux gens, mais aujourd'hui je sais que, sans le savoir, j'ai libéré Mikael. Pourtant, je n'ai absolument rien fait, si ce n'est me trouver parmi la foule.

CHAPITRE 10

La panne

— Quel groupe joue ce soir ?

— Hum… Laisse-moi te dire ça… Ce soir, c'est Cayouche et ses invités-surprises.

Scott continue d'étudier le programme pendant que je me retourne vers Mike. Je sais à quel point il aime cet artiste, il m'en a souvent parlé. Il m'a même déjà offert un album de ce chanteur pour que je le découvre.

— On va aller voir ce célèbre Cayouche ! Hein, Mike ? Je vais enfin le voir en vrai !

Nous nous mettons tous d'accord pour assister à ce fameux spectacle et repartir en fin de soirée vers notre hôtel, à environ une heure d'ici. Le plan initial était de partir avant le spectacle à cause de la route qu'il nous reste à faire, mais puisque nous sommes « en fugue », nous nous devons de suivre notre instinct et d'être spontanés ! Nous ne pouvons quand même pas manquer le *show* du plus grand chanteur country que je connaisse, surtout si c'est l'idole de Mike !

Au soleil couchant, nous nous dirigeons vers le spectacle. Malgré la cohue, nous réussissons à nous dénicher de belles places en avant, à quelques mètres de l'artiste. Les écrans géants, la scène et les haut-parleurs juste devant nous : nous ne pouvons absolument rien manquer ! Assise avec mes amis, ces gens merveilleux qui me permettent de réaliser cette grande aventure, je me sens enfin à ma place. En silence, je regarde les jeux d'éclairage qui commencent déjà à s'animer et je prends conscience que tout est bien réel, que ce n'est pas un rêve, que je ne vais pas me réveiller dans quelques minutes pour me rendre à l'école. Je suis bel et bien ici, loin de mes parents et de mon quotidien. J'ai une envie folle de crier, de piétiner et de sauter de joie ! Une chance que le spectacle est sur le point de commencer, je peux lâcher les cris maintenant impossibles à retenir.

Des doigts agiles commencent à gratter la guitare, un harmonica laisse entendre sa complainte et la silhouette d'un homme se dessine dans la pénombre. L'éclairage tamisé me permet de distinguer les traits rieurs du chanteur. J'aperçois sur le haut de sa joue gauche la bosse difforme dont Mike m'a si souvent parlé, mais ce sont ses yeux brillants qui me frappent le plus. Avec sa barbe blanche et sa grande chemise rouge à carreaux, ce vieil homme a des allures de père Noël. Il nous fait voyager dans sa vie, dans son quotidien et dans son passé en chantant le *Portrait de son père*.

Au son de sa mélodie, mon regard se lève vers le ciel où je vois des centaines et des centaines de petits globes transparents flotter au vent. Tournant légèrement ma chaise, je comprends qu'elles proviennent d'un marchand qui se promène parmi la foule pour vendre de petits accessoires fluorescents. C'est lui qui, à l'aide d'un fusil en plastique, fait virevolter et danser ces bulles de savon à travers l'immensité du ciel. Ça donne une ambiance magique ! Sans trop savoir pourquoi, en les voyant monter toujours plus haut, je m'y identifie. Je me mets à réfléchir.

Comme elles, une simple erreur, un simple contact, et je n'existe plus. Au fond, les autres sont comme des madriers, forts et robustes, et moi, je suis l'une de ces bulles frêles et fragiles. Les gros madriers, une fois bien assemblés, peuvent servir à construire des châteaux, des royaumes, des empires. Il n'est pas rare de voir des maisons centenaires tenir debout et résister encore quelques décennies. Seulement, avez-vous déjà vu des madriers de bois toucher le ciel et les étoiles ? Les bulles de savon, certes, ne voient pas passer les années, mais elles volent, virevoltent et atteignent les étoiles. Elles côtoient des merveilles que les madriers ne pourront jamais admirer !

Cette pensée m'apporte un certain réconfort. Malgré ce que les autres croient, au fond, je l'aime un peu ma situation. Je sais, c'est très étrange. Je ne dis pas que c'est toujours facile et qu'il ne m'arrive pas de souhaiter que tout cela s'arrête. Au contraire, il y a bien des fois où je voudrais fuir ma réalité en prenant mes jambes à mon cou. C'est juste que, parfois, j'ai l'impression que ma condition ne m'est pas imposée pour rien, qu'elle va m'apporter quelque chose au bout du compte, quelque chose que je n'aurais pas pu avoir ou saisir autrement. Cette raison n'est pas des plus évidentes, mais je suis certaine qu'elle existe. Il suffit de la trouver...

Le cœur en fête, nous retournons à l'autobus en chantant à tue-tête les succès de la soirée. Malgré la fatigue et les quelques verres, nous réussissons, tous ensemble, à nous souvenir des paroles. La circulation accrue des derniers jours a rendu le chemin chaotique. Des dizaines et des dizaines de nids de poules – que je rebaptiserais plutôt nids d'autruches – se sont creusés. La faible suspension de ma chaise, accompagnée de mon manque flagrant de tonus, me font aller dans tous les sens. Mes amis ont beau comprendre la situation, ils ne peuvent bientôt plus retenir leurs rires étouffés. Il faut dire qu'à cette heure de la nuit, il ne faut pas grand-chose pour déclencher ce genre de réactions.

Lorsque nous voyons enfin se dessiner la carrosserie unique de notre autobus parmi la marée humaine, Mike s'élance pour le faire démarrer et actionner la plateforme pour me permettre d'y monter. Je suis à une dizaine de mètres lorsqu'il insère la clé dans le contact. Une grosse fumée noire jaillit et, en quelques secondes seulement, une boucane épaisse envahit complètement notre vieux tacot. Je lance un cri aigu, pendant qu'Élisabeth et Scott accourent au secours de Mike. Je reste là, complètement apeurée, à hurler de toutes mes forces, désespérément.

– Mike! Mike! Sors de là! Vite Mike! Sors!

Après ce qui me semble être une éternité, il émerge de ce qui reste de notre beau bolide, le nez enfoui au creux de son coude et l'autre main balayant l'air. Plié en deux, il tousse à de nombreuses reprises. Une odeur infecte règne maintenant autour de nous. Témoins de la scène, des gens viennent rapidement, armés d'extincteurs.

— Monsieur, êtes-vous correct ? Voulez-vous qu'on appelle de l'aide ? demande l'un de ces bons samaritains.

Mike lève simplement la main pour lui signaler que tout va bien et qu'il a juste besoin de reprendre son souffle. Scott le prend par le bras et l'aide à se diriger vers une auto tout près, où il peut s'appuyer et se reposer. Nous regardons notre projet de caravane hippie prendre abruptement fin. Malgré la tristesse de la scène, je vois un subtil sourire se dessiner sur le visage de Mike. Ne comprenant pas cette réaction, je crois d'abord n'avoir affaire qu'à un simple jeu d'ombre, mais je le vois soudainement éclater de rire.

— Mais, qu'est-ce qui te prend ?

Littéralement plié en deux, Mike rit aux éclats : les mains accotées contre ses genoux, ses épaules montent et descendent au rythme de son rire saccadé. Il relève la tête et me regarde, les yeux pleins de larmes, mais toujours rieurs.

— Je dis ça de même, mais je ne pense pas qu'ils vont reprendre cet autobus en septembre ! s'exclame-t-il.

Évidemment, la question est réglée ! La grosse baleine jaune a rendu l'âme après de nombreuses années de loyaux services. Je ne comprends pas pourquoi Mike réagit de la sorte, mais je me laisse contaminer par son rire, rassurée de voir qu'il va bien.

— Mais… qu'est-ce qu'on va faire maintenant ? On n'a plus de transport adapté… On peut certainement se dénicher une auto, mais pas facilement une auto adaptée... et notre hôtel n'est pas au coin de la rue, fait remarquer Élisabeth.

Scott s'empresse aussitôt de dire qu'il peut, sans problème, me prendre dans ses bras pour me mettre dans une voiture et qu'il peut même me tenir durant le trajet, si nécessaire. Habité d'une réelle bonne intention, il ne me connaît pas assez. Il veut bien faire, mais il ne sait pas dans quoi il s'embarque. Je n'ai aucun tonus, ma maladie me transforme en réelle poupée de chiffon. Pour ceux qui ne connaissent pas la dystrophie musculaire, j'aime bien utiliser cette image. J'ai de la sensation dans tous mes membres, seulement ils ne coopèrent pas toujours. De toute manière, même si Scott m'amène dans ses bras, il ne pourra certainement pas transporter ma chaise roulante : elle pèse près de quatre cents livres ! Et sans ma chaise, je ne vais pas bien loin.

Confrontés à un problème de taille, nous sommes à la recherche d'une solution miracle. Sans amis proches, sans contacts ni ressources et sans notre propre *van*, il est très difficile — voire impossible ! — de nous déplacer dans notre propre ville, alors imaginez à Québec, en pleine nuit !

Réfléchissant toujours, je croise les yeux de Mike. Je vois soudain une lumière s'allumer au fond de ses pupilles. Il vient d'avoir une idée. Il se redresse, enfonce la main dans sa poche gauche et en sort un cellulaire archaïque — c'est tout juste s'il ne faut pas tirer l'antenne pour avoir du réseau. Regardant notre autobus en fumée devant nous, il compose un numéro qu'il semble connaître depuis la nuit des temps.

– Salut mon vieux chum Hébert! C'est Mike!
Je ne te réveille pas j'espère... Oui ça va bien, et
toi? Toujours en forme? Je me demandais, es-tu
toujours propriétaire du vieux chalet, à Québec?

CHAPITRE 11

Le sauvetage

Quarante-cinq minutes plus tard, il ne reste plus que nous quatre dans le fond du stationnement. Accotés contre notre tas de ferraille, autour duquel nous avons rassemblé les décombres de nos bagages, nous attendons. Dans la pénombre, deux phares lumineux apparaissent au bout du chemin et se mettent à zigzaguer jusqu'à nous, en soulevant une longue trace de sable et de cailloux. Un vieux Ford quatre par quatre s'immobilise pour laisser sortir, d'un seul bond, un homme aussi âgé que sa bagnole.

— Tu t'es vraiment mis dans de sales draps, Mike ! Comment t'as réussi à faire ça ? En tout cas, t'as vraiment pas manqué ton coup !

— Eh ben oui ! Comme tu vois Hébert, je ne suis pas plus chanceux qu'avant, j'ai encore besoin de mon vieux chum pour me sortir de la misère !

Tombant dans les bras l'un de l'autre, ils semblent tous les deux très contents de se revoir. Il ne fait aucun doute qu'ils ont été comme les doigts de la main dans leur jeune temps.

– Qu'est-ce que vous faisiez dans cet endroit désert, au fin fond des champs ?

– On est en voyage, ou plutôt en « fugue », explique Mike, en se retournant vers moi. On est venus au nouveau Festival de musique country. T'aurais aimé, j'en suis sûr. C'est en revenant du *show* que... ben que l'autobus m'a littéralement sauté entre les mains !

– Ah... mais si je vous aide, je ne me rends coupable de rien là ! La police ne vous court pas après, quand même ? Je veux pas aider des fugueurs, moi là ! dit-il à la blague, en nous pointant tour à tour du doigt.

– Non, non, je vous rassure ! lui dis-je en hochant la tête, pendant que Mike s'approche de son ami pour lui donner une claque dans le dos.

– Alors, t'as apporté ce que je t'ai demandé ?

– Oui, oui ! Elles sont dans la boîte arrière. Tiens, les voilà ! lance Hébert, en sautant dans le coffre.

Mike et Scott se mettent aussitôt à sortir deux petites rampes métalliques, utilisées habituellement pour monter les VTT dans les boîtes des camions. Les voyant installer ces rampes au bout du vieux Ford, je comprends rapidement leurs intentions.

– Non, mais vous me niaisez là ! Je n'embarquerai quand même pas là-dedans ! Je veux dire, je sais qu'on est mal pris, mais à ce point ?

– Je crois qu'on n'a pas vraiment le choix Myriam... mais t'inquiète pas, on te laissera pas là durant le trajet, quand même !

– On peut t'étendre sur la banquette arrière, elle est suffisamment grande et puis on a tout au plus quinze minutes de route à faire. Je roulerai lentement et ferai bien attention, je te le promets, lance Hébert d'un air confiant, du haut de son camion.

— Et comment tu vas attacher ma chaise ? Elle est TELLEMENT précieuse, t'as aucune idée ! Sans elle, je suis rien ! C'est mes jambes, tu comprends ?

— Oui, je sais. T'inquiète pas pour ça, j'ai des grosses chaînes et des attaches que j'utilise pour mes quatre roues, mes bébés. Ce ne sont peut-être pas mes jambes, mais je les aime comme mes enfants. Ta chaise ne risque rien. J'ai même une toile qu'on va mettre dessus, pour pas qu'elle devienne toute poussiéreuse.

Pas très chaude à l'idée, mais comprenant les circonstances, je finis par accepter.

— Viens, Myriam, approche-toi de l'auto. Je vais te coucher en arrière, dit Élisabeth. Les gars vont s'occuper de ta chaise.

Me prenant dans ses bras comme on prend un jeune enfant, une main dans le haut de mon dos et une autre sous mes genoux, elle grimpe dans le camion. Après m'avoir installée, Élisabeth s'assoit à mes côtés et tente de m'attacher avec la ceinture de sécurité. Tournée vers la fenêtre arrière, elle surveille le chargement de ma chaise.

— Et puis, comment ils se débrouillent ? Ma chaise ne se fait pas trop brasser ?

— Non, non. Ils se débrouillent bien, mais ils en forcent une *shot* ! C'est beau de les voir. T'as trois hommes à ton service, ma chère, c'est pas rien !

Une fois le coffre arrière refermé, les trois portières s'ouvrent pour laisser entrer mes trois ouvriers de la soirée. Scott grimpe derrière et s'assoit au bout de mes pieds.

— On l'a fait ! J'te le dis, attachée comme ça, ta chaise peut pas se sauver, dit-il en posant la main sur mes genoux, pour me rassurer.

— Je crois même qu'elle est mieux fixée que dans l'autobus, renchérit Mike, assis en avant en tant que copilote.

— Et on va où maintenant ? C'est pas que je doute de la solidité de la chose, mais on n'est pas arrangés pour faire une heure de route jusqu'à notre hôtel, m'exclamé-je.

— Ouais, je suis bien d'accord, c'est pour ça que j'ai contacté mon vieil ami Hébert. En plus, je savais qu'il aurait tous les équipements pour transporter ta chaise. Quand on avait ton âge, lors de nos escapades à cheval, Hébert et moi, on est tombés sur une vieille maison en ruine. Elle était vraiment en train de s'effriter, mais elle avait un de ces charmes. Sur un terrain en pleine forêt, elle avait le côté rustique qu'on recherchait. On l'a tout de suite aimée ! On a donc amassé toutes nos économies et on l'a achetée pour des *peanuts* ! Eh oui, à dix-huit ans, on était copropriétaires d'un petit coin de paradis ! On y passait le plus clair de notre temps. Tout l'été et tous les week-ends, on s'y retrouvait pour retaper cette vieille maison. On prenait des planches de deux par six que les gens ne voulaient plus, de vieux électroménagers... On faisait le tour des ventes de garage et des *cours à scrap* pour ramasser les objets qui pourraient faire notre bonheur, parce qu'on n'était quand même pas riches ! Avec le temps, j'ai délaissé un peu ce lieu et j'ai vendu mes parts à Hébert. Il va nous héberger, en attendant qu'on trouve une solution. C'est tout près, dans dix minutes on est là !

Avançant dans la pénombre, nous quittons les rues asphaltées pour suivre les petits chemins en gravelle. Aucune lumière n'éclaire la route, nous n'avons que nos phares pour nous guider. Les grands arbres cachent presque entièrement la lune. Hébert ne semble pas s'en inquiéter une miette. Il connaît ce chemin sinueux et cahoteux comme le fond de sa poche. Après un virage en épingle sur la droite, le vieux Ford s'engage dans une voie encore plus abrupte. Quelques mètres plus loin, Hébert immobilise le véhicule et les portières s'ouvrent. Aucun bruit de ville dans les parages, je n'entends que le vent souffler à travers les feuilles. Pas de réverbères, pas d'autos, pas de passants, pas la moindre trace de civilisation aux alentours. Je me sens transportée sur une autre planète.

— Bienvenue chez moi, ou plutôt… chez Dude. Il y a deux chambres et un futon, il y a de la place pour tout le monde ! s'écrie fièrement Hébert, en désignant son chalet.

Une fois assise dans ma chaise, j'aperçois notre gîte pour la nuit et je suis aussitôt subjuguée. La maison, quoique de taille modeste, semble tout droit sortie d'un conte de fées. On dirait celle de la grand-mère du petit chaperon rouge. Tout en bois, elle a une galerie soutenue par de belles poutres en chêne et une toiture des plus originales en forme de pignon, percé de deux petites lucarnes. Pendant que j'admire ce chalet qui me ramène dans le monde merveilleux de mon enfance, j'entends des pas derrière moi. D'où peut bien provenir ce bruit ? Des branches se mettent tout à coup à bouger. Les pas s'accélèrent et se rapprochent. Quelqu'un ou quelque chose se dirige tout droit sur nous, il n'y a plus aucun doute !

– Mais… Mais!… Mais, c'est quoi ça ? hurlé-je, apeurée, avant de fermer les yeux.

– Whoo, Whoo! Dude, calme-toi! Tu vas faire peur à nos invités, dit Hébert en se mettant devant moi, pour arrêter son cheval qui accourt au grand galop. Je suis désolé, je ne vous avais pas prévenus… Voici ma jument, Dude, elle est gentille, elle voulait juste vous saluer. Vous savez, elle n'est pas habituée d'avoir de la compagnie. C'est plutôt son chalet après tout, elle y est à l'année. Elle dort dans la grange là-bas et devrait y être en ce moment… Je l'ai pourtant bien attachée avant de partir, mais elle est si rusée, elle a dû se libérer lorsqu'elle nous a entendus arriver.

Celle qui m'a donné toute une frousse ne m'apeure plus le moins du monde. Élancée et musclée, d'un beau brun clair avec une légère tache blanche sur la joue gauche, elle semble douce et affectueuse. Un lien spécial unit visiblement Dude et Hébert, cela se voit. Dude bécote le cou de son maître avant de lui donner de légers coups de tête sur le bras pour lui réclamer des caresses. Nous la trouvons tous adorable.

Il est près de deux heures du matin lorsque Hébert raccompagne sa jument à l'écurie et que nous décidons d'aller nous plonger dans les bras de Morphée. La tâche n'est toutefois pas facile. Il y a encore un obstacle : juste devant moi se dressent deux marches suffisamment hautes pour m'empêcher d'entrer dans la maison. Tout le monde s'active et installe les deux planches de métal que nous avons utilisées plus tôt. Bien entourée, j'avance sur cette rampe improvisée, guidée par Scott et Mike qui assurent ma sécurité en se plaçant respectivement à ma gauche et à ma droite.

À l'intérieur, une odeur fraîche se dégage. De très grandes fenêtres encadrées de petits rideaux carreautés rouges habillent les murs entièrement faits de bois. On se croirait dans une chaleureuse cabane à sucre. Commençant sérieusement à tomber de fatigue, nous nous souhaitons une bonne nuit avant de nous séparer. Hébert et Mike dorment au premier, Élisabeth et moi héritons de la petite chambre du rez-de-chaussée, tandis que Scott prend place sur le futon du salon.

CHAPITRE 12

Le retour des hippies

Dès que j'ouvre les yeux ce matin-là, il faut que je les referme pour mieux les rouvrir afin de m'assurer que ce n'est pas un rêve. Eh oui! Je suis bien là, dans cette petite maison champêtre au fin fond d'une forêt dont j'ignorais complètement l'existence il y a quelques heures à peine. Je suis déjà des plus heureuse! Voyant la place vide à côté de moi dans le lit, j'appelle Élisabeth. Pour le lever et le coucher, j'ai grandement besoin d'elle. Incapable de me soulever un tant soit peu, je ne peux même pas me tourner seule la nuit. Je dois ainsi la réveiller pour me replacer. Le matin, elle doit m'habiller, me laver les dents et tout le tralala. Il y a plusieurs étapes et c'est beaucoup de travail.

— Salut Myriam. T'as passé une bonne nuit? murmure Élisabeth en ouvrant délicatement la porte de la chambre.

— Oh que oui! Et toi? Les gars sont déjà debout?

— Oui, ils sont levés. Il y avait juste toi qui faisais la grasse matinée. Mike et Hébert sont partis faire un tour avec la jument et Scott est allé je ne sais où... Il a seulement laissé une note sur la table, disant de l'attendre et qu'il reviendrait bientôt. Il a dû se lever le premier... personne ne l'a vu.

Une fois préparée et assise dans ma chaise, je me dirige dans la cuisine. Éclairée par le soleil, la pièce semble rayonner. Je jurerais qu'elle est deux ou trois fois plus grande que la veille. Une odeur de café et de *toasts* brûlées emplit la pièce. Un journal ouvert est déposé sur la table, sûrement la lecture d'Élisabeth avant mon réveil.

— Un petit café pour commencer la journée ?

— Certainement ! Comment pourrais-je refuser ?

Pendant que je déguste ma *toast*, le grincement de la porte annonce l'arrivée de Mike et d'Hébert. Ils semblent si heureux ! Côte à côte, on pourrait facilement les prendre pour des frères : légèrement grassouillets, de la même taille, ils ont le même sourire rieur.

— Salut les filles ! C'est vraiment magique dehors, vous devriez vraiment aller vous promener tantôt. Pas besoin d'aller bien loin pour constater la beauté du site. Ça faisait au moins deux ans que j'étais pas venu et je me rappelle maintenant pourquoi j'aimais tant l'endroit. Les arbres sont gigantesques, ils doivent bien dater de l'ère des dinosaures ! s'exclame Mike, en gesticulant pour illustrer l'immensité du décor.

— Ouais, j'ai bien l'intention d'aller me promener. Après tout, je ne suis pas venue ici pour m'enfermer ! Quand on est en fugue, on prend le grand air !

— En plus, aujourd'hui il fait un de ces soleils !

— Une température idéale pour ta petite robe, Myriam ! suggère Élisabeth, en prenant une gorgée de café.

— Mais vous allez voir, ici il a beau faire soleil, on ne meurt jamais de chaleur, grâce à ces chers arbres qui nous gardent au frais. C'est génial! La place idéale où passer l'été, explique fièrement Hébert, en se laissant tomber sur une chaise qui craque légèrement sous son poids.

Regroupés au centre de la cuisine, nous discutons de choses et d'autres. Assise à mes côtés, Élisabeth sirote son deuxième café en me faisant déjeuner. Hébert, à l'extrémité de la table et Mike, accoté nonchalamment sur le comptoir-lunch, nous ressemblons à une vraie petite famille.

— Comment va Dude, ce matin? Elle a aimé sa randonnée?

— Ah oui! Elle nous attendait déjà au bord de l'enclos, répond spontanément son maître. Je crois qu'elle avait hâte de voir Mikael. Elle l'aime bien! Je suis content que t'aies accepté de la monter ce matin, Mike. Ça m'a surpris un peu de ta part, je veux dire, après ce qui s'est passé avec ton frère...

— J'y suis pour rien, c'est Myriam qui m'a fait affronter mes vieux démons hier, et Dude est si gentille! Je crois que je suis tombé en amour avec elle. Je te dis, fais attention, je pourrais très bien racheter mes parts, simplement pour la voir plus souvent.

— Ahhh et ça ne ferait pas de tort, mon vieux chum! J'arrive à peine à joindre les deux bouts, ces temps-ci. Tu sais, depuis que Jacqueline nous a quittés l'hiver dernier, plus rien n'est comme avant... Elle était ma bonne conscience, elle me calmait, me donnait le goût de vivre! Sans elle, je suis une poule pas de tête. Regarde la maison, il y a plein de travaux à faire. T'as peut-être pas remarqué hier soir, mais la toiture est plus que due. Sans

     Pourquoi pas?

compter l'entretien des murs en bois et le peu de temps que je consacre à Dude en promenade ! Tout allait si bien à deux ! soupire Hébert, en baissant la tête.

— Voyons, ça va aller, dit Mike en posant la main sur l'épaule de son vieil ami. Je vais t'aider, des copains c'est fait pour ça ! On a toute la journée devant nous. Qu'est-ce que je peux faire ?

S'essuyant les yeux avec ses deux gros doigts, Hébert se ressaisit et fait signe à Mike qu'il a besoin de lui au deuxième.

— J'aurais quelques trucs, là-haut, que j'aimerais te montrer.

Sans plus attendre, les deux grands gaillards gravissent les marches deux par deux pour disparaître dans la pénombre.

Pour finir mon repas en beauté, je décide d'aller siroter mon café sur la belle galerie aperçue la veille. Élisabeth m'y installe et s'éclipse sous la douche. Recouverte par un petit toit, cette véranda me permet de profiter pleinement du beau temps sans brûler au soleil. Seuls mes pieds, toujours congelés, se réchauffent sous la chaleur des rayons. Profitant d'une belle vue sur la forêt et sur l'enclos de Dude, j'admire le paysage en silence. Le vent frais de ce début de journée chasse les cheveux de mon visage, entre deux gorgées de café dégustées à la paille. Il faut sérieusement trouver une solution pour la suite de notre escapade. Sans moyen de transport, tous mes plans tombent à l'eau. Je mentirais si je disais que cet imprévu me dérange réellement. Au fond, je suis venue ici exactement pour ça : vivre un peu d'aventures !

Pendant un moment, je considère que nous pourrions passer le reste de notre séjour ici, avec

Hébert. De la visite lui ferait certainement du bien. Mike, Scott et Élisabeth pourraient l'aider dans les travaux de la maison et nous pourrions retourner chez nous en train, à partir de Québec. Hébert pourrait nous emmener à la gare comme il est venu nous chercher hier. De là, Mike et moi pourrions prendre le train accessible aux chaises roulantes jusqu'à Ottawa, où mes parents viendraient nous retrouver. Ce n'est certes pas les vacances souhaitées, mais bon… Autrement, je ne trouve pas dix millions de possibilités. D'un autre côté, je ne veux pas non plus ambitionner sur l'hospitalité d'Hébert, qui a si gentiment accepté de nous héberger. Il préfère peut-être être seul… Il pourrait toujours nous conduire à un hôtel au centre-ville. Dans tous les cas, nous resterions autour de la ville de Québec. Il faut oublier les autres destinations, dont le Festival à Rimouski, ce qui me déçoit grandement. Je voulais voir du pays, traverser les kilomètres, voir des paysages dont j'ignorais l'existence, rencontrer des gens avec des accents jamais entendus. Je voulais prendre la route avec une seule consigne en tête : « toujours tout droit ! », juste pour voir où cette folie pourrait nous mener.

Pendant mes réflexions, mon regard se pose sur le nid d'une famille d'oiseaux sur le haut d'une branche. Leurs chants s'interrompent brusquement lorsqu'un vrombissement mécanique se fait entendre. Dude se met à hennir comme pour répondre à ce bruit sourd. À travers le feuillage des arbres, j'aperçois une Westfalia orange se diriger dans l'entrée de la propriété d'Hébert. Un air des Beatles arrive jusqu'à moi par les fenêtres grandes ouvertes et me donne une impression de retour dans le temps. Quand l'engin s'immobilise, je reconnais immédiatement le conducteur, qui m'envoie fièrement la main : c'est Scott.

— Hé, mais voilà le lève-tôt ! Ça va ? Où t'étais passé ?

— Salut Myriam ! J'étais parti chercher une solution à nos ennuis techniques. Regarde ce que j'ai trouvé sur mon chemin, pas pire, hein ? déclare-t-il, en donnant une légère tape sur la portière. Tu vas même pouvoir y entrer avec ta chaise !

Mes yeux s'illuminent d'un coup. J'examine la Westfalia. Elle semble dater selon moi des années 1980, mais excepté le bruit qui l'a trahie à son arrivée, elle paraît en bon état. Aucune trace de rouille, sauf près des roues avant. Son toit surélevé et sa couleur me donnent, étrangement, un sentiment de liberté. Après notre autobus transformé en mini-camper, nous restons dans la thématique des *road trips* de hippies. Exactement le genre de voyage que j'espère vivre ! Comme si Scott avait suivi le fil de mes pensées, il s'approche de moi en se passant la main dans les cheveux.

— Je sais que ce n'est pas le dernier cri, mais c'est très confortable et ça va nous permettre d'aller partout où l'on veut ! Et comme j'ai dit, on n'aura aucun problème avec ta chaise. T'as une place réservée juste pour toi, aux premières loges, en tant que copilote ! m'indique-t-il, en pointant l'espace vide à l'avant du véhicule.

Je m'avance pour vérifier cette dernière information. Je n'ai jamais pu m'assoir devant en auto, à cause de ma chaise qui prend beaucoup de place. L'idée m'enchante. Je m'y vois déjà !

— Mais… où t'as déniché ça ?

— En me levant, j'ai appelé mon oncle. Il habite dans la région et a une compagnie de vieilles voitures de location. Je savais pas s'il pouvait réellement nous aider, mais je me suis dit qu'il aurait peut-être une solution à nous proposer. Après quelques appels et quelques recherches sur le Web, on a retracé l'un de ses anciens clients, qui se déplaçait en chaise roulante et qui collectionnait les Westfalia. Il est décédé aujourd'hui, mais sa femme avait toujours la voiture. Quand je me suis présenté chez elle et que je lui ai expliqué la situation, elle a tout de suite accepté de nous la prêter. Elle a dit que son mari aurait fait pareil ! J'ai dû signer une coup' de papiers pour dire que je serais l'unique chauffeur et que je la lui rapporterais intacte, dans une semaine. Bref, vous êtes maintenant pris avec moi pour le restant du voyage ! s'exclame-t-il, les bras dans les airs. J'espère que ça vous dérange pas trop ?

— Du tout ! Je te le dis, si je pouvais, je te sauterais au cou ! Tu viens de sauver mon escapade ! Merci mille fois, Scott ! Merci !

— J'ai vu comment cette fugue te tenait à cœur, je trouvais ça plate que tous tes efforts se terminent ainsi. Tu veux faire un tour pour l'essayer ? Il y a une superbe vue panoramique sur le chemin. Tu veux aller voir ?

— Certain !

Me débarrassant de mon café, Scott m'aide à descendre de la galerie.

— Mais qu'est-ce que c'est que ça ? lance Élisabeth, en sortant de la maison.

— Notre nouveau carrosse ! rigole Scott, avant de l'inviter à se joindre à nous pour la toute première balade. Veux-tu demander aux gars s'ils veulent venir ?

                                    Pourquoi pas?

— Je ne crois pas qu'ils voudront… Je viens tout juste d'aller les voir et ils étaient plongés dans de vieilles histoires, en faisant le ménage des boîtes au grenier. Ç'avait l'air pas mal émotif, leurs affaires.

— OK, on ne part pas pour longtemps de toute manière, conclut Scott.

Faisant le tour de la carrosserie, j'observe chaque détail de ce cadeau inespéré. J'adore sa couleur orangée, soulignée par une belle ligne blanche, sa roue de secours située en avant et ses petits rideaux intérieurs d'un blanc cassé. Derrière, un vieux vélo à poignées hautes est suspendu.

— Et ça, ça venait avec ?

— Non, mais c'est vrai que ça doit dater de la même époque ! Je l'ai pris ici, chez Hébert. Il me fallait bien un moyen de transport pour aller chercher cette perle. J'ai emprunté la première chose que j'ai vue ce matin. Je voulais pas réveiller Hébert.

En entrant dans le véhicule par la rampe repliée contre la porte, je me retrouve devant une cuisinette avec un évier et des armoires. À ma gauche, j'aperçois un banc à trois places, qui peut visiblement se transformer en lit double. Je trouve le concept génial ! Avec une Westfalia, nous nous transformons littéralement en tortue, transportant notre maison avec nous à tout moment.

Faisant un virage serré sur ma droite, je me retrouve finalement à ma place en tant que passagère avant. Une fois tout le monde attaché, Scott démarre et la musique que j'ai entendue à son arrivée se fait entendre.

— J'ai mis un vieux CD des Beatles, vous aimez ?

— Oui, c'est génial. Il ne nous manque plus que les grosses lunettes rondes et des fleurs dans les cheveux !

– Myriam! Écoute les paroles, elle est pour toi celle-là! s'écrie Élisabeth.

Sur une trame sonore qui fait penser à un vieux film de vacances, nous partons en chantant à tue-tête : *Well, she was just seventeen, You know what I mean...* La fenêtre ouverte, je laisse pendre ma main dans la puissance du vent. Je m'imagine déjà la muse des Beatles. Après tout, elle a bien mon âge, alors pourquoi ne pas rêver!

* *
*

Après une dizaine de minutes, la Westfalia plonge dans la forêt et s'immobilise sur un grand terrain vague, embrouillé par quelques racines. Nous y laissons l'auto et suivons Scott dans un sentier sinueux. Défriché partiellement, l'endroit est presque sauvage.

– Je suis passé par ici tantôt à vélo, pour me rendre chez la propriétaire de la Westfalia. Vous allez voir, c'est encore plus beau là-bas! Regardez, c'est juste ici. Regardez-moi cette vue! dit-il en désignant le paysage de la main.

Au bout du sentier, plusieurs arbres manquent à l'appel, ce qui nous permet de contempler la ville de Québec entourée du fleuve Saint-Laurent. Le tapis d'épines frais laisse place à un sol rocailleux, qui rappelle la fondation de cette ville historique. Le dénivelé offre un point de vue exceptionnel. À l'abri des regards indiscrets, une grosse pierre fait office de banc. Elle a sans aucun doute été témoin de nombreux baisers, surtout en fin de soirée, lorsque la ville doit offrir un spectacle mémorable aux jeunes tourtereaux.

J'admire sagement la vue à couper le souffle et je n'ai rapidement plus qu'une seule envie. Sauter pour déployer mes ailes. Sauter pour voler à toute vitesse dans le ciel. Sauter pour sentir la puissance du vent contre toutes les parcelles de mon corps. Sauter pour ne plus me sentir prisonnière de ma chaise, de mon corps endolori. Sauter pour être libre. Aucune barrière n'empêche mon geste.

— C'est magnifique ! murmure Élisabeth, en s'assoyant sur la grosse pierre.

Scott s'assoit à ses côtés. Les uns près des autres, nous restons un long moment en silence, simplement à fixer le paysage. Du coin de l'œil, j'observe Élisabeth et Scott. Ils sont exactement placés comme les tourtereaux que j'ai imaginés quelques instants plus tôt. Scott glisse discrètement sa main pour rejoindre celles d'Élisabeth qui s'éloignent juste avant que Scott ne puisse les atteindre. Depuis le début du voyage, j'ai perçu la petite étincelle dans les yeux de Scott. J'ai vu comment il la regarde quand elle a le dos tourné. J'ai l'œil pour ce genre de choses. Les histoires d'amour naissent souvent sous mes yeux.

Une pensée pour Jérémy vient me serrer le cœur. On dirait que, depuis mon départ, une décennie s'est écoulée. Au loin, je vois la ligne de l'horizon se perdre entre le bleu du ciel et celui du fleuve. Étrangement, je me dis que si je réussissais à voir juste un peu plus loin, je verrais peut-être mon avenir se dessiner sous mes yeux. Depuis mon rendez-vous chez le D^r McFault, je sens une urgence de vivre crier dans ma poitrine. Si ses prédictions sont justes, je n'ai plus une seconde à perdre.

— Donc, c'est quoi le plan maintenant, Myriam ?

– J'ai quelques idées. Il y a notamment le festival à Rimouski qui commence demain, mais… il y a aussi un autre truc que j'aimerais vraiment faire… dis-je en fixant l'horizon. C'est un peu fou, mais… une fugue c'est fait pour ça, non ?

– À quoi tu penses, Myriam ? demande Élisabeth, légèrement inquiète.

– Vous avez déjà eu envie de voler comme un oiseau ?

PARTIE 3
La rage de vivre

CHAPITRE 13

Le regard des autres

De retour au chalet, nous découvrons nos deux vieux cowboys assis sur la galerie, riant à gorge déployée et grillant des cigarettes. À la vue de notre bolide, Mike se lève pour venir nous saluer.

— Hé, mais ce sont les hippies qui reviennent ! Vous avez trouvé une solution à nos ennuis d'hier, on dirait. Vous avez déniché ça où ?

Je m'empresse de lui répondre, par la fenêtre ouverte du côté passager.

— C'est notre agent Scott qui a usé de ses contacts pour nous trouver cette perle venue tout droit des années 1980 !

— Ah oui ?

Fier, Scott ne peut résister à l'envie de raconter comment il a réalisé son exploit.

— Génial, Scott ! dit joyeusement Mike, en lui donnant une petite tape dans le dos. Je crois que t'as fait une heureuse !

— Et puis, la balade, vous avez aimée ? s'écrie Hébert, toujours assis sur la galerie. Je vous avais dit que le paysage était superbe !

— Oui ! Scott nous a emmenées sur un site magique qui offre une super vue sur la ville de Québec, explique Élisabeth. Vous connaissez, j'imagine, c'est à quelques minutes d'ici, dans la forêt.

— Oui, oui. J'oublie tout le temps le nom de ce sentier, murmure-t-il, en mettant sa main sur son front. Le parc Léonard, je crois. J'y vais quelquefois pour y faire des pique-niques.

— En parlant de pique-niques, vous avez pas faim ? On pensait justement se faire un petit barbecue, des hot-dogs peut-être. Vous en voulez ?

— Ouais, c'est gentil Mike, merci, dis-je nerveusement après un court silence, mais j'aimerais reprendre la route bientôt. Je voudrais être à Rimouski pour l'ouverture des festivités de demain, si possible.

— Ben oui, bien sûr ! Mais il ne faut jamais partir le ventre vide, en tout cas pas de chez moi !

Sur ces paroles, Hébert disparaît dans la maison pour préparer le lunch. Nous dînons rapidement à l'extérieur, avant de remballer nos bagages. À quelques minutes du départ, lorsque Scott et Élisabeth s'affairent à rentrer les dernières valises, Mike vient me rejoindre.

— Myriam, je suis désolé, mais je ne pourrai pas vous suivre cette fois. Hébert a besoin de moi ici. Il m'a montré une montagne de boîtes appartenant à sa femme, qui ne devraient déjà plus être ici. Il doit régler un tas de trucs qui traînent depuis maintenant trop longtemps. Il a besoin de moi, tu comprends ?

Je hoche la tête. Évidemment que je comprends, j'ai vu plus tôt combien Hébert, qui paraissait si fort hier, a les émotions à fleur de peau depuis le départ de sa Jacqueline. Je trouve ça beau de voir l'amitié dans les yeux de Mikael, cet élan de protection. Ça me rappelle un peu l'attitude de Christian à mon égard. Il me manque déjà, mon frérot.

— De toute manière, je vois que tu es entre bonnes mains maintenant. Tu as même un nouveau chauffeur privé ! Amuse-toi bien avec tes amis et fais attention à toi, dit-il d'une voix grave. Donne-moi de tes nouvelles. Je te donne mon numéro. Tu m'appelles sans faute à ton retour, OK ? Je veux savoir comment finit cette escapade, quand même !

Je souris quand il me tend son numéro, écrit sur un bout de papier caché dans l'étui de son cellulaire.

— Qu'est-ce que tu veux, je ne m'appelle pas souvent, je ne le connais pas par cœur !

— Merci encore, Mike. Je t'appelle à mon retour, c'est sûr !

Une fois l'auto remplie, nous reprenons la route. Nous nous enfonçons dans les bois en dévalant des routes sinueuses. Assise en avant, j'ai la meilleure vue, mais je ne peux pas laisser vaguer mon esprit dans ces paysages, du moins pas pour l'instant. Je dois absolument régler un dernier arrangement pour la suite des choses. Puisque je n'ai plus de transport pour me ramener à la maison, je dois faire un appel pour me réserver une place dans un train. Je ne veux surtout pas revivre ce qui m'est arrivé en 2007...

* *

*

– Vous pouvez me suivre, annonce la dame habillée aux couleurs de la compagnie ferroviaire. Nous allons vous faire entrer en premier.

J'ai six ans. Incertaine, je me retourne vers ma mère qui me suit avec plusieurs valises. Après des mois de séparation, nous allons rejoindre mon père à Toronto pour la remise de diplôme de sa seconde maîtrise. Guidée par la dame, j'emprunte une passerelle pour entrer dans le train et m'immobilise près de la fenêtre où il y a des points d'ancrage pour attacher ma chaise roulante.

– Vous êtes bien confortable ? Les passagers vont entrer dans quelques instants, ça ne devrait pas être trop long. En attendant, je vous laisse ça, pour vous amuser, dit-elle en me tendant un casse-tête en trois dimensions à l'effigie de la compagnie ferroviaire.

Une demi-heure plus tard, le train démarre et nous offre une superbe vue. Les paysages déferlent à toute vitesse et me propulsent aux quatre coins de mon imaginaire. Une vieille dame vient cependant troubler mes pensées. Se dirigeant vers la salle de bain, elle passe à côté de moi et me fixe en pinçant les lèvres. J'ai l'habitude que l'on me dévisage, mais le regard de cette femme est différent : il a un arrière-goût d'amertume. Lorsqu'elle repasse pour regagner son siège, elle rebrousse volontairement chemin et se dirige droit sur moi.

– J'espère que tu apprécies le voyage… Moi aussi, je voulais emmener ma nièce en vacances, mais tu as pris sa place ! Il n'y a qu'un seul espace pour les chaises roulantes dans ce foutu train ! s'écrie-t-elle, en tapant du pied et en agitant les bras avant de retourner s'assoir aussi rapidement qu'elle était venue.

* *
*

En repensant à cet épisode, je me demande bien ce que nous aurions fait aujourd'hui si j'avais souhaité voyager avec mon ancien copain Jérémy, qui se déplace lui aussi en chaise roulante ? Qu'est-ce que l'agence de voyages nous aurait proposé ? Un voyage en amoureux séparés ? Voyons donc !

La société ne tient pas compte des gens comme moi. Elle ne conçoit même pas que plus d'une personne à mobilité réduite puisse vouloir voyager au même moment. J'ai lu un jour : « Les handicaps sont circonstanciels, leur importance varie selon l'accessibilité, les outils disponibles, notre attitude et celles des autres[1]. » Cette phrase n'est que pure vérité. Le fait que nous soyons en chaise roulante ne change en rien notre personne. Seuls nos besoins divergent de la majorité de la population. Si tout le monde roulait, tous les lieux seraient universellement accessibles. La question ne se poserait même pas ! Seulement, cela n'est pas le cas...

Bref, afin de m'épargner tout désagrément pour le retour à la maison, j'empoigne mon cellulaire et croise les doigts pour que la seule et unique place disponible soit encore libre. Je tombe directement sur une voix enregistrée qui me propose des dizaines de choix. J'appuie sur le 9, le 7, le 4... puis finalement trois fois sur le 0, avant de perdre patience. J'entends finalement une voix humaine.

– Oui, bonjour ! J'aurais besoin d'une place pour un voyage de Québec à Ottawa dans une semaine, avec une chaise roulante.

---

1. Sur la page *Collectif pour une pension d'invalidité* (Publication Facebook, publié le 13 octobre 2014).

– Hem… Laissez-moi voir ça un instant… Oui, il me reste une place dimanche, en fin d'après-midi.

– Parfait, je la prends !

Une suite de chiffres plus tard pour confirmer la transaction, mon billet de retour est acheté. Tous nos problèmes de transport sont désormais réglés. Scott propose aussitôt de venir me reconduire à la gare, lui et Élisabeth restant encore un moment à Québec. J'aurais aimé que quelqu'un m'accompagne jusqu'à la maison, mais je me rassure en me disant que le personnel d'embarquement sera là pour m'aider et que mes parents m'attendront sagement à l'arrivée.

Plus aucun souci en tête, je peux maintenant admirer la splendeur des paysages. Je pars aussitôt dans mes pensées et demande à Scott de monter le son de la radio, qui chante des airs de liberté à mes oreilles.

*   *

*

– Voulez-vous arrêter ici, les filles ? Il y a un petit resto sur le coin de la rue là-bas, on pourrait y souper avant de reprendre la route, demande Scott en brisant le silence qui s'est tranquillement installé au cours des kilomètres.

Nous roulons depuis près de deux heures et le grondement du moteur commence à me plonger dans un état semi-végétatif. La tête vers la fenêtre, je suis perdue au milieu de mes songes. La voix de Scott me saisit et j'essuie le sable de mes paupières. Après une brève consultation dans le rétroviseur, Élisabeth et moi acceptons volontiers.

L'endroit semble plutôt tranquille en cette fin d'après-midi. La bâtisse, faite de béton blanc bruni à certains endroits, a l'air tout aussi austère qu'accueillante. Au milieu d'un grand stationnement, pratiquement désert, elle rappelle ces films de villes fantômes, abandonnées après une fermeture d'usine. Son toit rouge flamboyant et ses petits volets en bois lui confèrent cependant un côté campagnard qui me plaît. Au-dessus de la porte d'entrée, une vieille affiche est installée : Le Resto chez Karlos.

Une sonnerie annonce notre arrivée. Je balaie rapidement le restaurant du regard. Seules quelques tables sont occupées. Un homme vêtu d'un tablier vient nous rejoindre en pressant le pas et en s'essuyant les mains sur son habit déjà sali.

— Bonjour, ça va être pour trois personnes ? dit-il en prenant les menus et en m'examinant longuement.

Je perçois son hésitation. Je ne sais pas pourquoi, mais les gens hésitent toujours sur mon âge. Ils me prennent soit pour beaucoup plus jeune, soit pour beaucoup plus vieille. La plupart du temps, ils optent pour la manière infantilisante. Heureusement, dans certains cas, après quelques répliques de ma part, ils s'adaptent. Je m'efforce donc de regarder le serveur droit dans les yeux, en espérant réussir à faire un peu de télépathie pour lui indiquer le bon menu à prendre. Je sais que ce n'est pas bien grave s'il me donne la carte pour enfants. Après tout, je n'ai pas très faim, mais se faire constamment prendre pour un enfant devient très agaçant. Surtout à dix-sept ans, lorsque l'on souhaite prendre le contrôle de sa vie et se faire prendre au sérieux.

— Venez avec moi !

Le suivant de près dans les allées de son restaurant très étroites, nous nous installons au fond de la pièce, à une table près des autres clients.

— Je vous reviens dans un moment, dit-il en déposant un menu régulier devant moi.

— Alors, qu'est-ce qui vous tente pour souper ? demande Élisabeth, qui s'empresse d'ouvrir le livret pour moi.

— Qu'est-ce que vous penseriez d'une entrée de nachos avec une bonne bière ? lance Scott, le nez déjà plongé dans la liste de plats. Ils ont plein de sortes de nachos, ça doit être leur spécialité ! Ils en ont même avec du homard !

— Oui, j'appuie ton choix. Et toi, Myriam ?

— Oui certain, mais je ne pourrai sûrement pas vous accompagner pour la bière. Vous avez vu le serveur ? Il a failli me donner un menu pour enfants.

— On n'a rien à perdre d'essayer, personne ne nous connaît ici ! Aie l'air sûre de toi et tu l'auras, ta bière, m'assure Scott.

Quand l'homme revient prendre notre commande, je n'ai même pas à demander ma bière, il me la propose sur un plateau d'argent. Surprise, je m'empresse de répondre « oui », avant de le voir disparaître derrière les portes battantes de la cuisine.

— Wow ! Un instant je suis une enfant de moins de douze ans qui peut commander du *kraft dinner* et avoir un *jello* gratuit comme dessert et, ensuite, j'ai au moins dix-huit ans et je peux commander tout l'alcool que je veux.

— Tu es une fille pleine de surprises !

– Ouin, je dirais plutôt que je suis une éternelle inclassable. Les gens ne savent jamais comment réagir en me voyant.

Une grosse montagne de nachos arrive rapidement au centre de notre table. Une odeur de fromage fondu, de chips rôties et d'épices de toutes sortes nous emplit les narines. Élisabeth et Scott me font manger chacun leur tour, ce qui me donne une bonne variété de saveurs. J'ai droit à de grosses bouchées légèrement brûlées et plutôt épicées de la part de Scott et à de petites fromagées d'Élisabeth. Nous devons paraître assez rigolos comme trio !

Sous l'effet de sa bière, Scott est très volubile et ne cesse de nous raconter ses vieilles histoires de voyages, plus rocambolesques les unes que les autres, que j'écoute attentivement en buvant chacun de ses mots. Entre mes bouchées, je suis cependant très mal à l'aise. Je sens les gens autour me dévisager. C'est vrai que je ne mange pas des plus proprement. Je fais pourtant de mon mieux, mais quelques morceaux d'oignons et de champignons tombent à l'occasion sur la petite serviette qu'Élisabeth a mise sur moi pour protéger mes vêtements. J'ai fait bien attention de m'installer face au mur pour ne pas avoir à affronter constamment les coups d'œil indiscrets des gens, mais je sens tout de même des regards et des chuchotements mal camouflés.

– Ça va, Myriam ? demande Élisabeth, qui voit que j'ai les pensées ailleurs.

Restant silencieuse, elle suit mes yeux qui se tournent vers ceux qui ont le cou complètement cassé à essayer de me regarder.

— C'est toujours pareil… les gens sont pas capables de me laisser vivre. Qu'est-ce qu'il y a de si attrayant à me voir manger ?

— Laisse-les faire, Myriam… Oublie-les, ils n'en valent pas la peine. Ce sont eux les insignifiants, murmure Élisabeth, qui sait combien ce genre de situation réussit à me blesser.

— Gorgée de bière, s'il te plaît. Ils vont voir qu'un handicap' aussi ça boit ! dis-je, une pointe d'arrogance dans la voix.

Pendant qu'elle me tend mon verre avec une paille, Scott essaye tant bien que mal de trouver une solution à mon malaise. Lui qui n'a pas la langue dans sa poche et qui se fiche royalement de ce que les autres peuvent penser, ne tarde pas à agir. M'adressant un bref coup d'œil, il affiche un air plutôt méprisant en direction de la table voisine avant de se mettre à faire quelques singeries encore plus embarrassantes que les quelques oignons qui traînent sur moi. Les clients comprennent aussitôt le message et se détournent, mal à l'aise, vers leur assiette. Élisabeth et moi éclatons littéralement de rire.

— Ben quoi ! On ne peut pas déterminer ce qu'ils pensent de nous, mais on peut les faire sentir aussi mal qu'ils nous font sentir, conclut Scott.

— *I'll drink to that*, lancé-je à pleins poumons.

CHAPITRE 14

Coucher de soleil et balançoire

— Le compte est bon ? demande le serveur, en désignant les billets empilés sur le coin de la table. Vous êtes en voyage ici, n'est-ce pas ?

— Eh… oui. Ça paraît tant que ça ? envoie Scott.

— Oui, on fait un *road trip* entre amis, complété-je. Pourquoi ?

— Je me disais aussi… On n'a pas beaucoup de clients ici, je veux dire que nous avons nos habitués, mais sans plus. Tout le monde se connaît, alors… J'imagine que vous êtes venus pour voir nos célèbres couchers de soleil ? Il va falloir vous dépêcher si vous ne voulez pas manquer celui d'aujourd'hui, ils sont superbes ces temps-ci. Hier, il était d'un beau rouge orangé.

— Eh… non, on savait pas, déclare Élisabeth, après nous avoir consultés d'un air interrogatif.

— Ah bon ! dit-il étonné en haussant les épaules. Les touristes viennent souvent à Rivière-du-Loup pour admirer ce spectacle. Avec le fleuve et tout, la vue est splendide ! Si vous avez le temps, allez-y. Ça devrait commencer dans… vingt-cinq minutes environ, affirme-t-il après avoir levé les yeux sur l'horloge suspendue au mur.

— C'est où exactement ?

— La meilleure vue est au Parc de la Pointe. Ce n'est pas très loin, à une dizaine de minutes d'ici. Le site est aménagé, il y a une piste cyclable qui permet de se promener près du fleuve, des balançoires, des tables…

— ON Y VA ! m'écrié-je après un bref silence, déjà enthousiaste à l'idée d'assister à ce spectacle de lumières.

Ce genre d'activité me fait toujours *triper*. Ne pouvant pas faire beaucoup de plein air, je n'ai pas souvent l'occasion de voir de merveilleux paysages. Je dois me contenter des lieux accessibles sans trop d'obstacles ou de dénivelés, c'est-à-dire les routes en asphalte – et encore là ! Les gens me ramènent souvent des photos de leurs explorations dans les sentiers pédestres, mais elles ne rendent jamais justice à l'expérience elle-même, qui fait appel aux cinq sens à la fois. Le toucher, la sensation du vent frais sur la peau, les odeurs et les effluves de la nature sont tout aussi importants que le spectacle. Ce coucher de soleil me rend toutes ces choses possibles.

Nous faisons sonner la clochette de la porte d'entrée pour partir en direction de cette communion avec la nature, en n'oubliant surtout pas de remercier le jeune homme pour ce précieux renseignement. Quelques minutes plus tard, nous y sommes. Notre serveur avait raison, l'événement est bien couru par les touristes. Plusieurs familles sont déjà installées sur de petites chaises pliantes et attendent le moment tant attendu où le soleil viendra rejoindre la ligne d'horizon et emplira le fleuve et le ciel de ses derniers rayons.

Puisque le soleil est encore suffisamment haut pour nous aveugler, nous décidons de profiter un peu du site en nous promenant sur la berge. Côte à côte, nous pourrions filmer une publicité pour Rivière-du-Loup tellement la vision est idyllique. Le vent frais du fleuve dans mes cheveux et la douceur des derniers rayons sur mon visage, je ne peux bientôt plus me retenir et je pars à plein régime sur le beau tracé devant moi, laissant Élisabeth et Scott derrière. J'aime cette sensation de liberté, lorsque la vitesse me propulse et que la force du vent s'abat contre ma peau. Je me sens invincible. À ces moments, j'oublie qui je suis et dans quel monde je vis. Je ne fais qu'avancer et me laisser happer par la vie.

Je ferme un bref instant les yeux et prends une immense respiration, m'emplissant les poumons de l'air salin du fleuve. J'arrête soudainement ma course à côté d'un grand arbre situé à quelques pas de la marée montante. Je me retourne pour chercher Élisabeth et Scott des yeux. Ils marchent dans ma direction, mais sont loin, encore parmi les touristes. Où je me trouve, il n'y a personne. Je suis seule en compagnie du chêne qui agite violemment ses branches sous le poids de son feuillage verdoyant. J'appuie la tête contre son écorce pour regarder le courant des vagues et laisser vagabonder mes pensées au rythme des mouvements du fleuve.

— Myriam, as-tu vu ça là-bas ? demande Élisabeth, maintenant tout près de moi en désignant une structure de jeu dont la base est composée d'une grande plaque de métal soutenue aux quatre coins par d'énormes chaînes.

Je n'ai jamais vu ce modèle auparavant. Scott s'en approche, l'examine un instant et en déplie un côté, rabattu derrière pour former une rampe.

– Tu ne pourras peut-être pas voler ce soir, Myriam, mais tu vas au moins pouvoir te balancer, s'écrie-t-il, debout sur la plaque métallique, en me faisant signe de le rejoindre.

J'admire donc le soleil couchant au rythme des secousses données par Scott sur la balançoire. Ce mouvement me remplit de joie. Je me suis bien sûr déjà balancée dans les bras de mon père, mais je suis maintenant bien trop grande pour reproduire cette scène de mon enfance. Cette boîte métallique, qui me permet de le faire dans le confort de ma chaise roulante, est la solution parfaite pour moi ! Excitée comme un enfant, je demande à Scott de me pousser plus haut et plus fort. Je ne veux maintenant plus quitter ce lieu qui s'est rapidement forgé une place privilégiée dans mon cœur. De retour chez moi, j'enverrai illico une lettre au conseiller de ma ville pour qu'on en installe une dans mon quartier. J'y passerai le plus clair de mon temps et j'y inviterai tous mes amis, pour qu'ils puissent, tout comme moi, vivre la sensation, si minime soit-elle, de voler. J'imagine déjà Christian, les deux bras dans les airs, à rigoler et à essayer de s'envoler le plus haut possible. Il faut absolument qu'il vive ça !

– Myriam, je suis curieux. Ce que tu nous as dit ce matin, sur la colline, tu le pensais sincèrement ? Tu veux réellement voler ? questionne Scott derrière moi, avec un ton sérieux que je ne lui connais pas.

— Tu lui poses vraiment la question, Scott ? On voit que tu ne sais pas à qui tu as affaire. Quand Myriam veut quelque chose, elle le veut pour vrai et elle l'obtient toujours ! Je l'ai appris bien à mes dépens, s'exclame aussitôt Élisabeth pendant que je ris tout bas.

— Non, mais attends, t'es sérieuse, Myriam ? Comment penses-tu faire ça ? Je veux dire, je ne connais pas très bien ta situation, mais ça me semble un peu risqué, non ?

— Eh oui, Scott ! Ça fait quelques mois que j'y pense. En fait, j'y songe depuis des années. Dans mes rêves, je suis toujours en train de voler, de sauter tête première dans le vide. Et puis, avec ce que le docteur m'a dit, murmuré-je, je ne vois sincèrement pas ce qui me retiendrait...

Je ne voulais pas parler de mon entretien avec le D^r McFault. C'est un terrain trop glissant, susceptible de me tirer des larmes en cette fin de journée, et je ne veux surtout pas inquiéter Élisabeth. J'ai dit cette dernière phrase pour moi-même, mais je sais qu'ils ont entendu. Heureusement, personne ne semble y prêter attention.

— Eh bien, d'accord. Si tu sautes, je saute avec toi ! déclare Scott, planté devant moi comme pour me défier. As-tu une idée où aller ?

— J'ai regardé pendant de longues heures sur Internet. J'aimerais faire un saut en parapente, un vol plané, comme les oiseaux. Je sais que c'est possible dans ma condition. J'ai visionné tout plein de vidéos de gens comme moi, qui l'ont fait. Les images me font toujours rêver ! Vous adoreriez vous aussi, j'en suis sûre ! On vole près du soleil durant de longues minutes, pendant que le monde se déroule sous nos pieds !

– Alors, on y va quand ?

Comme je le pensais, Scott semble n'avoir peur de rien. J'aime son assurance, sa confiance. C'est le premier qui n'essaie pas une seule seconde de me dissuader de réaliser mon rêve. J'en ai pourtant parlé à bien des gens : ma mère, Christian, Jérémy, Suzanne et Mike. Chacun s'est lancé dans un long monologue sur ma sécurité et ma santé fragile, dès que j'ai prononcé le mot « parapente ». J'ai vu dans leurs yeux la peur et l'inquiétude. Dans ceux de Scott, que j'ai pourtant longuement épiés, je n'ai vu aucune crainte, seulement une excitation contagieuse.

J'entends déjà la voix de ma mère me dire que s'il n'est pas inquiet, c'est parce qu'il ne connaît pas mon histoire, qu'il ne réalise pas l'impact que cet événement pourrait avoir sur moi, sur ma santé. Cependant, je crois que c'est exactement ce que j'aime chez lui. Il ne voit pas « l'handicapée » en moi, mais bien la personne que je suis. Si je lui dis que je peux faire un saut en parapente, il me croit, tout simplement !

– Cette semaine ! m'écrié-je, pour que tout le monde sur la rive m'entende.

– Ah misère… comment vais-je expliquer ça à tes parents ? murmure Élisabeth dans le creux de ses mains, qui recouvrent maintenant son visage découragé.

CHAPITRE 15

Soirée karaoké

Le soleil est maintenant couché au fond du fleuve. Nous restons un moment à nous balancer et à contempler les étoiles qui se montrent timidement. J'aime les voir s'illuminer devant moi, une à une. Au début, elles ne sont que cinq puis rapidement, elles se multiplient. C'est comme des naissances. Des dizaines, des centaines puis des milliers de naissances ont lieu au même moment, sous nos yeux.

— Bon, est-ce qu'on reprend la route ? dit Scott, prêt à lever les voiles.

— Ouais, on peut bien. Il nous reste combien de temps jusqu'à Rimouski ? demande Élisabeth.

— Environ une heure et demie. On devrait arriver vers onze heures.

— Qu'est-ce que vous diriez si on passait la nuit ici ? On peut sans doute encore se trouver une chambre pas trop loin. On continuera le chemin demain. J'aimerais bien voir un lever du soleil, ça doit être sublime !

– Eh bien… bafouille Scott, en se grattant la tête et en s'assoyant par terre. C'est pour toi ! Je pensais que tu voulais être là-bas pour demain ?

– Ouais, mais j'aime trop cet endroit, et puis tu dois être crevé. On devrait pas reprendre la route.

– Pfft… Si tu savais Myriam, j'ai fait bien pire dans ma vie. Une heure et demie de route ne va pas me tuer !

Je sais bien qu'il n'est pas fatigué, mais c'est le seul argument qui m'est venu à l'esprit. Je me sens si bien ici. Et puis, je me demande sérieusement à quoi peut bien ressembler un lever de soleil. Je n'en ai jamais vu. Ça doit avoir un goût sucré d'espoir et de mille et une promesses, contrairement à un coucher de soleil qui nous plonge dans une certaine mélancolie.

– Moi, ça ne me dérange pas. Je crois que j'ai aperçu une petite auberge là-bas, pointe Élisabeth, en direction du nord. Je vais voir s'il reste des places pour ce soir, si vous voulez.

Elle part aussitôt vers l'auberge, telle une messagère, dans la brume qui commence à s'élever. Dix minutes plus tard, elle revient avec un rouleau de papier et un porte-clés qu'elle agite dans notre direction, en signe de victoire.

– La question est réglée, on a une chambre ! La dernière pour la soirée en plus, dit-elle fièrement. Un seul hic… il n'y a que deux lits simples. J'ai insisté sur le fait que nous étions trois et ils ont dit qu'ils pourraient monter un lit de camp ou quelque chose du genre.

– Non, non, interrompt Scott, laisse tomber ! Je dormirai dans la Westfalia, il y a un lit dedans. Après tout, c'est fait pour ça !

– Et regarde, Myriam, ce que j'ai vu en rentrant. J'en ai pris une copie en souvenir, car c'est primordial qu'on y aille ! dit Élisabeth, tout excitée, en déroulant le *poster*.

Imprimée sur fond blanc, l'affiche annonce une soirée karaoké, ce soir, dans l'auberge même où nous dormons. J'ai toujours voulu faire du karaoké. J'adore chanter. J'aime être sur la scène et voir, entre les jeux de lumière d'un blanc aveuglant, les dizaines de paires d'yeux posées sur moi. J'ai l'impression que, si je réussis ma performance, si ma voix réussit à bien porter l'émotion, les gens verront au-delà de mon physique et percevront enfin mon âme, mon talent et ma personnalité. C'est donc avec un grand enthousiasme que, les yeux grands comme des billes, je m'écrie :

– Préparez-vous à chanter ce soir, les amis !

À quelques pas du gîte, nous sentons déjà l'ambiance de fête qui en émane. On entend gratter les guitares, chanter parfois timidement, parfois à pleins poumons, et on commence à voir les gens s'attrouper. L'auberge doit compter au moins trois étages et son terrain arrière donne sur une vue imprenable du fleuve. Parmi les tables et les chaises, des flambeaux allumés sont piqués au sol et des guirlandes multicolores décorent les lieux. On se croirait au Noël des campeurs. Verre à la main, tout le monde semble se connaître, comme les membres d'une même famille. Des voyageurs qui se retrouvent l'espace d'une soirée pour célébrer.

Je me faufile derrière Élisabeth et Scott qui se dirigent visiblement vers le bar. Discrètement, je demande à Scott de me commander une bière, avant de m'installer à une table, dehors. Par la grande porte de garage ouverte, nous pouvons voir la scène où les plus courageux offrent déjà leur prestation. Nous entendons tous les types de chansons, du country, avec *Take Me Home, Country Roads* de John Denver, du populaire, avec *Poker Face* de Lady Gaga, des succès nostalgiques comme *Pictures Of You* du groupe The Last Goodnight et même des compositions de certains participants.

Un certain Mathieu est annoncé par les organisateurs de la soirée. Les gens crient son nom et tapent des mains. Je me laisse emporter par la vague et cherche des yeux ce Mathieu, que je n'ai pourtant jamais vu de ma vie, en hurlant son nom de toutes mes forces. Pour avoir droit à un accueil si chaleureux, il doit avoir un talent que je suis impatiente de découvrir. Après un moment de cacophonie, les cris de la foule se transforment en applaudissements et les gens s'éloignent pour libérer le passage. Je n'aperçois toujours pas le chanteur. Je vois alors deux personnes se pencher pour aider un petit bout d'homme à grimper sur la scène. Le prenant chacun sous le bras, elles l'installent sur un tabouret, en lui donnant une guitare et un pied de micro.

C'est le Mathieu tant acclamé, il se déplace lui aussi en chaise roulante. J'aperçois maintenant sa chaise manuelle, à quelques pas de la scène. Vêtu d'un coton ouaté usé et affichant une barbe de deux jours, il prend le temps de se présenter, même si la majorité des gens le connaissent déjà. Du fond de la salle, on entend une voix réclamer sa dernière composition. Sans plus attendre, il enchaîne les accords. Les lumières se tamisent et la cacophonie laisse place au silence. Tout le monde est suspendu à ses lèvres. S'accompagnant seul à la guitare avec sa voix rauque, il prend toute la place dans cette auberge perdue quelque part à Rivière-du-Loup.

We can do it,
Even if the storms fall down,
We can make it, baby,
Take my hand, believe,
and we'll go together where the sky has no borders[2]

Au dernier grattement de guitare, les gens se lèvent d'un bond et l'acclament de plus belle. Riant à pleines dents, visiblement plus à l'aise, la star échange quelques mots avec les spectateurs avant de se faire demander un rappel. Je me tourne vers Élisabeth et Scott.

— Après lui, on y va! On va s'inscrire pour chanter!

— Oh non! Moi, je n'y vais pas, refuse catégoriquement Élisabeth, en faisant signe que non avec son index. Mais je vais me faire un plaisir de t'écouter!

— Comptez pas sur moi, les filles. C'est pas mon truc, grogne Scott.

— Écoutez, dis-je avant de prendre la dernière gorgée de ma bière à la paille, moi je suis en fugue, si vous ne saviez pas, et je compte bien m'amuser. Mais avec vous à mes côtés, ça serait tellement plus mémorable! Je paye une tournée de *shooters* à tous ceux qui me suivent!

— Tes *shooters*, tu les donnes avant ou après la chanson, parce que ça pourrait bien influencer ma décision, rigole Scott.

---

2. Nous pouvons le faire, même si les tempêtes tombent, Nous pouvons y arriver, bébé, Prends ma main, crois, Et nous irons ensemble où le ciel n'a pas de frontières. (Traduction libre)

– Un avant, pour se donner du courage, et un après, pour se féliciter ! Allez, venez ! dis-je avant d'empoigner la main d'Élisabeth et de la tirer jusqu'à la petite table d'inscription.

Élisabeth agrippe la main de Scott, qui nous suit de force. Décidée comme un taureau, je me lance. Plus rien ne peut me faire reculer.

– On veut chanter ! dis-je à la dame, qui me présente la liste des airs, répertoriés dans un immense cartable.

Sans lui jeter le moindre coup d'œil, car de toute manière je ne pourrais tourner aucune des pages déposées beaucoup trop loin de moi, je lui demande :

– Je veux *Don't Stop Believing* de Journey, vous l'avez ?

– Oui, bien sûr. En duo ou en solo ?

– Duo, s'il te plaît !

– OK, tu es la troisième. Tu passes juste après ce jeune homme là-bas, me dit-elle, en me désignant un jeune roux frisé à lunettes.

Je la remercie avant de retourner au bar, où Élisabeth commande nos trois *shooters*. Verre à la main, j'augmente la pression.

– Alors, j'ai besoin d'un volontaire, je chante un duo. Qui me suit ? Élisabeth ? supplié-je la tête de côté, pour l'inciter à se joindre à ma folie.

– Ah... tu me fais vraiment faire n'importe quoi ! J'y vais, bien parce que c'est toi, hein !

– À la fugue ! nous écrions-nous, en levant fièrement nos *shooters*.

Une fois bien confiantes, nous nous approchons du spectacle pour que Scott se choisisse la meilleure place à l'avant pour admirer notre prestation, que je lui ai promise mémorable. La voix puissante de l'animatrice de la soirée nous invite à monter sur scène.

— Maintenant, voici Myriam et Élisabeth, qui vont nous interpréter l'un des plus grands succès de Journey, *Don't Stop Believing*!

Je monte sur la petite rampe installée derrière la scène et me retrouve à la hauteur des yeux des gens. La lumière a beau être tamisée, je suis complètement aveuglée. Je ne réussis même pas à apercevoir Scott, à qui j'ai confié mon cellulaire pour filmer ce moment marquant. Lors des premières notes de piano, je ne peux m'accrocher qu'au visage d'Élisabeth. Toutes les deux à mi-chemin entre la peur et le fou rire, nous nous chantons la chanson dans le blanc des yeux, comme s'il n'y avait personne autour.

Je connais cette chanson par cœur, elle est devenue pour moi un hymne à l'espoir. Son rythme et ses paroles évocatrices trouvent écho dans le bas de mon ventre et m'emplissent toujours d'une sensation d'invincibilité.

Mes yeux s'étant habitués à la lumière, j'aperçois enfin Scott, à la première table sur le coin. Les yeux scotchés sur mon cellulaire, il filme chacun de nos mouvements et semble s'amuser. Il rit sans doute de notre trop grand enthousiasme, mais je m'en fiche. J'ai tant de plaisir! Je lui souris et lui envoie un clin d'œil avant notre dernier, mais non le moindre, *Don't Stop Believin' / Hold On To That Feelin'*. Les gens nous applaudissent chaudement, pendant que nous descendons retrouver notre ami.

— Vous avez été géniales, les filles, bravo! s'exclame Scott, qui plonge les yeux dans ceux d'Élisabeth.

Collés l'un sur l'autre, Élisabeth et Scott visionnent rapidement la vidéo en commentant certains de nos tics de nervosité. Mon attention est quant à elle attirée ailleurs. Je me sens particulièrement observée. Regardant autour de moi, je vois Mathieu, le chanteur à succès, qui rigole avec ses copains, mais qui se détourne régulièrement vers moi. Assis à la même hauteur parmi la foule de géants bipèdes, nous pouvons difficilement nous ignorer.

D'un geste de la main, il fait signe à ses amis qu'il revient et prend la direction du bar. Je fais de même. Même si je n'ai pas l'âge légal, je décide de partir vers ma première mission en solo et d'aller me commander un verre. Après tout, les serveurs m'ont vu consommer et n'ont posé aucune question. Je ne risque pas grand-chose. De toute manière, l'interdit a toujours meilleur goût, une saveur de défi qui reste longtemps en bouche.

Au bar, ma confiance et mon assurance semblent m'avoir abandonnée. J'ai beau crier ma commande et patienter, rien ne se rend jusqu'à moi. Le comptoir arrive légèrement au-dessus de ma tête et, puisque la soirée est plutôt avancée, les gens sont de moins en moins courtois et passent constamment devant moi, sans le moindre remords. J'évite de justesse des coups de coude en plein visage. Je suis prête à faire demi-tour quand je sens un petit coup donné derrière ma chaise. Sur le point d'adresser un regard furieux à celui qui vient de m'accrocher, je me retourne et vois Mathieu qui me fait signe de le suivre.

— Viens ! Tu vas pouvoir commander plus facilement par là.

Sans attendre, je le suis, bien heureuse de pouvoir me sortir de cette guerre à la commande, pas juste du tout. En passant derrière un immense cellier vitré, nous empruntons un corridor étroit qui fait le tour du bar en montant avec une légère inclinaison. Au bout, le comptoir nous arrive enfin à la bonne hauteur.

— Tiens, c'est mieux ici, hein ! En plus, les serveurs nous voient mieux que les autres qui font les fous là-bas. Tu vas prendre… ?

— Un cosmo, s'il te plaît.

— Hé, Peter ! siffle-t-il, un cosmo et un verre de scotch s'il te plaît… avec une paille ?

— Ah, oui, s'il te plaît.

— Avec une paille dans le cosmo, Peter, termine-t-il, au moment où le barman hoche la tête. Je t'ai vue tantôt avec ta bière, j'ai trouvé ça pas mal drôle ! dit-il en souriant.

Je suis plutôt contente que Mathieu ait commandé pour moi. Bon, c'est un peu décevant pour ma mission, mais après ce que je viens de vivre, à côté du bar pendant plus de quinze minutes, je ne suis plus certaine que j'aurais réussi à me faire entendre. Au moins, je suis sûre d'avoir un petit cocktail à siroter, et ce, en bonne compagnie. Je crois que ma mission a tourné en ma faveur.

Accoté contre le comptoir, Mathieu me fixe comme s'il tentait d'en savoir plus sur moi. Gênée, je ne sais plus où regarder. Habituellement, ce sont toujours mes copines ou Élisabeth, qui se font approcher par des inconnus, qui se font offrir des verres, pas moi ! Jamais moi, voyons !

— T'es en vacances dans le coin ?

— Oui, on fait un petit voyage entre amis. On devait se rendre à Rimouski, mais on s'est arrêtés pour souper et on a vu l'annonce de la soirée karaoké. Ça nous plaisait comme idée.

— Et tu étais super bonne en plus! J'ai bien aimé.

— Merci, on a eu ben du *fun*, en tout cas. J'ai adoré ta compo, t'es bien connu on dirait. Une vraie star! Tu fais partie d'un groupe?

— Non, je fais cavalier seul, et uniquement comme passe-temps. Tu sais la vie d'artiste, c'est pas toujours payant! Mais je viens souvent chanter ici, comme tu vois j'ai un petit *fan club*.

— Oui et t'as définitivement beaucoup de talent! Vraiment, tu devrais te lancer en musique et faire carrière. Je veux dire, je sais que je n'ai pas d'expérience dans le domaine, mais c'est vraiment génial de t'écouter.

— Ouais... c'est gentil de ta part. J'y pense parfois. Il y a de ces soirs où je pourrais très bien lâcher ma *job* et devenir un chanteur de tournée, mais je crois qu'au petit matin, mon compte de banque me ferait regretter mon choix! En attendant, je fais quelques spectacles ici et là, pour le plaisir et je vends quelques CD sur le net.

— Ah oui, c'est *cool* ça! En as-tu avec toi? Je serais une bonne acheteuse, je crois, dis-je au moment où nos deux verres glissent jusqu'à nous.

Mathieu paye rapidement nos deux consommations, sans que je puisse dire un mot.

— Merci, murmuré-je en baissant les yeux.

À force de discuter, j'en ai presque oublié mon état et, confrontée au verre posé devant moi, un malaise me saisit. Même avec la paille, il est beaucoup trop loin pour que je puisse y boire. Je maudis alors tous les dieux du ciel! Je ne peux pas croire que la première fois qu'un total inconnu s'intéresse

   Pourquoi pas?

un tant soit peu à moi avec autre chose que de la pitié dans les yeux, j'aurai l'air d'une totale incapable ! Les yeux fixés sur mon cosmo, je ne sais que faire. J'essaie d'adresser un regard colérique et passionné à ma consommation pour voir si mon talent de télékinésiste se serait amélioré depuis le temps, mais rien ne se produit. Je n'ai pas dix options : soit je fais la fille qui n'a soudainement plus du tout envie de boire, malgré son insistance au bar il y a à peine cinq minutes, soit je pile sur mon orgueil et demande un coup de main à Mathieu, en espérant ne pas donner une tournure pathétique à notre conversation.

Il ne faut que cinq secondes à Mathieu pour réagir. Il m'approche gentiment le verre, mais comprend rapidement que cela ne suffit pas. Prenant alors une bonne inspiration, je lui explique comment me le tendre pour que je puisse le tenir par moi-même. Après une longue gorgée, je me sens beaucoup mieux, comme si toute ma gêne s'était diluée dans mon *drink*. Heureusement, cet intermède n'a rien changé à l'attitude de Mathieu, qui continue la discussion comme si rien ne s'était passé.

— Oui, je crois bien qu'il me reste deux ou trois copies. Attends un instant que je regarde ça… dit-il en se contorsionnant pour accéder à son sac à dos derrière sa chaise. Eh oui ! Tadam ! J'en ai un, je te l'offre en souvenir de ton passage !

— Ah merci, c'est super gentil ! Je vais te faire découvrir à tous mes amis chez moi. Ils vont t'adorer, j'en suis certaine.

Ce cadeau me réjouit. J'ai déjà hâte de reprendre la route demain, accompagnée de ses mélodies que je découvrirai une à une, pendant que le paysage de Rimouski se dévoilera à moi. La couverture de son album montre sa silhouette en noir et blanc, courbée sur sa guitare. Le jeu d'ombre et lumière révèle la force de ses bras qui doivent le mouvoir chaque jour. Quand il s'est retourné pour prendre l'album au fond de son sac et que son chandail a laissé entrevoir sa peau bronzée, je n'ai pas pu m'empêcher d'observer son corps, qui semble littéralement sculpté par les mains d'un artiste. Je n'ai pas la moindre idée de son âge, mais il n'a rien à voir avec un jeune adolescent. Il dégage une attitude sûre de lui qui me plaît énormément.

— Ça te dirait de venir chanter un morceau avec moi ?

— Ouais, OK, pourquoi pas ! T'as une idée de chanson ?

— Aimes-tu un peu le country ?

— Ouais, quand même, dis-je, un fou rire dans la voix en pensant à Mike. Je reviens tout juste du nouveau Festival de musique country de Québec. T'en as entendu parler ? J'aime bien ce style, mais je ne connais pas beaucoup de *tounes*. Tu penses à une en particulier ?

— Oui, y'en a une qui me fait particulièrement penser à toi, dit-il les yeux à demi clos, en me pointant du doigt. En fait, c'est une chanson de *trip de char* entre amis : *On The Road Again*, de Willie Nelson. Tu connais ?

— Non, pas du tout, mais le concept me plaît bien. Je suis partante ! Tu me guideras.

Sans plus attendre, nous nous dirigeons vers la scène pour offrir notre meilleure performance de la soirée. Le suivant de près, je le vois faire des signes à la dame aux inscriptions, qui lui répond d'un hochement de tête pour lui signifier qu'il peut y aller quand il le souhaite. J'emprunte la rampe d'accès pendant qu'il s'installe avec l'aide de ses amis sur le petit tabouret, armé de sa guitare. Gardant son instrument silencieux sur ses genoux, il commence à chanter. Déjà les yeux clos, il est dans son élément. La foule se calme aussitôt pour l'entendre.

À ses côtés, je scrute les paroles qui défilent sur l'écran au fond de la salle. Après le premier couplet, Mathieu commence à chatouiller les cordes de sa guitare en m'adressant un sourire complice pour que je joigne ma voix à la sienne. Intimidée, je me lance. Notre duo commence avec quelques faiblesses, mais se solidifie de seconde en seconde. Nos deux voix s'accordent à merveille. À la fin de notre prestation, sous les applaudissements, Mathieu et moi échangeons un sourire resplendissant en nous tapant dans les mains, fiers de notre performance.

— Bravo, Myriam ! T'étais super ! me dit-il, en s'approchant de mon oreille pour enterrer la foule. Si tu reviens dans le coin, on se fait un duo dans un de mes vrais spectacles. Les gens vont t'adorer !

— Ah ! merci, Mathieu.

Élisabeth et Scott se dirigent à grands pas vers moi pour me rejoindre au bas de la scène.

— Mais quel *show* ! s'exclame Élisabeth, toujours des plus expressives, en agitant les bras.

Derrière elle, Scott se contente de m'offrir un clin d'œil.

— Merci, merci. Je suis trop contente, c'était génial ! Elle était pour nous, cette *toune* ! Il faut remercier Mathieu, c'est son idée, dis-je, en me retournant vers lui.

Nous nous saluons une dernière fois de la main, avant de nous perdre de vue. Je ne connais presque rien de lui sauf qu'il a une voix de rêve, du talent à revendre et qu'il chante à Rivière-du-Loup en attendant de faire une carrière à la hauteur de son talent. C'est un passionné, ça se voit à ses yeux brillants. Je ne sais pas si sa proposition était sincère, mais je me plais à croire qu'un jour, j'entendrai parler de lui et que sa voix s'accordera de nouveau à la mienne. Après tout, rien n'est impossible!

CHAPITRE 16

L'urgence de vivre

L'alcool me monte à la tête et je sors prendre un peu l'air. Près du fleuve, d'où je peux toujours entendre le spectacle, le vent se lève et me rafraîchit les idées. Scott me suit et en profite pour sortir discrètement un petit sac de sa poche. Bien que je n'en aie jamais vu auparavant, je comprends rapidement de quoi il s'agit. Ces petits bouts de papier roulés bien serrés ne peuvent être autre chose que des joints.

— C'est moi qui les ai faits. Il n'y a aucun risque, me dit-il, comme s'il avait lu dans mes pensées. T'en veux ?

S'il n'y avait réellement eu aucun risque, j'en aurais fumé un, mais les choses ne sont pas si simples pour moi. Je n'ai pas un pneumologue pour rien ! Mes poumons sont très fragiles et je ne peux me permettre de les emboucaner de n'importe quoi. Aucun écart de conduite ne m'est permis à ce niveau, pas une seule *puff* ! Sans que j'aie la chance de répondre, Élisabeth intervient et pose fermement la main sur le sachet pour le redonner brusquement à Scott.

— Elle peut pas à cause de ses poumons. Si tu lui donnes ça, tu vas la tuer !

Scott nous regarde tour à tour, étonné, et en propose à Élisabeth qui décline également l'offre. Il dépose finalement un des rouleaux à la commissure de ses lèvres avant de l'allumer.

— Mais voyons, Élisabeth ! Pourquoi tu réponds comme ça à ma place ? Je sais ce que je peux faire ou non, je suis pas stupide !

— Je te connais, Myriam… Tu aurais très bien pu accepter, surtout dans l'état dans lequel tu es en ce moment, poursuit-elle plus doucement.

— Mais non, je suis pas si pire que ça. De toute façon, laisse-moi faire mes propres choix. Je suis partie en fugue, justement pour ne pas entendre ce genre de commentaires ! Je ne veux pas une deuxième mère avec moi, s'il te plaît… dis-je plus calmement, au moment où Élisabeth hoche la tête.

Je reste légèrement contrariée de l'élan protecteur d'Élisabeth à mon égard. Mais, c'est plus fort que moi, je ne réussis pas à lui en vouloir. Après tout, c'est grâce à elle que je suis ici ! Je sais qu'elle veut simplement mon bien. Elle me connaît et sait que j'ai toujours eu envie d'essayer ce genre de substance. Bien que je connaisse les conséquences qu'un tel comportement peut provoquer chez moi, j'aurais très bien pu succomber à la tentation. C'est vrai que c'est l'une des premières fois que je bois autant. Je suis rarement invitée à de grands *partys*, à des *open houses* comme on dit, les maisons étant toujours inaccessibles pour moi. Je n'ai pas souvent eu la chance de m'éclater et on peut dire que je me suis vachement reprise ce soir, grâce au verre offert par Mathieu, aux *shooters* avant et après ma première chanson en plus de mes deux bières en début de soirée. Mes sens commencent sérieusement à ressentir chacune des gouttes d'alcool dans mon sang. Mes muscles se relâchent et mon corps se détend, le rendant hypersensible au moindre contact. Je suis même surprise de constater que les douleurs qui habitent habituellement mon corps semblent s'être éclipsées sans crier gare.

Nous regardons le fleuve et les étoiles. Scott et moi nous mettons rapidement à parler de choses et d'autres. Lui aidé par son joint et moi par les *drinks*, nous nous laissons aller. Deux vraies pies ! Rien n'est à notre épreuve : les questions philosophiques, politiques, économiques et sociales. Tout y passe ! Nous refaisons le monde de A à Z ! Nous avons des opinions sur tout et nous les émettons sans aucune gêne ! Nous repensons et réinventons le système scolaire, l'accord de Kyoto, le système de santé, etc. Nous argumentons sans relâche pour défendre nos points de vue.

Soudain, prise par un grand coup de chaleur et une nausée, j'ouvre grand les yeux. Scott remarque mon malaise.

— Ça va, Myriam ? Peut-être un peu trop d'alcool pour toi, hein ce soir ?

— Ben non, voyons… bafouillé-je le plus sérieusement possible, entre deux haut-le-cœur, pour me convaincre moi-même.

— Allez, viens, je vais te coucher par terre sur l'herbe fraîche. Ça va te faire du bien et, si t'es malade, ça sera moins pire.

Sans réfléchir, je m'entends accepter. Élisabeth s'est assoupie un peu plus loin sur une chaise longue et ne peut certainement pas me poser au sol. Scott se lève et, du haut de ses six pieds, commence à me détacher de ma chaise. Dans ma vie, il n'y a pas eu beaucoup de personnes qui se sont occupées de moi. À vrai dire, il n'y a eu que mes parents, Suzanne et Élisabeth. Je sais que Scott en est capable, mais cela n'en demeure pas moins intimidant. Si près, nous entrons dans la bulle l'un de l'autre. S'ensuit donc un fou rire partagé, à mi-chemin entre le malaise et la confiance, avant que je lui explique comment procéder. Il pose d'abord une main dans le creux de ma nuque chaude, où ses doigts s'entremêlent dans le nid de mes cheveux et une autre sous mes genoux, pour me soulever avant de m'appuyer contre son torse.

Il a raison, une fois par terre, je me sens déjà mieux. Mon dos peut enfin s'étendre de tout son long et mes doigts se promener dans l'herbe chatouilleuse. L'alcool m'ayant dénuée de toute pudeur, je ne me soucie plus de rien. Scott peut bien penser ce qu'il veut. Je suis consciente que, sortie de ma chaise, je peux évoquer la pitié, mais je ne peux rien y faire. Je suis ainsi faite !

Scott me retire mes petits souliers avant de s'assoir à côté de moi pour finir son joint en silence. Je bouge légèrement les pieds dans la terre humide et ferme les yeux. Hors de ma chaise, je me suis toujours sentie un peu prise au piège, à la totale merci des autres. Ce soir, je n'ai pas l'intention de m'en faire avec ça. De toute façon, j'ai le sentiment que rien ne peut m'arriver avec Scott à mes côtés.

— Ça va mieux ?

— Oui, oui. C'est vrai que j'ai pas mal bu ce soir. Je voulais me reprendre pour toutes les autres fois où j'ai pas pu, j'imagine !

— Ouais, je pense qu'on a tous fait ça au moins une fois, dit-il, en s'allongeant à mes côtés, les mains derrière la tête. Moi, je me souviens très

bien de ma première brosse, je te le dis ce n'était
pas des plus plaisant. Le lendemain matin, j'ai cru
qu'un éléphant m'avait marché sur la tête, tellement j'avais un mal de bloc !

— Donc, si j'ai une gueule de bois demain, tu
me pardonneras ?

— Ben oui, tu dormiras durant le trajet, ça va
t'aider. Sinon, à part prendre une brosse et faire du
parapente, qu'est-ce que tu as sur ta liste ?

— Tu sais, il n'y a pas vraiment de liste. Ce ne
sont que de vieilles idées que je traîne depuis longtemps et que je veux réaliser.

— OK, OK... mais liste ou pas liste, qu'est-ce
qui te tente ? Qu'est-ce qui fait que tu es ici ?

— Plusieurs choses, tu sais... je souhaite un
nouveau départ et, avant tout, je veux lâcher mon
fou ! Je veux célébrer ma jeunesse, comme tout le
monde, quoi ! Voir le monde avant de faire mes
choix. Je veux avoir du plaisir, vivre à fond chaque
jour, comme si c'était le dernier ! Tout le monde
dit ça, tu vois, ben moi, je veux le faire pour vrai !
Je veux m'éclater et vivre en masse, dis-je un peu
plus fort, en plongeant mes yeux dans les siens. Tu
comprends ?

— Oui... je crois, dit-il, en me dévoilant ses fossettes. En tout cas, j'ai bien l'intention de t'aider si
je le peux. Tu n'as qu'à me le dire, ajoute-t-il en me
donnant un coup de coude amical. Mais, quand
même... dis-moi, pourquoi maintenant ? Pourquoi
cette urgence de vivre, tout à coup ?

Malgré sa bonne volonté et sa gentillesse, il ne
peut pas comprendre. Il ne connaît rien de mon
histoire. Depuis mon enfance, sans qu'on me le
dise directement, je sais que mon état va se détériorer. Qu'avec les années, rien ne sera plus jamais

comme avant. Que certains mouvements deviendront plus difficiles, voire impossibles à faire par moi-même. Le matin où tu te lèves et où, malgré tous tes efforts, tu constates que tu ne peux plus déjeuner seule, que la cuillère à peine remplie ne grimpe plus jusqu'à ta bouche. Ce matin-là, ça te frappe en pleine figure ! Tu voudrais fuir ! Fuir loin, très loin. Mais fuir qui ? Fuir quoi ? La maladie, le problème, est en toi et te suivra où que tu sois ! Il faut faire avec, malgré tout. À dix-sept ans, je prends pleinement conscience de ça, de tout ce que cela comprend réellement.

Je veux voir le plus de choses possible, vivre tout plein d'expériences, pendant que je peux encore en profiter. Parce que j'en ai vu des personnes dans ma condition à vingt-cinq ou trente-cinq ans et, bien que certains s'en sortent vraiment bien et me donnent de grands espoirs, d'autres sont plutôt en piteux état. C'est comme jouer à la loterie, on ne sait jamais à quel point la maladie va nous affecter ! Même si tout le monde joue à la grande loterie qu'est la vie, je sais que mon lot sera plus lourd de conséquences que la majorité des gens. C'est pour toutes les folies que je souhaite faire que je suis partie. Je suis partie pendant qu'il en est encore temps !

Je ne peux pas lui dévoiler tout ça. Il croira que je suis une mourante en quête d'une dernière aventure et il partira certainement en courant ou, encore pire, il me prendra en pitié. Je me contente donc de lui répondre les yeux dans les siens, par deux magnifiques mots qui, dans un sens, résument tout :

— Pourquoi pas ?

CHAPITRE 17

Scott

Dans le noir de notre chambre, une odeur de bois m'enveloppe. J'entends le léger ronflement d'Élisabeth, dans le lit d'à côté, ainsi que les murs craquer sous la pression des vents du fleuve. Recroquevillée sous les couvertures au fond d'un lit simple, je me sèvre des dernières traces d'alcool dans mon sang. Les yeux fermés, je souris à la nuit. Il est près de deux heures et demie du matin, mais je ne veux pas sombrer dans le monde du rêve, puisque je rêve déjà.

J'ai menti lorsque j'ai dit ne pas avoir immédiatement reconnu le jeune homme qui suivait Élisabeth dans l'autobus, la première journée du voyage. À la seconde où j'ai aperçu sa silhouette, mon cœur a fait trois tours. Comment aurais-je pu oublier ce grand homme aux cheveux en bataille et aux yeux moqueurs ? Ce regard qui, dès le premier contact, m'avait marquée. Je l'ai côtoyé à de nombreuses reprises quand Élisabeth était dans la région : c'est son meilleur ami. J'ai souvent entendu parler de lui et des soirées qu'ils passaient ensemble à rigoler. Élisabeth et moi discutions beaucoup. Je lui parlais

de Jérémy et de Christian et elle me parlait de Nicolas, de ses colocs et de Scott.

Il a vingt-deux ans et des rêves plein la tête. Il
a traversé le pays sur le pouce jusqu'à Vancouver,
où il a découvert des paysages et rencontré des
gens hors de l'ordinaire. Il a voyagé partout dans
le monde. Poète dans l'âme, il trouve toujours les
mots pour exprimer tout ce qu'il y a vu et vécu. À
son retour au Québec, il s'est inscrit à un cours
d'aide-cuisinier, une manière pour lui de continuer à apprécier les différentes saveurs du monde.
Il s'est par la suite déniché un emploi à temps
partiel dans un restaurant près de chez lui, sans
pour autant cesser de s'informer, toujours avide
de connaissances.

C'est à l'université qu'Élisabeth et Scott se
sont rencontrés. Plutôt bohème, Scott passait le
plus clair de son temps au café étudiant, à prendre
part à diverses discussions philosophiques, tandis qu'Élisabeth tentait d'étudier, la tête plongée
dans ses tonnes de papier. Scott est venu s'assoir
près d'elle et c'est ainsi que le philosophe et l'étu-
diante modèle ont fait connaissance, entre une
séance d'étude du corps humain pour Élisabeth et
les visions du monde de Socrate et de Descartes
pour Scott.

À quelques reprises, nous sommes sortis entre
amis les vendredis soir : moi, Christian, Élisabeth
et Scott. J'imaginais parfois l'image que nous pro-
jetions dans les rues de la ville. Toutes les personnes saines d'esprit ont dû croire que Christian
et moi formions un beau couple et qu'Élisabeth
et Scott étaient deux amoureux. Dans les deux
cas, ces hypothèses étaient fausses : je sortais avec

Jérémy à ce moment-là et Élisabeth avait elle aussi un copain.

Cependant, dès la première fois, je ne saurais pas comment l'expliquer, j'ai ressenti un grand attachement envers Scott, comme si nous étions faits pour nous entendre. Je ne l'aurais pas dit à ce moment-là, bien sûr. Nous riions toujours ensemble et nous partions souvent sur de longs débats à saveur philosophique. Je me sentais mieux quand il était des nôtres, toujours plus légère et plus confiante. À ses côtés, on ne s'ennuyait jamais ! Son regard ne jugeait pas et plein d'histoires y prenaient vie. Rien ne lui semblait impossible, il ne connaissait aucune barrière, aucune frontière.

Une fois, nous avons été au Parc Oméga. Élisabeth avait pris la *van* et nous avions été chercher Scott et Christian pour circuler en voiture dans le monde sauvage des animaux. C'était l'une de ces journées sans le moindre nuage dans le ciel. Une vraie journée de canicule. Assis en arrière, Christian et moi observions les chevreuils et les wapitis introduire leur tête et leur gros panache par la fenêtre de la portière, pour se servir eux-mêmes dans le grand sac à provisions. Élisabeth poussait des cris affolés et joyeux, sans trop savoir quoi faire, pendant que Scott se chargeait d'immortaliser ces moments remplis d'émotions sur des clichés. Je n'ai bientôt pu m'arrêter de rire et Scott s'est subitement retourné vers moi et a pressé le bouton pour m'aveugler d'un flash.

– Superbe photo ! avait-il déclaré en riant à son tour.

Sur le coup, j'étais certaine que c'était le flash de la caméra qui m'avait secouée, mais maintenant, avec le recul, j'en doute fortement. Son regard avait toujours su me troubler, même si j'essayais de me convaincre du contraire. Cela n'était pas passé incognito dans le détecteur de mensonges de Christian. Le lendemain matin, un texto m'attendait.

Christian :
Hello *little sister*! Je crois que tu t'es bien amusée hier! Je t'ai vue regarder Scott un peu comme tu regardes Jérémy. Je te connais, ton regard et ton sourire t'ont trahie. Je crois que tu l'aimes bien, non? ;)

Quand Élisabeth est partie étudier à Montréal, j'ai perdu tout contact avec Scott. Sans Élisabeth à mes côtés, il fallait tirer un trait sur les belles sorties entre amis dont Scott faisait partie. Quand je l'ai revu cette semaine, tous ces souvenirs me sont revenus en tête. Plusieurs choses s'étaient passées depuis, mais il y avait bien un élément qui était resté intact : les yeux de Scott. Impossible de nier les sentiments qui habitent maintenant ma poitrine. Lorsqu'il m'a prise dans ses bras, toutes les barrières que j'ai mis tant d'efforts à construire sont tombées en ruine. D'un seul coup. Son odeur, un mélange de cèdre et d'épices, a empli mes narines de souvenirs.

Vous savez, peu importe notre situation, il y a toujours des personnes qui nous font nous sentir mieux, qui révèlent notre beau côté. Auprès d'elles, la vie semble soudainement plus simple, plus drôle! Eh bien, c'est quand je suis à ses côtés que je me sens si bien. Comme si le sérieux de la vie prenait le bord et qu'il ne restait plus que les belles soirées à vivre ensemble. Comme si je n'étais plus *handica-*

pée à ses côtés, car je sais bien que dans son regard, je ne l'ai jamais été.

Toujours au fond de mon lit, je pense à lui qui dort paisiblement dans la Westfalia. J'ai déjà hâte de le retrouver au petit matin. Je ne veux pas savoir ce qu'il pense de moi ou ce qu'il ressent pour moi, car je serais très certainement déçue. Je décide donc de ne plus me casser la tête à ce sujet. Je profiterai simplement de chaque moment en sa compagnie avec une étrange intensité, en espérant qu'il sera à mes côtés le plus longtemps possible.

PARTIE 4

La passion

CHAPITRE 18

Promesses du matin

Encore plongée dans la pénombre, je prends seule la direction du fleuve. Le vent frais traverse mon mince t-shirt et me donne une légère chair de poule. Ma nuit n'a duré que quelques heures, mais je ne voulais pour rien au monde manquer le grand spectacle. J'ai réussi à convaincre Élisabeth de m'assoir dans ma chaise et de m'ouvrir la porte pour que j'aille à la rencontre des premiers rayons du soleil. J'ai bien essayé de l'entraîner avec moi, mais elle a grogné quelques excuses avant de se laisser retomber sur son lit, au creux de ses couvertures.

Bercée par les secousses de l'eau contre les rochers et les cris d'oiseaux annonçant le lever du jour, je reste immobile telle une statue de marbre, de crainte de briser ce bel équilibre. Il est près de quatre heures quarante-cinq et, bien que le tout se fasse en douceur, je sens une petite lueur se montrer derrière la silhouette de l'auberge. Ce reflet blanchâtre prend soudain de la couleur en illuminant le décor de jaune, de rouge, de rose et d'orangé. Les nuages se colorent et se dissipent selon les vents. Un beau dégradé se dessine alors dans le ciel qui passe de l'orangé au jaune, puis au bleu, tout en laissant des taches rosâtres un peu partout dans les nuages. Unique spectatrice, je me sens choyée de pouvoir contempler cet amalgame de couleurs.

Une phrase de ma mère me revient en tête : « Si les nuages deviennent roses, c'est qu'il fera beau et chaud ! » Je n'ai jamais vraiment remarqué si c'était vrai, mais je l'ai toujours pris pour une vérité absolue. Encore une fois, je souhaite que ma mère ait raison.

Telle une boule de feu, le soleil commence son ascension. D'abord timidement, il dévoile sa première moitié, en laissant refléter ses rayons dans les vagues du fleuve. Il prend des forces et s'agrippe pour monter plus haut, toujours plus haut. Sa chaleur vient enfin chatouiller ma peau. Je m'accote de tout mon long dans ma chaise, avant de lui donner une légère inclinaison pour y ajouter un peu de confort. Je jette un coup d'œil sur les vestiges de la soirée d'hier : les flambeaux sont toujours plantés bien droit, les guirlandes flottent dans le vent et quelques verres traînent sur le terrain. La fête a bien eu lieu et ma tête me rappelle tout ce que j'y ai bu. Scott avait raison, les lendemains de veille ne sont jamais très plaisants. Je décide de me reposer un instant, de fermer les yeux et de me laisser illuminer à travers mes paupières closes.

* *
*

Un claquement de portière me réveille en sursaut. Me retournant rapidement, je vois Scott se diriger vers moi. Je regarde le soleil presque au sommet de son ascension, j'ai dormi plus que je le pensais.

— Bonjour Myriam ! As-tu réussi à voir ton lever de soleil ?

— Ouais, c'était vraiment magique, dis-je en m'essuyant les yeux encore pleins de sommeil. Je me suis endormie juste un peu après. Il est quelle heure ?

— Près de huit heures trente. J'aurais bien voulu venir moi aussi, mais j'ai été incapable de me lever.

— T'en fais pas, Élisabeth non plus n'a pas su résister aux avances de son lit bien douillet. T'as bien dormi dans la Westfalia ?

— Oui, oui, on est bien confo dans cette petite grotte. Il y a tout ce qu'il faut pour un grand voyageur. Hé, tu me fais penser ! Hier, en fouillant un peu, j'ai trouvé quelque chose au fond d'une armoire. Bouge pas, je suis sûr que tu vas aimer !

Scott revient quelques minutes plus tard, deux grosses tasses fumantes à la main.

— Goûte-moi ça, s'exclame-t-il, en inclinant légèrement le *mug* pour que j'y boive. Tu vas voir, tu vas être surprise !

— Mmmm... mais qu'est-ce que c'est ? Qu'est-ce que tu as mis là-dedans ? Je reconnais ce goût, attends, attends... ça me revient...

— C'est ma recette spéciale pour les lendemains de veille, je suis sûr que ça va te faire le plus grand bien. Un mélange de café et d'épices, avec une touche d'alcool pour pas trop se dénaturer.

— C'est vraiment bon ! T'as mis... du Baileys, c'est ça ?

— Oui, c'est ce que j'avais sous la main, dans l'armoire du coin, juste à côté de mon lit improvisé. Une bouteille neuve en plus ! Mais, ce que je pense qui peut encore plus t'intéresser, c'est ça, annonce Scott, en sortant une grosse enveloppe brune de sous son chandail. C'est ça, la vraie surprise !

L'ouvrant pour moi, Scott s'empresse de m'en dévoiler le contenu. Je n'y vois au départ qu'un tas de publicités touristiques, tel qu'on en trouve des centaines dans les kiosques d'information à l'entrée des villes. Ces papiers semblent avoir été consultés des millions des fois. Les plis commencent même à se déchirer par endroits. On peut y voir des annotations, des flèches, des étoiles dans le coin des pages, des noms surlignés et des numéros griffonnés dans les marges.

Les images me font finalement comprendre pourquoi Scott est si excité. On y voit des personnes handicapées s'adonner à des activités adaptées. Les renseignements proviennent des quatre coins du pays et même de certains États américains. Des hôtels cinq étoiles offrent des rampes allant jusque dans la mer, avec de petites passerelles faites de bois ! D'autres dépliants annoncent des sports inusités, comme la plongée sous-marine où des clients nagent en plein océan, entourés de poissons multicolores. Ils peuvent avancer sous l'eau, selon leur désir, à l'aide de chaises roulantes équipées de nageoires mécaniques. Les photos sont pittoresques, complètement hors de la réalité. Je n'en crois pas mes yeux ! Ces inventions semblent tout droit sorties d'un film de science-fiction.

— Mais voyons ! C'est donc ben génial tout ça !

— Attends, t'as rien vu encore ! Il y a un papier qu'il faut absolument que tu voies... Il ne devrait pas être bien loin, il était juste après... Je l'ai, le voici ! dit-il, en brandissant fièrement un feuillet bleu ciel.

L'image me coupe le souffle. Un homme attaché dans une sorte de chariot à trois roues vole en plein ciel au-dessus de montagnes verdoyantes. Debout derrière, un technicien dirige la toile du parapente à travers la puissance des vents. Je savais que c'était possible, je l'avais vu sur l'ordinateur, mais l'affiche m'anime d'une immense fougue. Dans le ciel, juste au-dessus de la toile, le slogan apparaît en majuscules : « QU'ATTENDEZ-VOUS POUR VOUS ENVOYER EN L'AIR AVEC NOUS ? »

— Mais où on peut faire ça ? Où ? Où ?

— Il est là le hic... C'est en France, m'indique Scott, en me présentant un numéro de téléphone de plus de dix chiffres, qui ne ressemble en rien aux indicatifs régionaux du Canada.

Saisissant le papier entre mes doigts, je cherche un autre numéro ou une autre adresse. On ne sait jamais, peut-être que cette compagnie est implantée au Canada ou, au moins, en Amérique. J'ai fait suffisamment de recherches avant mon départ, pour savoir que plusieurs entreprises offrent des sauts de parapente au commun des mortels, mais que beaucoup moins permettent l'expérience aux personnes handicapées. Plus de risques et de précautions à prendre, je suppose. Il faut également posséder l'équipement nécessaire, soit la sorte de charrette dans laquelle je serais assise.

Je tourne la brochure dans tous les sens, avec encore quelques miettes d'espoir. Je la plie, la déplie, regarde d'un côté, puis de l'autre. Un gribouillis dans le coin droit de la marge attire mon attention. L'écriture en pattes de mouche est presque illisible. En plissant les yeux, je réussis à déchiffrer : « Luc Constantin 598-2857 ». Le prénom est souligné à de multiples reprises, comme si on avait déjà contacté cette personne ou eu la ferme intention de le faire.

— Où t'as trouvé cette enveloppe ?

— Dans l'auto, elle devait appartenir au propriétaire, un dénommé Richard Duguay, dit-il en retournant le paquet brun sur lequel le nom est inscrit. Tu te souviens, je t'ai dit que j'ai loué la Westfalia à un ancien client de mon oncle, qui se déplaçait lui aussi en chaise roulante, mais qui est maintenant décédé.

Richard a dû, à un moment où à un autre dans sa vie, souhaiter comme moi jouer le tout pour le tout. On voit qu'il s'est bien renseigné. En continuant à fouiller, nous découvrons, parmi les papiers imprimés directement du Web, plusieurs sports adaptés offerts dans les régions du Québec : du water-polo, du hockey-luge, du ski... Je me serais assurément bien entendue avec cet homme.

Fixant toujours le feuillet à propos du parapente, je reste silencieuse. Impossible de me rendre en France cette semaine. Même dans le meilleur des mondes, les déplacements en avion sont très complexes pour moi.

— Ne t'inquiète pas, il y a sûrement un endroit au Québec où tu pourras faire du parapente. Sinon, on se payera des vacances dans le sud de la France et on ira s'envoyer en l'air avec eux, rigole Scott, en me donnant un coup de coude, pour me sortir de mon découragement soudain.

— T'as raison. Pas de limites ! On va trouver ! Tôt ou tard, je ferai le grand saut.

— Et oublie pas, je veux être là ! Je te l'ai dit : si tu sautes, je saute !

*   *

*

Après avoir dévoré une montagne de crêpes sous une chute de sirop d'érable, nous plions bagage pour rejoindre notre prochaine destination : Rimouski. En chemin, je sors le dépliant bleu ciel du creux de ma chaise où je l'avais caché. Je l'examine sous toutes ses coutures, y cherchant un détail que j'aurais négligé au cours de la matinée. À mes heures, je suis ce genre de personne, prête à s'entêter pour obtenir ce qu'elle veut, même si à première vue c'est complètement impossible. Je suis comme ça, le refus m'attire !

Qui peut bien être ce Luc Constantin ? Pourquoi son nom a-t-il été griffonné sur ce bout de papier ? Il doit certainement pratiquer le parapente ou être une personne ressource dans ce domaine. Sans plus attendre, je réclame mon cellulaire et me dis qu'une petite recherche Google s'impose. Maintenant, on trouve de tout sur Internet. Le numéro de téléphone ne comporte aucun indicatif régional. Il se trouve peut-être au Canada, avec un peu de chance, au Québec. Les premiers résultats qui m'apparaissent sont évidemment des pages Facebook. La recherche est beaucoup moins fructueuse que je le pensais. Des tonnes de personnes portent ce nom et, ne sachant aucunement où celle que je cherche se trouve sur le globe, la tâche est encore plus ardue.

Déçue, j'ajoute le mot-clé « parapente ». Rien de bien plus concluant n'apparaît jusqu'à ce que j'aie l'idée de faire une recherche vidéo. S'ouvrent aussitôt devant moi des dizaines de clips, où un certain Luc Constantin saute en parapente. Je clique sur le premier lien et j'y découvre, pour mon plus grand bonheur, bien plus qu'un simple saut. Un homme vole en tandem, avec une personne en fauteuil à trois roues, exactement comme sur l'annonce.

— WAAHOOO! On va sauter, on va sauter! Je le savais, je le savais! Regardez, m'exclamé-je en pointant mon cellulaire à Élisabeth, qui se trouve derrière.

— Comment t'as trouvé ça?

— Grâce aux inscriptions sur le dépliant dont je t'ai parlé ce matin.

— C'est lui, Luc Constantin? demande Scott, en se tordant le cou pour voir la tête de l'homme.

— Oui, du moins, je crois! Je ne ferai pas durer plus longtemps le suspense!

Je compose aussitôt le numéro désormais rempli de promesses et mets mon cellulaire en mode mains libres. Après avoir essayé plusieurs indicatifs régionaux, je réussis à parler à un dénommé Luc Constantin. Sur l'afficheur de mon téléphone, je me réjouis de constater que la combinaison gagnante est le « 418 ». Au bout du fil, une voix grave m'affirme être celle de la personne que je cherche depuis maintenant près d'une heure et demie.

— Bonjour, je suis tellement contente de pouvoir enfin vous parler! Je m'appelle Myriam. Je suis en chaise roulante et je vous ai vu sur Internet faire des sauts de parapente adaptés. En faites-vous encore?

— Euh… Ouais à l'occasion, mais c'est un peu compliqué… Qui vous a donné mon numéro?

— Je l'ai trouvé par hasard, dans une enveloppe adressée à un certain Richard Duguay. Vous le connaissez?

Un grésillement se fait entendre au bout du fil. Je comprends aussitôt que la seule allusion au disparu suffit à troubler mon interlocuteur. Craignant de perdre le contact avec peut-être le seul homme capable de réaliser mon rêve, je crie presque :

— Ça va ? Vous êtes toujours là ?

— Oui, oui, désolé, je suis juste surpris d'entendre parler de Richard. Ça fait si longtemps… Vous voulez sauter vous aussi ?

— Oui, exactement ! Où vous faites ça ?

Retrouvant peu à peu son enthousiasme, Luc m'explique la situation, plutôt complexe. Comme mes recherches me l'avaient démontré, le parapente adapté à ma condition est seulement possible en Europe, où les instructeurs y sont plus habitués. Aucun endroit spécifique n'offre le service au Québec.

— C'est durant mes voyages à travers le monde que j'ai découvert la technique utilisée pour sauter avec des personnes à mobilité réduite. J'avais été subjugué de voir comment des personnes, qui ne pouvaient pas marcher, pouvaient réaliser leur rêve de sauter. Quand j'ai vu mes collègues français les assister, j'ai tout de suite demandé de suivre la formation. C'est rapidement devenu ma spécialité ! dit-il fièrement. Au Québec, c'est avec Richard que j'ai le plus sauté, un gars aussi passionné que moi !

— Comment vous procédez ?

— J'ai réussi à me procurer en ligne le modèle de chaise à trois roues que les Européens utilisent. Tout se déroule selon les mêmes critères de sécurité. Avec le temps, on a trouvé des endroits où toutes les conditions nécessaires sont réunies : beaucoup de vent, une bonne altitude et un terrain suffisamment long et carrossable pour prendre un bon élan. Depuis que Richard nous a quittés, j'ai décidé d'offrir mes services aux autres. Je veux donner des ailes aux gens. Il suffit juste qu'on se rencontre, pour que je voie comment ça pourrait se faire avec toi. Chaque personne est différente. On pourrait se voir à la fin du mois?

— Euh… et bien, je fais un voyage un peu spécial présentement et j'aimerais bien le rendre encore plus mémorable avec un saut comme celui-là. Cette semaine, est-ce possible? demandé-je, en me mordant le coin inférieur de la lèvre.

— Ah…! T'es une petite pressée comme Richard, toi! Laisse-moi voir ça… Dimanche prochain dans le coin de Québec, ça te va? Je ne peux vraiment pas avant.

— OUI! C'est génial, merci beaucoup!

— Donc, un saut de parapente en tandem avec toi dimanche prochain.

— J'ai deux amis avec moi, penses-tu qu'ils pourraient sauter en même temps?

— Ils ont besoin d'aide particulière?

— Non, non, ils pourront courir, mais ce sera un baptême de vol pour eux aussi.

— Pas de trouble! J'emmènerai mes amis guides alors, et on se fera un beau vol plané. Je te contacte samedi pour les derniers détails et le lieu de la rencontre!

— Merci de tout cœur, Luc! J'ai déjà hâte, dis-je avant de raccrocher et de lancer un grand cri de victoire qui trouve aussitôt son écho dans ceux de mes deux compagnons.

CHAPITRE 19

Rimouski en fête

Nous nous retrouvons en plein cœur de la ville de Rimouski, en train de déambuler sur la rue principale, piétonne pour l'occasion. Il n'y a aucun doute, nous sommes au bon endroit. Les affiches des commerces annoncent les différentes activités : une table ronde, une séance de dédicaces, une lecture publique... Il y en a pour tous les goûts ! On se croirait dans le quartier secret des sorciers, quand Harry Potter doit s'équiper pour son entrée à Poudlard. Tous les piétons que nous croisons ont des livres pleins les bras ou un cahier de notes en main. Certains s'arrêtent même en pleine rue, comme victimes d'une illumination, pour noircir des pages et des pages.

Je me doute bien que Rimouski n'a pas toujours une allure aussi festive, mais cette semaine, la région trop souvent oubliée par les touristes devient le lieu de rencontre, le point de ralliement des amoureux des lettres sur qui la magie des mots exerce un réel pouvoir de libération. Le Festival de création littéraire réunit tous ceux qui ont une histoire à raconter, un message à livrer.

– Bonjour! Voulez-vous le programme? annonce une jeune femme, en étirant le bras pour me tendre un livret. Si je peux me permettre, une conférence commence dans quinze minutes au petit café Le Triplet. Il doit certainement rester quelques places, dit-elle en désignant le commerce plus loin sur la rue.

Élisabeth saisit la brochure et, en accélérant le pas, nous réussissons à prendre les trois dernières places au fond du resto. Une dame au grand châle va et vient entre les tables et les chaises, de la scène à la porte d'entrée. Légèrement nerveuse, elle sourit et dévoile les quelques rides qui se sont creusées au coin de ses yeux. Prenant place à l'avant, elle s'appuie contre la table, lève légèrement les mains en direction du public et commence d'une voix douce mais éloquente.

Après nous avoir décrit son parcours, elle conclut la séance en nous lisant l'un de ses plus récents textes. Il y a quelque chose de plus grand que nature dans ses mots, dans sa voix, dans ses gestes, comme si tout son corps nous enveloppait de son univers. C'est de la pure magie à mes yeux! L'auteure remercie finalement l'auditoire et désigne ses livres qui trônent sur la table. Elle y sera disponible pour des questions et des dédicaces.

Sans trop savoir ce que je fais ou ce que je veux, je me dirige à l'avant, où un amas de *fans* est déjà attroupé. J'ai une envie folle de lui parler. J'ai l'impression qu'en discutant, elle me transmettra sa force et sa persévérance. La file s'allonge et avance au compte-gouttes. Je m'installe alors confortablement et demande l'aide d'Élisabeth pour feuilleter le premier tome de la série. En voyant les pages défiler sous la pression de son pouce, je prends conscience de tout le travail qu'exige un roman. Combien de fois a-t-elle dû le lire, le relire et le re-relire pour l'améliorer, le modifier, l'embellir ? Combien de fois a-t-elle hésité sur l'utilisation d'un mot plutôt qu'un autre ?

Quand arrive mon tour, je fais signe à Élisabeth de tendre le livre pour me le faire dédicacer. Intimidée, je ne sais soudain plus quoi dire et reste muette devant l'écrivaine.

— Bonjour ! Je fais ça à quel nom ?

— Myriam, s'il vous plaît.

— Quel joli nom, comme la meilleure amie du personnage principal, sourit-elle. Tu connais la série ?

— Non, mais j'ai déjà hâte de la commencer. C'est vraiment impressionnant, dis-je après un bref silence. Moi aussi j'adore écrire, j'aimerais même peut-être devenir écrivaine ! Mais bon, je suis loin d'être rendue là !

— Qu'est-ce que tu écris ?

— De courts textes pour l'instant. Au secondaire, j'écrivais dans le journal étudiant et ça m'a vraiment donné la piqûre ! Sinon, j'aime mettre sur le papier ce que j'ai vécu, les scènes loufoques de mon quotidien. J'écris pour mieux me souvenir, comme si je me sentais prédisposée à la maladie d'Alzheimer !

— Je connais ça, le besoin d'écrire, dit-elle en m'adressant un clin d'œil. On écrit pour se libérer, pour se nettoyer l'esprit, pour s'évader. On veut traduire les images qui habitent notre cœur, rendre concret ce qui, de nature, ne l'est pas.

— Je ne suis pas seule, alors ! C'est pour ça que je suis venue ici. Je vais certainement prendre des notes en lisant votre livre.

– Tu es ici pour la semaine ? dit-elle en désignant le feuillet de programmation qu'Élisabeth tient sous son bras.

– Non, pas vraiment… Je ne suis que de passage.

– Dommage… Il y a une petite formation de quatre jours, je crois qu'elle commence demain. Tu permets ? demande-t-elle en prenant la brochure. Oui, c'est bien ce que je croyais. Demain matin, dix heures, jusqu'à jeudi. C'est à propos du slam. Tu connais ? C'est un mélange de théâtre et de poésie, un peu comme l'extrait que j'ai lu tantôt. C'est un très bon moyen de commencer. Si j'étais toi, je resterais.

Sa description me fait sérieusement envie et l'enthousiasme dans sa voix commence à me contaminer.

– Ça me tente ! Je vais y penser, merci, dis-je en adressant un regard complice à Élisabeth.

– Pour s'inscrire, il faut aller au kiosque d'information à l'entrée du site. C'est au bout de la rue piétonne, sous la grosse tente.

Nous retrouvons Scott au fond du petit bistro, la tête plongée dans le livre.

– Eh bien, on dirait que t'as aimé la conférence ? Je te pensais pas un grand lecteur.

– Ça te surprend ? Bon, c'est sûr que ce n'est pas mon style de prédilection, mais j'aime bien voir ce qui se fait un peu partout, dans tous les genres. Faut pas se restreindre à un type de textes, il faut garder l'esprit ouvert. Tu l'as acheté ? s'interrompt-il, en désignant le roman entre les doigts d'Élisabeth.

– Oui et elle t'a adressé un message personnalisé, Myriam. Regarde ça !

Au bout du doigt d'Élisabeth, j'aperçois l'écriture fine et tout en souplesse de l'auteure.

Tout le monde porte un message en soi,
une histoire à raconter, et je sens que la tienne
mérite d'être entendue. Bonne lecture, Myriam.

Amitiés, Johanne

Je ne sais pas trop comment prendre ça. Elle ne m'a parlé que quelques secondes. Comment peut-elle affirmer une telle chose ? Elle m'a simplement vue en chaise roulante et s'est dit que mon histoire devait être inspirante, puisque c'est ce qu'on montre dans les médias. Elle n'a cependant pas complètement tort. Au fond de mon cœur, je sens que se développe une voix narrative, un besoin de me raconter.

— Elle veut vraiment que tu ailles à cette petite formation, hein ?

— Oui, mais Élisabeth, j'peux pas vous imposer quatre jours de cours, pas en pleines vacances.

— Quelle formation ? s'intéresse Scott.

Élisabeth lui tend le programme, avec le résumé du cours et la longue liste d'invités.

— Mais tu dois y aller ! s'exclame-t-il en se redressant. Tu voulais venir jusqu'ici pour ce festival, tu ne vas pas repartir et laisser passer cette occasion !

— Ouais, mais...

— Pas de mais, on va tous y aller ! Élisabeth m'a suffisamment parlé de ton talent, je suis sûr que ça va te plaire.

— Oui, je veux bien, mais je sais que vous n'avez pas les mêmes intérêts que moi... Je veux pas que vous vous ennuyiez.

— C'est ton voyage, Myriam, TA fugue ! On va
te suivre, aussi bien dans un café littéraire avec de
vieux poètes que dans le ciel en parapente, rigole
Élisabeth, en révélant ses petits yeux gris en croissant de soleil qui me font toujours craquer.

CHAPITRE 20

Tricher un peu

— Désolée, il ne reste qu'une seule place, annonce d'une voix ferme la dame au kiosque d'information.

Je pousse un long soupir et regarde autour de nous, pour trouver une personne plus compréhensive. Nous sommes là depuis une dizaine de minutes à discuter avec elle et à lui expliquer gentiment que, de toute manière, je ne peux pas y aller seule.

— D'accord, je comprends, madame, mais c'est elle qui veut assister à cette formation et elle doit être accompagnée. Je n'y participerai pas, je serai simplement à ses côtés pendant les séances, explique doucement Élisabeth, qui se fait à nouveau couper sec.

— Non, je vous l'ai dit, il ne reste qu'UNE SEULE PLACE. Elle peut y aller, mais vous ne pourrez pas la suivre. Ce sont des ateliers exclusifs, réservés à trente personnes, pas une de plus !

Exaspérée, je ne sais plus quoi dire. Même s'ils se font de plus en plus rares, il y en a toujours pour vous mettre des embûches, à cause de règlements qu'ils ne peuvent modifier sous AUCUN prétexte.

– Non, mais madame, vous ne comprenez pas là ! On ne peut pas se diviser comme ça, Myriam a besoin de nous EN TOUT TEMPS. On est ses aides-soignants. Si elle fait une crise ou un arrêt respiratoire en pleine classe, vous vous en voudrez de ne pas nous avoir permis d'être à ses côtés, s'emballe soudainement Scott, sur un ton plutôt arrogant, en posant ses mains derrière ma chaise. Elle a besoin de nous en tout temps, c'est une question de vie ou de mort ! finit-il, l'air grave.

Comprenant très vite où il veut en venir, je poursuis dans le même sens.

– La loi vous oblige à me permettre d'avoir des accompagnateurs dans mes activités sociales et culturelles, lui dis-je en faisant signe à Élisabeth de sortir de mon portefeuille la carte qui, par un simple autocollant, m'accorde ce privilège. Si vous vous y opposez, vous vous rendez coupable de discrimination et de violation des droits de la personne, ce qui est complètement inacceptable !

– Exactement, et ça serait dommage de faire une mauvaise presse à la première édition de votre beau festival, soupire Scott. Surtout que Myriam a des contacts dans les médias…

Nous restons un long moment à fixer la dame, visiblement nerveuse, qui regarde l'autocollant apposé sur ma carte d'assurance maladie. De toute évidence, elle n'a jamais entendu parler de la vignette d'accompagnement touristique et de loisir[1].

---

1. La vignette d'accompagnement touristique et de loisir (VATL) accorde l'accès gratuit à l'accompagnateur d'une personne handicapée afin de lui permettre de prendre part à diverses activités sans contraintes ni limites. Pour plus de renseignements, visitez <http://www.vatl.org/>.

   Pourquoi pas ?

Bien sûr, Scott et moi avons un peu triché. Selon ladite loi, je n'ai droit qu'à un seul accompagnateur dans les activités et les festivals qui le permettent, et dont la liste exhaustive est dressée sur le site Web officiel. Scott a également exagéré ma condition en prétendant que leur présence m'était vitale EN TOUT TEMPS. Je ne risque évidemment pas de mourir s'ils ne sont pas à mes côtés, mais mon confort en sera grandement affecté !

Je déteste jouer la carte de la pitié. Cependant, quand Scott a commencé, je n'ai pas pu résister et j'ai embarqué dans le jeu. Il y a toujours bien des limites à se faire restreindre l'accès à un événement, surtout quand c'est une occasion en or comme celle-là !

— Laissez-moi un instant... Je vais voir ce que je peux faire, murmure-t-elle sans lever les yeux vers nous, avant de tourner les talons et de partir derrière.

— Mais... qu'est-ce que vous faites ? lance Élisabeth, en donnant un coup à Scott et en m'adressant un regard d'étonnement.

— Il faut ce qu'il faut ! réplique Scott, juste avant que la femme revienne.

— Oui, j'ai vérifié auprès des organisateurs et on autorise un accompagnateur, mais pas deux, désolée.

Apparemment, ses supérieurs connaissent mieux qu'elle les conditions d'utilisation de la vignette. À mi-chemin entre la joie et la déception, j'hésite à séparer notre belle équipe.

— Donc ? Vous la prenez la place ou pas ?

— Oui, répond Scott. On prend les deux places.

— À quels noms je mets ça ?

— Myriam et Élisabeth, continue-t-il.

– Parfait, voici vos billets. Ça commence demain à dix heures, à la maison en bois rond.

Serrant les laissez-passer entre mes doigts comme des diamants précieux, je m'éloigne rapidement de la grande tente.

– En tout cas, bravo à vous deux, vous les avez bien eus ! rigole Élisabeth. J'ai dû me retenir pour ne pas éclater de rire, par contre. Quand tu as dit que Myriam avait des contacts avec des journalistes et qu'elle pourrait faire un scandale, j'ai adoré ! Ah ! Ah ! Ah ! Vous étiez vraiment excellents, ensemble !

– Oui, mais là qu'est-ce qu'on fait ? Il manque toujours une entrée…

– Franchement Myriam ! Tu y vas, je ne me suis pas donné autant de mal pour rien, clame Scott. Tu m'as dit l'autre soir que tu voulais vivre ta vie à fond, eh bien fonce !

– Et toi ?

– Je ferai autre chose… Je me promènerai en ville. C'est pas grave !

– Au fond, Scott, tu pourrais très bien y aller à ma place. Tu m'as l'air beaucoup plus intéressé que moi par la littérature ! Moi, c'est les os et le fonctionnement du corps humain. Ça dépend de Myriam bien sûr, mais comme j'ai eu la chance de le voir, vous faites définitivement une belle équipe !

– Et toi, Élisabeth ?

– Je peux facilement aller chez ma cousine Frédérique, qui habite dans le coin. On dit toujours qu'on ne se voit pas assez souvent. Je vous rejoindrai en soirée et, en cas de besoin, je ne serai pas loin.

– Ouais, OK, dis-je, après un instant. C'est génial ! Tu vas voir, Élisabeth, tes deux poètes vont te chanter la pomme après ces quelques jours.

CHAPITRE 21

Écrire, vivre, aimer

Après notre altercation au kiosque, nous allons souper dans un restaurant Bar & Grill et rencontrons par hasard des festivaliers inscrits à la même activité que nous. Assis à la table voisine, ils ont entendu que nous étions à la recherche d'un endroit adapté où loger. Ils viennent aussitôt nous parler de la ferme d'un certain M. Létourneau, où il est possible de louer de petits chalets à un prix très abordable. Ils y logent eux-mêmes et sont presque convaincus qu'il en reste encore un ou deux. Sans plus attendre, nous les remercions, avant de prendre le numéro en note et de contacter cette ferme hors de l'ordinaire.

Après cinq coups de sonnerie, un homme essoufflé décroche.

— Oui, il me reste deux chalets !

— On vous en prend un, pour trois personnes, pour les quatre prochains jours ! Sont-ils accessibles en chaise roulante ?

— Euff... Non, malheureusement, il y a deux marches à l'entrée, mais à l'intérieur, tout est au même niveau. Je crois que je peux facilement trouver une planche assez solide pour t'aider à monter. Si tu me laisses une ou deux heures, je peux même te fabriquer une rampe juste pour toi. Ça nous sera toujours pratique dans le futur !

Quand nous arrivons quelques heures plus tard, l'homme nous attend à l'entrée, fier de me présenter le fruit de son travail : une belle rampe en bois de cèdre, construite avec l'aide de son petit-fils. Elle est plus que sécuritaire. Ils ont pris la peine de faire un petit rebord de chaque côté, afin d'éviter tout dérapage. Ils l'ont même clouée au petit *deck* devant la porte principale. Moi qui m'attendais à une planche amovible, je suis plus que satisfaite ! Cette petite attention, qui a dû occuper l'homme une bonne partie de la journée, me va droit au cœur.

— La salle de bain est assez grande, je crois que tu auras assez de place pour ta chaise. On a tassé les meubles un peu pour que tu puisses circuler plus facilement. Si jamais il y a quelque chose, n'hésite pas à nous appeler en pesant sur le 1 sur le téléphone, continue l'homme aux cheveux grisonnants avant de partir.

L'endroit est superbe, tout droit sorti d'un rêve ! La ferme-hôtel occupe un immense terrain. Je ne peux même pas estimer le nombre d'acres, puisque je n'en ai jamais vu d'aussi grand. Un vrai parc régional ! En soirée, nous faisons le tour en allant voir les animaux. Tous dispersés sur le site, il y a des poules, des lapins, des cochons et des chèvres dans une petite étable. Un peu plus loin, dans divers enclos, nous voyons des bisons, des chevaux, des cerfs et même des bébés loups ! Nous pouvons presque nous croire au Parc Oméga, tellement l'endroit déborde de vie ! Sans compter les chiens et les chats qui se promènent en toute liberté et qui viennent à notre rencontre. Sur les petits chemins de boue et de gravier, la circulation avec ma chaise est un peu chaotique, mais le paysage est si beau que je ne veux plus m'arrêter.

Au petit matin, nous quittons ce lieu enchanteur pour conduire Élisabeth dans un restaurant, où elle rejoint sa cousine, avant de nous diriger vers la cabane en bois rond. Avec notre demi-heure d'avance, nous sommes heureux d'apercevoir une jolie cafetière blanche, avec tout le nécessaire. Scott s'empresse de fouiller pour dénicher les grains moulus, le lait, le sucre et les tasses multicolores au fond d'une armoire poussiéreuse. En deux temps, trois mouvements, le tour est joué. Le café coule et une douce odeur envahit la pièce.

Installés à une petite table ronde, Scott et moi sirotons notre café matinal en attendant la journée d'ateliers. Lorsque les premiers participants passent le cadre de la porte, nous en sommes rendus à notre deuxième tasse et les discussions coulent à flots.

— Oui, oui, je te le dis ! J'écrivais de la poésie au secondaire. J'ai même gagné un prix à un concours de mon école.

— Toi, de la poésie ? J'aurais pas cru mais, maintenant que tu le dis, ça va avec ton béret de poète !

Depuis la première fois que je l'ai vu, Scott a toujours eu un béret sur la tête. Vous savez, avec une petite palette rigide, que les vieux messieurs portent lors des grandes occasions ? Eh bien, Scott est le seul homme que je connaisse, de moins de cinquante ans, qui porte ce genre d'accessoire et, étrangement, ça lui va vachement bien !

— Eh oui ! C'est pour pas que j'oublie la partie artistique en moi, rigole-t-il. Avant, j'avais presque toujours un petit carnet sur moi où je notais mes pensées, mais ça fait longtemps… Je crois que mon dernier poème, je l'ai écrit quand j'avais ton âge. Je l'avais glissé dans le casier de la fille avec qui je voulais aller au bal.

— Et puis, et puis ?

— Eh bien… elle m'a répondu de la même manière, en glissant un mot dans mon casier. On a été au bal ensemble, une maudite belle soirée où on a perdu notre virginité. On a été en couple un bon trois ans. Elle s'appelait Valérie…

Scott, que je connais rieur et confiant, m'apparaît soudain le regard vide et mélancolique, plongé dans ses vieux souvenirs.

— Mais bon… aujourd'hui, je vais renouer avec l'écriture ! s'exclame-t-il en empoignant un crayon, comme pour se ressaisir.

*　　*

*

Les activités de la première journée se veulent exploratoires. J'apprends, grâce aux conseils judicieux des conférenciers, les bases de cet art.

— Le slam, c'est une performance ! Un sprint de trois minutes, où votre voix et votre corps s'allient pour passer un message à votre auditoire. Le thème, c'est vous qui le décidez. Suivez votre instinct. Laissez parler votre cœur. Lui seul sait ce qu'il a à raconter !

À deux reprises, nos mentors nous demandent de nous armer de nos crayons. Ces exercices de création, bien que simples, me déstabilisent, surtout lorsque je comprends que nous serons invités à présenter nos textes sur scène, devant tout le groupe. Je ne suis pas une personne timide de nature – loin de là ! –, mais pour moi, l'écriture est un moyen d'exprimer des sentiments intimes, sans aucun jugement de l'autre. Comme si, dans le silence du poids de mon crayon contre le papier, je pouvais enfin avouer l'inavouable. Je reste donc figée. Je vois les crayons des autres s'agiter vigoureusement, sans que rien ne me vienne à l'esprit. Même Scott commence à noircir sa feuille. Remplissant mes poumons, je finis par me lancer.

Pendant la lecture des textes, je ne peux m'empêcher de scruter celui de Scott. D'abord discrètement, je déchiffre son écriture du coin de l'œil. Entraînée dans son univers, je pose la main sur la table pour m'emparer de sa feuille. Nous échangeons nos papiers et commentons tout bas des passages qui nous touchent ou nous épatent. Nous en oublions presque les gens qui récitent à l'avant.

Après l'heure du diner, nous sommes complètement dissipés. Assis au fond du local, près des fenêtres, Scott et moi sirotons notre troisième ou quatrième café – j'ai perdu le fil. Nous laissons couler le flot de nos pensées sur le papier. Regardant au-dessus de l'épaule l'un de l'autre, nous enchaînons les fous rires et les chuchotements, sous les regards malveillants des conférenciers.

Assise à ses côtés, j'ai parfois de la difficulté à me concentrer, car il n'y a que lui qui compte à mes yeux. Nos coudes se frôlent et, bien que cela semble anodin, je ne m'y habitue pas. Je n'ai qu'une seule envie : me lover au creux de ses bras. Oublier l'espace d'un instant ses sentiments inavoués pour Élisabeth et m'imaginer la fille de ses envies, comme l'a été Valérie. Je sais que c'est pratiquement impossible : il a au moins cinq ans de plus que moi et est en parfaite santé. Je ne vois sincèrement pas ce qu'il pourrait me trouver ! Ce n'est sans doute pas spécialement pour moi que son sourire apparaît, mais il me réchauffe tout de même le cœur.

La journée prend fin sous un vent d'acclamations. La plupart des participants quittent la salle dans un état visiblement inspiré. D'autres retiennent un moment le concierge, pour coucher sur papier une dernière idée. Lorsque nous ramassons nos calepins éparpillés sur la table, deux personnes se dirigent vers nous.

– Hé, salut ! Avez-vous réussi à vous trouver un chalet à la ferme, finalement ? On vient de voir qu'on est plusieurs à loger là-bas, on s'est donné rendez-vous ce soir, pour un feu de camp, histoire d'apprendre à se connaître. Venez faire un tour !

* *
*

Nous n'avons pas trop de difficulté à trouver le lieu de la rencontre. De notre chalet, même si les arbres cachent la vue sur le vaste terrain, nous n'avons qu'à suivre la fumée grisâtre, presque noire, qui se dissipe dans le ciel pour trouver l'immense feu de camp. La petite fête, déjà bien amorcée, s'annonce remplie de rires et de musique. Hugues et Émy viennent aussitôt nous accueillir.

– Vous voilà ! On avait hâte de vous voir ! Venez vous installer, tirez-vous une bûche, gênez-vous pas ! Voulez-vous une bière, un hot-dog ? Il nous reste encore quelques saucisses, mais va falloir vous dépêcher, sinon Gérald va toutes les engloutir.

Émy vient nous faire la bise. Je me fais un malin plaisir à essayer de deviner comment elle va réagir lorsqu'elle sera rendue à moi. En général, les inconnus et, à bien y penser, les membres de ma famille aussi, ne me donnent jamais de becs. Je ne sais pas trop pourquoi, probablement parce que je ne peux pas me rapprocher ou leur tendre mon visage, bloquée par mon appuie-tête. Ils ont peur de me toucher et la majeure partie du temps, j'ai seulement droit à un petit signe de la main, comme on en adresse aux enfants au fond de leur carrosse.

Les rencontres débutent souvent par une bonne poignée de main, ce qui mène à des situations loufoques. Les gens ne savent pas comment réagir. Avec l'habitude, je peux maintenant en apprendre beaucoup sur mon interlocuteur en une fraction de seconde. S'il commence le mouvement et l'interrompt aussitôt en regardant ailleurs, il est pris d'une grande gêne. S'il saisit ma main entre les siennes en me fixant droit dans les yeux, c'est qu'il veut me faire sentir en confiance. Sinon, certains optent pour le « je te tends la main et te fixe un long moment avant de te demander directement ce que je dois faire ». Toutes ces techniques sont bonnes.

Toutefois, ceux qui donnent de grandes accolades à tout le monde et qui m'ignorent complètement lors des embrassades m'irritent encore plus que les autres. J'en viens à me demander sérieusement ce qui cloche chez moi. Ai-je mauvaise haleine ? Est-ce que je pue ? Le métal de ma chaise donne-t-il des chocs électriques ? Suis-je prise d'une maladie mortelle ultra-contagieuse ? Je vois tous les autres se serrer dans les bras, se faire la bise et, moi, je reste là, éternelle témoin, enfermée dans la bulle de verre où les gens me mettent par crainte. Ces visions m'enflamment de rage. J'ai beau être en chaise roulante, je suis humaine !

Comme si Émy avait suivi le fil de mes pensées, elle se penche et vient contredire ma prédiction en me donnant deux petits becs sur les joues et en laissant tomber ses doux cheveux sur mes épaules.

Près de l'immense feu, digne de la Saint-Jean-Baptiste, je m'installe à côté d'Élisabeth et de Pierre-Luc, un jeune homme qui a attiré mon attention plus tôt dans la journée par son enthousiasme. Je l'ai vu au premier rang, toujours sur le bout de sa chaise, prêt à bondir sur le conférencier pour lui poser des milliers de questions. Vêtu d'un bermuda beige et d'un t-shirt brun kaki, il a un accent qui trahit ses origines haïtiennes et un riche vocabulaire qui révèle son amour indéniable pour la littérature française. Sans même le connaître, je sens qu'il est du genre à engloutir des centaines de pages par semaine. Il a dû passer à travers tous les romans de Victor Hugo, les essais de Rousseau et les tourments de Nietzsche.

Les derniers rayons du soleil disparaissent sous la ligne d'horizon et un vent frais refroidit doucement l'atmosphère, mais nous ne sentons pas la différence, puisque nous sommes réunis autour d'une réelle boule de feu.

– T'en veux ? me demande mon nouvel ami, en me tendant une bouteille de fort.

J'accepte volontiers, en lui spécifiant de m'en servir un tout petit verre. Une fois le gobelet rempli à moitié, il le tend à Élisabeth qui rit sous cape en y plongeant une paille et en me le donnant. Pierre-

Luc m'invite à faire cul sec avec lui. Nous nous exécutons après avoir porté un *toast* à cette belle soirée. Après une grande aspiration par ma paille, je sens le liquide froid se transformer en quelque chose de chaud, qui coule jusqu'au fond de ma gorge, avec un arrière-goût de vinaigre. Pierre-Luc me regarde d'un air amusé. Les muscles de mon visage se contractent dans tous les sens tellement cette saveur m'est insupportable.

– Encore ?

– Oh nooooonnn !

Comment les gens peuvent-ils aimer ce genre de boisson ? Je veux bien essayer de nouvelles choses, mais il y a toujours bien des limites à ce que je suis prête à endurer ! Heureusement, une longue discussion s'ensuit où j'apprends que Pierre-Luc achève un baccalauréat en littérature philosophique. En fait, il a fini tous ses cours, il lui reste à remettre son travail de fin de bac, un long texte à propos d'un auteur de son choix. Mon intuition ne m'a pas trompée, puisqu'il me dit hésiter entre Rousseau et Nietzsche.

Au fil de la soirée, j'apprends à connaître les autres festivaliers qui, comme moi, profitent de ce petit séjour pour se ressourcer, mais aussi pour développer leur créativité et leur présence sur scène. La plupart d'entre eux, comme Émy, France, Luce et Serge, n'en sont pas à leurs débuts en slam et ont même déjà participé à quelques concours régionaux.

– Je me souviens de ma première performance comme si c'était hier, confie France. J'étais tellement stressée de livrer mes idées, mon être ainsi sur scène ! Mes bras ne savaient plus où se mettre, ma voix tremblotait… Avec le temps, j'ai pris de l'assurance. C'est fou, on développe une réelle relation avec le public.

Les bières et les *shooters* s'enchaînent dès que les chansons à répondre commencent à se faire entendre. En un clin d'œil, tous les instruments de notre patrimoine québécois se retrouvent entre les mains des musiciens amateurs. Luce et Émy s'emparent des cuillères de bois, Pierre-Luc sort un harmonica de sa poche, trois guitares se distribuent entre Scott, Serge et Hugues, tandis que les filles se mettent à danser et à chanter en tapant des mains. Tous les vieux succès sont à l'honneur. Nous chantons en chœur *Wo ! Wo ! Wo ! ma p'tite Julie* et *Si j'avais les ailes d'un ange, je partirais pour QUÉBEC !*

Au milieu des festivités, je remarque la tranquillité inhabituelle d'Élisabeth, sagement assise. Elle a beau taper des mains et sourire à l'occasion, je vois bien que quelque chose cloche. Depuis notre retour au chalet, elle n'a pas cessé de jouer avec son collier : une chaîne à laquelle une petite tortue en or est suspendue.

Je connais l'histoire de ce bijou. Son amoureux le lui a offert lorsqu'ils sont allés rencontrer la famille de Nicolas, de l'autre côté de l'océan, aux Pays-Bas. Après leur rencontre à l'université, ils se sont fréquentés au moins un an, avant que Nicolas lui propose une paire de billets aller-retour vers la Hollande. Élisabeth lui a immédiatement sauté au cou. Ce n'était pas tant l'idée de visiter un tout nouveau pays, ni même celle de prendre l'avion pour la première fois, qui lui avait fait tant d'effet. Derrière ces bouts de papier se cachait une promesse d'engagement. Quand on présente sa blonde à ses parents, c'est que c'est du sérieux, surtout s'il faut prendre l'avion pour faire leur rencontre, avait pensé Élisabeth.

Pendant ce séjour, Élisabeth en a appris plus sur son copain qu'elle n'aurait pu le faire en deux ans. Après plusieurs mois de fréquentation, elle se sentait enfin acceptée dans le nid familial. C'est en l'honneur de leur dernière soirée, après un souper en tête à tête bien arrosé, que Nicolas avait sorti un petit paquet de sa poche. Déchirant le papier d'emballage, Élisabeth avait découvert cette longue chaîne en or à laquelle était attaché le pendentif en forme de tortue, où de petits diamants réfléchissaient la lueur du soleil couchant. Il lui avait aussitôt pris la chaînette des mains et s'était penché vers elle pour la lui suspendre au cou.

— Tu sais, les tortues ne vont pas très vite, mais elles vont toujours plus loin que les autres. Une tortue, c'est tenace, patient et surtout passionné, comme notre amour. Prépare-toi, on va marcher des kilomètres et des kilomètres ensemble, telles deux tortues follement amoureuses ! lui avait-il murmuré, avant de l'embrasser.

Depuis, je n'ai jamais vu Élisabeth sans cette tortue au cou. Mais aujourd'hui, elle lui porte une attention particulière. Elle la frotte vigoureusement de ses longs doigts comme on frotte une lampe dans l'espoir de voir sortir un grand génie.

— Élisabeth, ça va ? Qu'est-ce qui se passe ?

— Ah... rien. C'est juste que, depuis notre départ samedi, je n'ai eu aucune nouvelle de Nicolas, pas le moindre texto. Je ne peux pas le joindre, puisqu'il est à Bruxelles en ce moment et que son

cellulaire n'a pas de service là-bas. Il devait me
téléphoner hier, mais je n'ai eu aucun appel. Ça lui
ressemble pas…

— Inquiète-toi pas, il a sûrement eu un contre-
temps. Il va t'appeler bientôt, j'en suis certaine!

CHAPITRE 22

Dave

La fête tire à sa fin, les plus sages repartent se coucher en saluant les plus fêtards qui enchaînent les chansons, les confidences et, bien sûr, les bières. Normalement, je serais partie parmi les premiers, mais aujourd'hui, je me jure de finir le *party*. Après tout, je suis entourée d'Élisabeth et de Scott pour veiller jusqu'au lendemain !

À travers les mélodies, j'entends une sonnerie de téléphone. D'un bond, Élisabeth se lève et s'excuse avant de s'éclipser. Assis par terre à mes côtés, Scott la suit des yeux.

— J'me demande ben qui ça peut être à cette heure. J'espère que c'est pas grave… murmure-t-il, en fixant toujours sa silhouette dans la pénombre.

— Ça doit être son copain. Il était supposé l'appeler hier, mais elle n'a eu aucun coup de fil, lui dis-je, contente de voir que la situation d'Élisabeth se règle.

— Comment on peut oublier une fille comme elle ! Moi en tout cas, j'l'oublierais pas un seul soir si j'étais son chum…

Le chat sort du sac. Scott est bel et bien amoureux d'Élisabeth. J'ai un rire étouffé, qui ne peut toutefois masquer la tristesse qui s'étend sur mon visage. Avec tout ce qui s'est passé aujourd'hui, j'en avais oublié ses sentiments pour Élisabeth. Notre complicité s'est développée tellement rapidement, qu'inconsciemment, je me suis imaginée un peu plus qu'une simple amie pour lui. Le cœur un peu brisé, j'engouffre la guimauve chaude dégoulinante, mais ô combien savoureuse, que Scott me tend. Il s'occupe de moi avec grand soin, mais n'a visiblement aucune idée de ce que je ressens pour lui.

— Je l'aime bien, Élisabeth. Elle est brillante et jolie en plus. Dommage qu'il y ait ce Nicolas, sinon, je ne serais pas très loin, tu sais. C'est une fille géniale !

— J'ai tout vu depuis le début. La manière que tu as de la regarder ne ment pas !

Ç'a toujours été moi, ça : la fille qui écoute les histoires de cœur des gars dont elle est secrètement amoureuse. Ça, ou la meilleure amie qui comprend tout, à laquelle on confie ses moindres soucis et qui console, mais avec laquelle on ne fait jamais rien ! La première au courant d'une rupture, la première à recevoir un message de détresse, mais la dernière sur la liste des invités, celle qu'on oublie si le drame n'est pas au rendez-vous, si la fête est là tous les soirs.

Scott est maintenant parti sur un monologue : Élisabeth est parfaite et ô combien séduisante. Je n'en peux presque plus ! Mais, une partie de moi est d'accord avec ce qu'il dit. J'aurais aimé que les choses se déroulent autrement, mais c'est vrai qu'ils seraient magnifiques ensemble. Cependant, le cœur d'Élisabeth est pris, cela se voit. Nicolas et elle, c'est du solide !

Après une gorgée de ma bière, je vois apparaître le nom de Jérémy sur mon cellulaire.

Jérémy :
Salut, est-ce que tu dors ?

À minuit et demi, la conversation s'amorce plutôt bizarrement. C'est la première fois qu'il me parle depuis le bal. Donnant mon verre à Scott, je m'éloigne un peu.

Myriam :
Salut ! Non, non, ça va. Je suis avec des amis.

– Où tu vas Myriam ? demande Scott, en haussant la voix pour enterrer les rigodons.

Je lui montre mon cellulaire et m'engouffre dans la forêt, à la recherche d'un petit coin paisible. J'entends les branches craquer sous mes roues, je sens le terrain sablonneux se transformer en pierre cahoteuse et je distingue une lumière blanchâtre devant moi. J'éclaire le sol avec mon téléphone et je vois qu'en empruntant un sentier de boue très étroit et abrupt, il m'est possible de descendre sur une plaque de pierre. Sans réfléchir aux risques, je me lance. Je glisse par moments, mais je réussis à me rendre saine et sauve sur le plateau où des arbres se séparent pour me laisser entrevoir la pleine lune reflétée dans le mouvement du lac en périphérie de la ferme. Immobile, je scrute mon appareil, en attente d'une réponse de Jérémy.

Bien loin de la petite fête, j'entends en bruit de fond le doigté de la guitare de Scott et le jeu d'harmonica de Pierre-Luc. Aux abords du plan d'eau, je sens le vent frais sur ma peau. Les yeux fermés pour inspirer une grande bouffée d'air, je relève la tête lorsque je sens mon téléphone vibrer entre mes doigts.

Jérémy :
Ça va ? Tu t'amuses bien ?

Jérémy me fait rire. Quand il commence ses discussions par « ça va ? », c'est qu'il en a gros sur le cœur et ne sait pas par où commencer. Comme une discussion programmée, je lui réponds « Ouais et toi ? ».

Jérémy :
Bof… c'est pas une belle journée… j'ai eu une mauvaise nouvelle concernant un ami…
Myriam :
Qu'est-ce qui s'est passé ?

Mon téléphone se met alors à surchauffer et à vibrer sans relâche ! Il aurait été plus simple et facile de se parler de vive voix par téléphone, mais nous n'en disons rien, préférant peut-être tous les deux garder une certaine distance.

Jérémy :
Je sais que c'est pas le meilleur moment pour toi… t'es en train de fêter, mais… tu te souviens de Dave ?
Myriam :
Dave Courville ? Ben oui, je l'ai croisé à l'hôpital il y a quelques semaines. Il avait l'air bien. T'as eu des nouvelles ? C'est pas lui j'espère ?

Jérémy et Dave sont amis depuis longtemps. Atteints de la même maladie, la Duchenne, ils se sont rencontrés lors d'un voyage organisé spécialement pour eux, à Vancouver, où ils étaient les deux seuls francophones. Dave a vingt-cinq ans et un sens de l'humour très aiguisé, mais son sourire cache sa triste réalité. Plus âgé, il est plus gravement atteint par la maladie et doit avoir recours à un imposant appareil, simplement pour respirer. Quand je l'ai vu la dernière fois à l'hôpital, il avait pourtant bonne mine, du moins il avait l'air beaucoup mieux que l'été dernier.

*　*

*

Nous nous étions réunis entre amis dans un restaurant. Dave semblait avoir vieilli de plusieurs années, transformé en un homme terne et morose. De toute la soirée, il n'avait pas bougé d'un poil dans sa chaise, les mains bien accotées sur ses appuie-bras ultra coussinés. En un mouvement imperceptible, son index glissait sur une sorte d'écran tactile – comme les souris des ordinateurs portables – et guidait sa chaise roulante. J'ai alors compris. Son état s'était aggravé. Je n'ai rien dit, j'en savais suffisamment pour qu'un sentiment d'impuissance et d'angoisse m'envahisse la gorge.

Ce soir-là, Dave commandait des whiskys, trois ou quatre à la fois, bus à la paille !

– Hé, Myriam, c'est quoi ton espérance de vie ? dit-il subitement, après avoir fini cul sec son dernier verre.

– Eh… hem… je ne sais pas trop. Personne ne m'a jamais vraiment dit d'âge en particulier, bafouillai-je mal à l'aise, trop surprise pour répondre autrement.

— Ouais, OK, mais les gens qui ont ta maladie... C'est laquelle déjà la tienne ? demanda-t-il, comme s'il était question d'une marque de voiture.

— L'Amyotrophie spinale...

— OK, ouais, ben les gens atteints de l'Amyotrophie spinale, ils vivent jusqu'à quel âge d'habitude ?

— J'en ai connu qui sont décédés à quarante-trois ans, d'autres à quatre ans donc... C'est un coup de chance, je crois ! De toute manière, j'veux pas savoir...

— Eh bien, moi, ils m'ont toujours donné jusqu'à vingt-cinq ans... C'est ma fête la semaine prochaine... Je s'rai plus sur la garantie asteure ! s'exclama-t-il, en plongeant son regard perçant dans le mien avant de laisser couler de grosses larmes sur ses joues.

*   *
*

Je fixe l'horizon et prie pour que la suite ne soit pas ce que je pense.

Myriam :
Qu'est-ce qui se passe Jérémy ? Comment va Dave ? Dis-moi tout !
Jérémy :
... sa mère vient de m'appeler... il est décédé ce matin... :'(

Mes yeux s'emplissent et m'empêchent de voir quoi que ce soit. Les larmes montent, comme si on venait d'ouvrir un robinet à plein régime. L'eau ruisselle sur mes joues et descend jusque dans mon cou. Je regarde vers le ciel, comme si en évitant de lire jusqu'à la fin le message de Jérémy, je pouvais empêcher que ça arrive. Comme si, en ne posant pas les yeux sur ces mots, ils ne prendraient pas vie et ne resteraient que des symboles vides de sens. Moi qui ne crois pas réellement en Dieu, je me retrouve sous le ciel obscur à implorer un inconnu. Les étoiles scintillantes qui me semblaient si belles et porteuses d'espoir, il y a un instant, sont toutes devenues ternes et sans aucune importance. À quoi sert toute cette beauté si les gens ne peuvent pas en profiter? Dave ne méritait pas ça, il était si jeune! Quelques années seulement me séparaient de lui.

> Jérémy :
> Ça faisait un bout qu'il était sous forte médication, les docteurs avaient remarqué des inégalités dans son rythme cardiaque et pensaient lui mettre un pacemaker, mais... ils n'ont pas été assez rapides. :'(

Dans le silence de la forêt, les messages de Jérémy font l'effet d'une bombe dans mon cœur. J'entends dans ma tête les bips sonores que Dave a dû entendre résonner entre ses deux oreilles avant de tirer le rideau. Les bruits aigus des machines d'hôpital qui s'agitent à la moindre irrégularité et qui sont souvent le premier signe d'une situation d'urgence.

Mes yeux s'inondent à nouveau et mon corps entier est pris de secousses incontrôlables. Ma gorge se noue, j'ai le souffle coupé. Chaque respiration que je réussis à prendre entre mes crises de larmes est une victoire en soi. C'est beaucoup plus que la mort de Dave qui vient me frapper en plein cœur. Pour lui, d'une certaine manière, je sens un certain vent de libération. Il est enfin libéré de son corps qui le retenait prisonnier, de plus en plus. J'espère qu'il est mieux maintenant, où qu'il soit. Je ne sais pas s'il existe un au-delà ou un paradis, mais je le lui souhaite de tout cœur, car c'est tout ce que je peux faire.

Ce qui m'emplit d'une réelle rage, c'est le sort qui nous attend, Jérémy et moi. La mort d'un proche est toujours triste et douloureuse, mais quand vous savez au fond de vous que le même sort vous est réservé, vous ressentez beaucoup plus que de la peine. Ça vous prend au plus profond de vos entrailles. Toutes les cellules de votre corps se sentent trahies par leur propre génétique, qui les condamne autant qu'une date de péremption sur un aliment.

Je voudrais être assez forte pour appuyer Jérémy dans ces moments difficiles. Je voudrais le faire sourire au moins un millième de seconde et lui promettre, au creux de l'oreille, d'être toujours là pour lui, mais je n'en ai pas la force. Je sais qu'il a un immense besoin de réconfort, mais je ne suis pas la fille de la situation. Je suis aussi terrassée que lui par la nouvelle. J'essaye tant bien que mal de trouver des mots pour le consoler, mais tout ce que je réussis à lui envoyer entre mes sanglots, ce sont des émoticônes. C'en est pitoyable.

*　　*
*

Je retrouve tranquillement mon calme, mais je n'ai plus la force de bouger. De toute manière, je suis presque convaincue de ne pas être capable de remonter la côte abrupte que j'ai eu l'audace de descendre pour arriver au bord du lac. Elle s'effrite sous le seul poids de ma pensée, laissant rouler jusqu'à moi de petits cailloux. Il est évident que je n'y parviendrai pas. J'appellerai Élisabeth dans quelques minutes pour lui demander de venir à mon secours, mais pour l'instant j'ai besoin d'être seule. Je me contente de regarder droit devant et de faire le vide intérieur. C'est à ce moment que je vois un jet de lumière s'agiter au sol, parmi les arbres. J'entends les brindilles craquer.

— Myriam, es-tu là ? Myriam !

— Je suis ici. Près du lac, à ta gauche, dis-je doucement, en reconnaissant la voix grave de Scott.

La lumière m'aveugle, avant d'éclairer la pente que j'ai empruntée plus tôt.

— Ça va ? Comment tu t'es rendue jusqu'ici ? T'as quand même pas pris ce chemin, j'espère…

Il évite de justesse de trébucher.

— Eh oui, j'ai été assez stupide pour ça !

— Myriam, ça va ? dit-il en s'approchant, d'un pas silencieux.

Je m'étais juré de ne pas pleurer, surtout pas devant lui. Il ne m'en faut pas plus pour que remonte la boule au creux de mon ventre. Dans la noirceur, je me mordille les lèvres pour me ressaisir, tout en regardant vers le ciel pour empêcher l'eau qui envahit de nouveau mes yeux de couler sur mes joues. Je ne veux tellement pas qu'il me voie dans cet état.

— Myriam, qu'est-ce qui va pas ? chuchote-t-il, en posant sa main sur mon épaule.

Je ne peux rien lui dire, pas que je ne veuille pas, simplement ma gorge se bloque et ne laisse passer aucun son. Mes lèvres se tordent et mes pleurs recommencent de plus belle. Agenouillé en face de moi, Scott me supplie de lui dire ce qui ne va pas.

— Myriam, qu'est-ce qu'il y a ? Dis-moi…

J'évite son regard perçant et me retourne vers le lac. Je pense à Jérémy, sûrement au creux de son lit, tout aussi désemparé que moi. Je l'imagine déjà subir le sort de Dave et ça me déchire le cœur. Mon corps est pris de spasmes et de sanglots incontrôlables. Scott me frotte doucement le dos. Il cherche une raison à mon immense peine.

— Myriam… Dis-moi… Je peux faire quelque chose ?

— Je t'en prie… Prends-moi… Prends-moi dans tes bras, s'il te plaît… juste un moment…

Aussi banal que cela puisse être, il me semble que c'est le seul moyen de calmer la détresse mille fois plus grande et plus forte que moi. Sans plus attendre, Scott me sort de ma chaise et me prend sur lui, à mi-chemin entre la position assise et couchée. Ses bras qui m'entourent me calment et réussissent à me contenir tant bien que mal. La tête posée près de son cou, je réussis à lui chuchoter, la raison de mon chagrin.

— C'est Dave… l'ami de Jérémy… il est mort ce matin…

Comprenant déjà mieux, il me chuchote à l'oreille que tout ira bien et me caresse les cheveux. Je sens le battement de son cœur, sa chaleur et son haleine teintée d'alcool. Dans mon état normal, je ne me serais jamais permis de lui demander de me prendre de la sorte. Mais ce soir, la mort est venue frapper à ma porte. Toutes mes barrières sont tombées. Ma pudeur a éclaté en mille miettes.

C'est la première fois que je vis une telle proximité – je veux dire, sans nécessité pratique de me transporter d'un point à un autre. La première fois que quelqu'un me serre, dans l'unique but de me réconforter.

Dans les bras de Scott, je réalise à quel point le contact humain fait du bien. Sa simple présence apaise ma douleur.

– Jérémy et lui ont la même maladie... une proche de la mienne, avoué-je finalement.

Même si nous n'en avons jamais parlé ouvertement ensemble, je suis certaine qu'il sait qui est Jérémy pour moi. Cessant un instant ses caresses, il me regarde droit dans les yeux, avant de resserrer de plus belle son étreinte. Les pleurs remontent dans ma gorge et mes larmes coulent maintenant sur son chandail.

– Tout ira bien... je suis là... murmure-t-il.

Nous restons un bon moment ainsi, à écouter les remous du lac. Le silence est parfois la seule option, les mots étant tout à coup trop douloureux à formuler. Nous ressortons de la noirceur de la forêt une demi-heure plus tard, tels des soldats revenant d'une longue mission. Scott texte Élisabeth pour la rassurer et la mettre au courant des événements. À notre arrivée au chalet, elle nous attend patiemment au pas de la porte.

– Myriam, je suis désolée...

CHAPITRE 23

La tempête de souvenirs

Je tombe telle une brique au creux de mon lit, exténuée. Rien ne m'est arrivé et, pourtant, j'ai l'impression d'avoir livré le plus grand combat de ma vie. J'aurais reçu des centaines de coups de poing que je n'aurais pas souffert davantage! C'est mon premier deuil et je ne comprends pas pourquoi la boule au fond de mon estomac ne veut pas se dissiper. Combien de temps cette douleur va-t-elle habiter mes entrailles? Au réveil, j'ai encore les yeux boursouflés, car j'ai pleuré une bonne partie de la nuit. L'annonce du décès de mon ami a déclenché une bombe à retardement dans mon cœur, le tic-tac résonne dans tout mon corps. Je sens mon temps compté au millième de seconde. L'explosion ne saurait tarder.

Dave n'a pas été victime d'un accident. Il n'a pas reçu de balle en plein cœur dans une rue miteuse de Montréal. On ne peut pas dire qu'il a été au mauvais endroit, au mauvais moment, puisque le mal venait de l'intérieur. La maladie s'est accrochée à lui comme une sangsue, présente dans toutes les parcelles de son ADN, complémentaire à sa personne, indissociable de son être. Vingt-cinq ans! Si je me fie à son parcours – même si mon cas n'est pas identique –, il ne me reste pas dix ans à vivre! Cette idée m'affole! J'essaie de ne pas montrer ma crainte et mon anxiété à Scott et Élisabeth, mais je ne souhaite qu'une chose : FUIR! Fuir loin, TRÈS loin, où même mon ombre ne pourra retrouver ma trace. Partir à toute vitesse. M'en aller comme un voleur, quitter mon corps, ma chair qui, je le sais, va se détériorer et me pourrir l'existence. Je veux me dissocier de ma destinée. Rimouski ne me semble plus assez loin, Toronto non plus, les États-Unis non plus. À bien y penser, même la Lune ne me semble pas assez loin! Fuir mes parents, ma routine, mon quotidien c'est possible, mais me fuir moi-même, fuir ma réalité, c'est impossible!

Ces idées en tête, je pars avec mes amis en direction de la maison en bois rond. Élisabeth et Scott s'attendent à ce que je craque à tout moment et se tiennent prêts à m'ouvrir les bras. Sauf que moi, je ne veux pas être réconfortée, je ne suis pas tant triste qu'enragée! Si je le pouvais, je briserais tout sur mon passage, tel un immense bulldozer. À l'âge où l'on commence à goûter à la vie, à y croquer à pleines dents comme dans un bon fruit sucré, où l'on finit l'école et on serre entre ses mains le volant de son existence, je sens la mort à mes trousses.

Les événements m'ont changée. Il m'est devenu impossible de rester passive comme avant. Je ne veux plus prendre mon temps. Je veux foncer à plein régime, tête première, défier la vie car, après tout, je ne sais pas quand elle va m'arracher de ceux que j'aime.

Comme la veille, nous allons conduire Élisabeth chez sa cousine. En sortant de la voiture, elle me fixe longuement avant de me rappeler une millième fois de lui téléphoner ou de la texter s'il y a quoi que ce soit. Elle se retourne au moins à deux reprises pour m'observer. Elle s'en fait tellement pour moi, mais c'est ma bataille, pas la sienne.

De retour dans la grande salle où se tient l'atelier, je retrouve l'arôme de café brûlé partout dans la pièce. Cette odeur si réconfortante hier me semble désormais terne et amère. Pierre-Luc se dirige vers nous et tape dans les mains de Scott.

— Hé! Hé! Tu l'as retrouvée finalement. J'vous ai pas vu revenir, hier. Est-ce que tu étais prise dans les bois, Myriam?

— Ouais, je crois que j'aurais passé la nuit là-bas, si Scott n'était pas venu à mon secours, rigolé-je pour dissimuler le chagrin qui m'habite.

Malgré le tremblement de terre qui m'a secouée, je suis contente de voir que rien n'a changé dans les yeux des autres. S'ils savaient ce que je vis, ils changeraient d'attitude envers moi, ce que je ne veux surtout pas! L'ambiance du groupe me permet d'oublier quelque peu ma souffrance et de baisser le volume du tic-tac qui fait vacarme dans ma cage thoracique. Je me surprends à joindre mon rire à ceux des autres et à me greffer à la joie qui règne. Toutefois, dès que nous sommes plongés dans le silence pour écrire, un tigre rugit dans ma poitrine. Je fixe l'horloge accrochée au mur, dont les aiguilles tournent et tournent, en écho au décompte qui envahit mon corps. Le temps passe et je reste là, devant une feuille blanche, à tenter de donner un sens à ma vie avec de simples mots. D'un coup sec, j'avance ma chaise et fais signe à Scott.

— On s'en va... je suis désolée, mais on s'en va.

Sans protester, il range ses affaires au fond de son sac. Nous brisons le silence parfait, en poussant tables et chaises pour me frayer un chemin. Les têtes se lèvent pour nous fusiller du regard, mais je n'y porte aucune attention.

— Qu'est-ce qu'y a ? demande Scott, une fois à l'extérieur.

— Je manque d'air... On peut faire un tour ? Juste bouger ! S'il te plaît, juste partir. N'importe où !

Il ouvre la portière et je m'engouffre à l'avant du véhicule.

— Tu veux t'échapper, c'est ça ?

— J'veux pas gaspiller ma vie ! Je veux aller où je ne reconnaîtrai plus rien, me perdre en chemin et ne plus retrouver ma trace !

— Et on va où pour ça ?

— Qu'est-ce que tu dirais de toujours tout droit ?

— Ça me semble un bon plan ! dit-il, en empoignant le volant à deux mains et en faisant crisser les pneus de la Westfalia.

À mesure que le paysage défile devant mes yeux, je sens la boule au fond de mon cœur se désagréger, se volatiliser. Un poids énorme se détache de ma poitrine. La route se déroule sous mes pieds et la radio joue la trame sonore de ma vie. Je respire déjà mieux. Nous zigzaguons à travers la ville. Près du fleuve, mon regard suit la marée qui monte et qui descend, au rythme d'une respiration sur le sable. Les vagues laissent derrière elles un léger filet d'écume et leur cadence m'apaise.

— Tu penses qu'on peut aller là ? pointé-je à Scott, par la fenêtre.

— On peut essayer.

L'endroit est loin d'être paradisiaque, rien que du sable mouillé où traînent de longues algues verdâtres, mais sa beauté imparfaite me séduit. Après quelques virages dans les rues avoisinantes, Scott trouve l'entrée du site. Le lieu semble déserté depuis des mois. La clôture restreint l'accès à la plage et de grosses affiches, décorées de toutes sortes de graffitis, interdisent la baignade.

— C'est pas super. Je suis sûr qu'on peut trouver mieux...

— Non, c'est exactement ce qu'il me faut.

— T'as des drôles de goûts, toi. J'ai vu de beaux parcs près du fleuve un peu plus loin, avec des tables à pique-nique et tout.

— Non, je veux rester ici. C'est exactement comme cette plage abandonnée que je me sens, je veux rester.

— ... mais... c'est barricadé, tu vois bien.

— Je te pensais plus futé que ça... lui envoyé-je, un soupçon de mépris dans la voix. C'est pas toi qui aimes l'aventure ? Une simple barrière peut vraiment venir à bout de toi ?

Je vois que je l'ai provoqué et c'est exactement ce que je souhaitais. Il claque la portière, marche d'un pas décidé et enjambe les barres de métal pour se retrouver de l'autre côté.

— Y'a un cadenas ?

— Oui, un vieux modèle, je peux facilement m'en débarrasser... marmonne-t-il, en sortant un canif de sa poche.

Après quelques grincements, un bruit de ferraille annonce la défaite du cadenas contre l'agilité des doigts de Scott.

                                    Pourquoi pas?

– Je l'ai, s'écrie-t-il en le brandissant comme un trophée, avant de le lancer derrière lui comme un vulgaire déchet.

Scott ouvre la grande porte et une énorme rafale vient nous frapper de plein fouet. Je roule en silence sur le sable humide, juste assez compact pour que ma chaise ne s'y enfonce pas. J'avance vers le fleuve, avec une assurance teintée d'appréhension. J'avance, comme vers une communion avec un grand dieu, un être suprême qui va pouvoir me dire comment agir, parce qu'en ce moment, je n'en ai plus la moindre idée.

En une suite d'images-chocs, chaque bourrasque amène son lot de mémoires oubliées. Sur le bleu azuré, un nuage prend soudain la forme d'un enfant. La photographie que j'ai dénichée un jour dans un vieil album me revient en tête. Je dois avoir à peine huit mois et ma grande sœur, trois ou quatre ans. Nous sommes couchées sur un petit tapis matelassé. Tournée vers elle, les yeux grands comme des billes, je l'agrippe de mes faibles doigts. Je vous ai dit que Dave était mon premier deuil, mais ce n'était pas tout à fait vrai... Quand j'avais un an, ma grande sœur est décédée. Je n'ai pratiquement aucun souvenir d'elle, seulement quelques photos, qui témoignent de notre complicité. J'aurais tellement aimé la connaître. Elle aussi était atteinte de ma maladie, exactement la même – c'est génétique, cette peste-là ! Plus forte que moi, elle a pourtant succombé à une longue pneumonie à laquelle moi, étrangement, j'ai survécu. Pourquoi elle et pas moi ? Pourquoi elle, Dave et pas moi ? Pourquoi eux et pas les autres ? Pourquoi la vie est-elle ainsi faite ?

– Pourquoi ? murmuré-je à moi-même.

Les larmes ne montent plus. J'ai passé ce stade. Je m'adresse maintenant à l'univers, comme s'il allait me répondre. Je réclame une réponse à la plus courte et à la plus difficile des questions au monde. Devant l'immensité du fleuve, je me sens si petite que le pourquoi que me crient mes entrailles me semble anodin. Des milliers d'injustices ont lieu sur la terre, chaque jour, alors pourquoi mon questionnement aurait-il un sens ?

— Pourquoi ? répété-je, plus violemment.

— Faut-il vraiment un sens à tout dans la vie ? me réplique Scott, dont j'ai fini par oublier la présence. Pourquoi ne pas profiter du moment présent ? C'est le seul où on peut réellement exercer un minimum de contrôle, non ?

— Facile pour toi… t'as pas de date d'expiration inscrite sur le bras… La vie t'a pas condamné, lui envoyé-je du bout des lèvres.

— Comment le sais-tu ? On n'est pas dans un film de science-fiction, Myriam ! Personne ne sait quand son dernier jour arrivera ! Peut-être qu'on va tous se tuer demain, sur la route en revenant ! Il faut arrêter de s'en faire ! Jouer les victimes, ça ne donne strictement rien ! T'es pas la seule à être « condamnée », comme tu dis. On l'est tous, chacun à notre manière. Le seul contrôle que tu as, c'est ta façon de gérer ça. Personne n'est condamné tant et aussi longtemps qu'il ne se condamne pas lui-même.

Sa dernière phrase résonne dans ma tête. Son regard me tient tête, obstinément. Nous nous fixons comme deux taureaux avant un ultime combat. Même si la chaleur de ses bras a su me réconforter hier, j'ai droit aujourd'hui à son côté plus froid et distant. Pas une pointe de pitié dans ses yeux.

Aucune ressemblance avec les téléspectateurs émus des traditionnels téléthons. Les sourcils froncés, il me rappelle le regard franc et sans scrupule de mon père. Je déteste quand papa me regarde de la sorte. Venant de Scott, cette attitude n'a toutefois pas le même effet. Avec lui, je suis prête à me défendre, à argumenter, à crier s'il le faut. J'ouvre la bouche pour répliquer, lorsqu'il me regarde sans la moindre méchanceté, d'un air complètement détaché.

— Tu veux vraiment te condamner aussi rapidement ? Tu veux pas te laisser une chance, voir ce que ça pourrait donner ?

Ma colère monte d'un cran, mais se transforme en rage de vivre. Je me sens retourner entre les quatre murs stériles du bureau du D^r McFault. Je me revois lui répondre, dans mon anglais cassé, que je veux vivre coûte que coûte. Petit à petit, je retrouve la même confiance au fond de mon cœur. J'ai ma place ici-bas et personne ne pourra m'en arracher aussi facilement. Scott a raison. Le soleil se lève pour moi ce matin et je ne veux pas gâcher la chance que Dave et ma sœur n'ont pas eue, de voir naître ce jour. Je veux en profiter et j'en profiterai !

CHAPITRE 24

Pourquoi pas ?

Sur le chemin du retour, la fenêtre grande ouverte, je retrouve la folie et la joie que je me connais. Notre promenade a réussi à faire évaporer la tristesse et la colère de mon corps. Le vent qui frappe ma peau me rappelle que la vie peut être légère et pleine de promesses. En fermant les yeux à bord de notre Westfalia, je me promets de vivre pleinement chaque instant de ce voyage et de faire toutes les folies que je ne me serais jamais permises. TOUTES LES FOLIES ! Plus rien n'est à mon épreuve ! Plus rien ne me résistera.

Durant les deux jours de formation qu'il me reste, je m'applique à coucher sur papier toutes les émotions nouvelles qui m'envahissent. J'en oublie les consignes et n'en fais qu'à ma tête. J'écris aveuglément ce que ma voix intérieure me dicte, comme ils nous l'ont si sagement enseigné. Je peux noircir des pages et des pages, juste pour extérioriser ma folie. Même si je ne suis pas toujours satisfaite du résultat, je conserve précieusement mes papiers et mes notes, en prévision de la dernière soirée. Plusieurs participants ont déjà choisi leur texte et planifient des mini-chorégraphies pour accompagner leur prestation de slam. Je n'ai aucune idée de ce que je vais présenter et c'est pour cela que je garde tout, même la moindre phrase griffonnée sur une serviette de table.

La dernière journée d'atelier est empreinte de fébrilité. En fin d'après-midi, lorsque la conférence se termine, tout le monde se lève d'un bond pour applaudir les organisateurs qui ont su nous en apprendre et, surtout, nous inspirer. Le responsable de notre groupe, qui a été présent tous les jours et qui nous dirigeait lors des exercices par ses conseils, rougit devant les acclamations.

— Merci! crie-t-on du fond de la salle.

— Merci à vous, réplique-t-il, en levant la main pour calmer nos remerciements. Nous nous retrouvons dans quelques heures, ici même, pour notre cinq à sept de slam, question de voir ce que toute cette expérience a donné. J'ai bien hâte de vous entendre!

Chacun de notre côté, nous allons nous préparer pour la soirée qui sera le symbole de notre graduation. À notre arrivée vers cinq heures, le lieu est méconnaissable. Les tables et les chaises de style cafétéria ont laissé place à de belles tables de buffet, couvertes de nappes colorées qui égaient la salle. Les grandes fenêtres laissent pénétrer le soleil resplendissant de cette journée chaude et collante de juillet. À l'avant, une scène est installée avec, en arrière-plan, un graffiti de slam en noir et blanc. De chaque côté, de grands rideaux d'un rouge flamboyant lui assurent une certaine prestance.

— Wow, murmuré-je. Ça va être génial!

— J'ai hâte d'entendre ça, moi ! s'écrie Élisabeth, en découvrant le décor qui a enveloppé nos journées de création.

— Tu ne seras pas déçue, sourit Scott. Ils ont vraiment du talent.

— Toi aussi, Scott, tu as du talent et, crois-moi, tu vas monter sur scène ! Je veux que tout le monde sache que c'est un poète dans l'âme qui m'accompagne depuis des jours.

Installés à une table près de la fenêtre, nous nous croyons presque dans un gala d'artistes ou même à un mariage. Nous sommes méconnaissables : Élisabeth, qui adopte généralement le style sportif, porte une jolie robe fleurie, dans les tons de bleu, qui fait ressortir ses yeux bleu-gris comme de vrais joyaux. Scott a conservé son petit béret, mais a accroché un nœud papillon multicolore sur sa chemise noire, pour accentuer son *look* artistique. Quant à moi, j'ai revêtu une petite robe rayée, sans bretelles, et mes cheveux balaient légèrement mes épaules dénudées. Tous les participants ont d'ailleurs échangé leur t-shirt et leur bermuda contre des chemises, des smokings, des nœuds papillon et des robes estivales. Ces gens me semblent désormais de vieux copains. Ils sont tous de mon espèce : des passionnés de mots et des assoiffés de poésie.

Les rideaux s'ouvrent sur l'animateur de la soirée, qui invite le premier participant à monter sur scène. Chacun nous fait voyager dans les couleurs de son univers à travers ses mots, ses rimes et ses gestes. Certaines prestations sont plus timides que d'autres, mais le clou de la soirée est sans aucun doute le numéro d'Hugues.

Visiblement le plus expressif de la bande, il a soigneusement préparé son coup. Juste avant sa prestation, il s'éclipse sans éveiller le moindre soupçon et laisse un long silence envahir la salle avant de courir de l'extérieur, pour sauter d'un seul bond sur la scène. Il prend une pose victorieuse, les deux mains sur les hanches et la tête levée fièrement vers le ciel. Entièrement vêtu de vert, il porte un vieux chapeau en angle, auquel il a épinglé une grande plume rouge. Une ceinture brune en oblique sur son torse, du cou jusqu'à la hanche, soutient un sac brun dans son dos, où nous pouvons distinguer de longues flèches de chasse.

— Mais à quoi tu joues ? s'écrie sa copine Émy.

— Ne me reconnais-tu pas ? Je suis Robin des Bois ! explique-t-il, en gardant la pose et la voix théâtrale.

Tout le monde rigole avant d'être suspendu aux lèvres et aux gestes du célèbre hors-la-loi au grand cœur. Hugues n'a pas emprunté ce costume par hasard, tout a été savamment réfléchi et calculé. Dans une chorégraphie digne d'une grande vedette, chaque geste, chaque mouvement, a son importance et appuie son texte. Hugues fait renaître de ses cendres ce personnage mythique du Moyen Âge en livrant un discours critique de la société d'aujourd'hui, empreinte d'injustices, de magouilles et de corruption. Posant fermement le pied contre le sol pour conclure son numéro, Hugues lève le poing, avant que tous se mettent à l'applaudir.

— Wow, bravo ! Ton jeu, tes mots ! Chapeau ! Tu devrais aller en théâtre, t'as les gestes dans le sang !

– Ah ! Non merci, Gérald, le slam me convient parfaitement. Un *mix* parfait de théâtre et de poésie.

– Bravo, Hugues ! conclut l'animateur. J'invite maintenant Myriam à venir.

Je n'ai pas particulièrement envie d'aller en avant, surtout pas après une telle ovation. Parmi les tonnes de papiers que j'ai gribouillés, j'ai choisi le plus froissé, le plus abîmé et le plus annoté. Un poème qui doit bien m'avoir pris des heures à écrire, où chaque syllabe, chaque son, chaque rime a son poids.

Élisabeth me tend ma feuille et je me dirige en avant, sous le regard de tous. Fixant le titre surligné à de nombreuse reprises, je commence à lire.

– Pourquoi...

Je croise les yeux de Scott. Je sais mon texte par cœur. Je pourrais le chanter d'une traite, comme la trame sonore de ma vie. Je connais la suite des émotions qui vont naître en moi comme de la mauvaise herbe. Le poème que je m'apprête à livrer est un hymne au plus vieux questionnement humain. Mais la phrase de la veille sur la plage, « Personne n'est condamné tant et aussi longtemps qu'il ne se condamne pas lui-même », me revient et prend toute la place. Sans réfléchir, je jette mon papier par terre.

– Je suis désolée, je pensais vous lire ça, mais j'ai mieux pour vous. Laissez-moi un instant, dis-je en baissant les yeux vers l'écran de mon téléphone portable.

Je me rapproche du micro et scande avec vigueur ce que j'ai secrètement écrit, la veille, après mon échange avec Scott.

– Pourquoi... PAS !

Sur le bord du précipice
À un pas de la mort
Une voix résonne
Au cœur de nos entrailles
Une voix insoutenable
Venue tout droit de l'horizon, fait tout trembler
sur son passage
Un ouragan de doutes
Nous sommes pris au piège, rien n'est
accessible
Tout est remis en question
Le ciel
  La terre
   LA VIE
Tout ce qui est, depuis la nuit des temps,
semble maintenant une option
Comme une invention
Le vide devant nous, on se demande

POURQUOI

  POURQUOI

   POURQUOI

Face à tant de découragement, on se demande

À quoi bon

  À quoi bon

   À quoi bon

On se demande toujours

POURQUOI

  POURQUOI

   POURQUOI

Mais la vraie question

Si nous l'écoutons bien, est chuchotée dans le
creux de notre oreille…

Pourquoi pas ?

On ne se remet plus en question

On se défie
On sort des normes
On sort du carcan
        qui nous empoisonne la vie depuis déjà
        beaucoup trop longtemps
On défie l'état des choses
Car au fond
C'est nous qui décidons
Le pourquoi qui sonne entre nos deux oreilles
peut changer de sens
par l'ajout d'une seule syllabe, si minime
soit-elle
Le PAS, comme un pas dans la neige, nous
permet d'avancer, d'évoluer
D'un POURQUOI fataliste
La voix nous défie
        Nous crie
POURQUOI PAS
        Prends une immense respiration

                Recule
                        Prends un élan
Ferme les yeux pour camoufler la peur et
        SAUTE
                Tête première
Car c'est tout ce que nous pouvons faire
        SAUTER
On risque tout
        Pour gagner tout
Parce qu'en chaque respiration
                réside une once d'espoir
Parce qu'en chaque sourire
                réside un peu de joie

Parce que personne n'est condamné tant et
aussi longtemps qu'il ne se condamne pas
lui-même
J'ose crier aujourd'hui de tout mon cœur
POURQUOI PAS ?

Je vois Scott taper fièrement des mains et, entre les applaudissements, je l'entends murmurer : « Et puis, pourquoi pas ? » Riant à mon tour, je mets ma faible main autour du micro installé sur le trépied.

— Je voudrais vous faire découvrir un autre poète en pleine explosion. Je sais que ce n'est pas planifié, je m'excuse, mais celui qui a été à mes côtés tout au long de la semaine, regorge de talents et mérite toute votre attention. Allez, Scott, viens ! On veut t'entendre !

— Pourquoi pas ? Hein, Myriam ! s'exclame-t-il en se levant.

Je remarque l'air surpris de certains participants. Comme s'il n'était qu'un de mes accessoires, une extension de moi-même, les gens ne lui accordent pas le statut de poète. Heureusement, comme de la poussière de fée, les mots et les gestes de Scott enivrent rapidement l'auditoire et le titre qu'il mérite lui revient enfin.

— Merci, Myriam, mais ne me fais plus jamais ça, OK ? me chuchote-t-il, les yeux brillant de fierté, en revenant à notre table.

CHAPITRE 25

Le bain de minuit

— S'il y en a qui ont faim, il me reste plein de saucisses à hot-dog au chalet. Venez fêter avec nous! crie Hugues, pour rassembler le groupe.

Personne ne se fait prier et nous nous retrouvons tous une demi-heure plus tard, à la ferme où la plupart des participants sont installés.

— Je vous l'avais dit qu'ils viendraient! Il ne manquait plus que vous, s'écrie Hugues en nous voyant arriver. Venez, venez!

Le soleil affiche sa plus belle couleur, une douce lumière dorée s'étale sur tout ce qui se trouve sur son passage. Les filles sont déjà étendues sur leurs chaises longues au bord du lac, tandis que les gars surveillent, bière à la main, la cuisson sur le barbecue. Nous mangeons autour du feu, nos hot-dogs dégoulinant de ketchup et de moutarde. Comme de vieux amis, nous rions et enchaînons les confidences. Après ces quelques journées passées ensemble, nous avons appris à nous connaître et il est évident que certaines relations vont évoluer sur de longues années d'amitié. Les guitares et les harmonicas viennent rapidement se joindre à la fête.

Quand le soleil tire sa révérence pour laisser place à la fraîcheur de la nuit, les tourtereaux s'enlacent pour mieux se réchauffer, tandis que les solitaires s'attardent près des flammes. Élisabeth surveille son cellulaire, dans l'attente évidente de l'appel de Nicolas.

— T'as changé de texte à cause de ce que je t'ai dit hier, hein ? me demande Scott, en grillant sa guimauve déjà carbonisée.

— Ouais, un peu… Je m'étais toujours demandé « pourquoi » et tu m'as fait voir à quel point cette question était absurde. Au fond, on le sait pas ! Personne le sait, pis c'est pas ça qui importe.

— D'où, le fameux pourquoi pas ?

— Exactement !

— Mais… le pourquoi a sa raison d'être aussi, tu sais. Il faut juste savoir avancer quand même. Je ne voulais pas te blesser en disant ça hier. J'suis ni dans ta peau ni dans tes souliers… Je veux dire… ça doit pas toujours être facile…

— Arrête ! Arrête ça tout de suite ! dis-je, en levant la main pour stopper ses mots. Commence pas ça, s'il te plaît. Ta pitié, j'en veux pas. J'en ai assez eu comme ça dans ma vie. Je veux ta franchise, comme hier, comme si de rien n'était, OK ? J'suis pas pire qu'une autre, tu le sais.

Soutenant mon regard un long moment, un peu surpris, il me sourit et m'assure de ne plus recommencer.

— C'est bon, je comprends, dit-il en posant la main sur mon avant-bras. L'équipe des francs !

Des cris aigus se font entendre, suivis d'un grand bruit d'éclaboussures.

– Non, non, Hugues ! Non, ça va être glacial ! Nooooonnn… ! crie Émy, avant d'atterrir dans le lac.

– Le bain de minuit est officiellement commencé. Allez, tout le monde à l'eau !

Émy a été la première à y prendre part. Hugues l'a prise sur son épaule, comme un sac de patates, pour sauter à l'eau avec elle. Tous les deux trempés de la tête aux pieds, ils se relèvent en laissant leurs vêtements flotter à la surface derrière eux. Les campeurs admirent le spectacle avant de sauter à pieds joints dans l'eau brunâtre. L'invitation lancée en l'air devient rapidement une obligation à laquelle personne ne peut échapper. Vous sautez de votre propre gré, sinon quelqu'un, tel un zombie venu du lac, vient vous chercher pour vous y plonger de force. Des rires et des cris fusent d'un peu partout.

Distraite par l'attention qu'elle porte à son téléphone, Élisabeth se fait rapidement prendre au piège. Venu par-derrière, Pierre-Luc lui chatouille le bas du dos pour la guider vers l'étang. Riant aux éclats, elle a seulement le temps de sauver son cellulaire d'une noyade certaine en le lançant à Scott, qui l'attrape au vol. Le spectacle prend une couleur hilarante avec les traits expressifs d'Élisabeth. Elle se passe la main sur le visage pour retirer les cheveux collés à son front et nous montre deux grosses billes à la place des yeux. L'eau semble glaciale ! Plusieurs en ressortent rapidement, mais quelques-uns y retournent de plein gré, simplement pour s'amuser et s'éclabousser.

– Allez, Scott ! Viens ! Saute ! réclament plusieurs voix.

Il ne reste en effet que Scott et moi de secs sur la plage. Hugues, de carrure imposante, sort du lac en courant pour empoigner Scott comme il l'a fait pour d'autres auparavant. Il lui saisit l'avant-bras et s'apprête à l'entraîner lorsque Scott se dégage rapidement. Retirant sa chemise et détachant sa ceinture pour laisser tomber son pantalon par terre, il lance ses souliers de deux bons coups de pied.

— Allez, Scott! Allez! lui envoyé-je, enjouée. Va te mouiller!

— J'y vais, mais toi aussi, Myriam! dit-il, le regard déterminé en commençant à me délivrer de l'emprise de ma chaise.

Stupéfaite, je m'attendais à tout, sauf à ça! Je n'ai pas le temps de réagir, que je suis déjà dans ses bras, en direction du lac.

— Mais là, Scott! Voyons! Tu vas pas faire ça! Pas pour vrai!

— Hé, Scott, laisse… Myriam n'est pas obligée, si elle ne veut pas… si elle ne peut pas… bafouille Hugues, mal à l'aise.

— Mais oui, elle peut! Hein, Myriam? m'adresse Scott, en s'arrêtant subitement.

Je ne peux plus retenir mes rires, étouffés depuis trop longtemps. Personne n'avait encore jamais agi de manière si sûre de lui à mon égard. Avec lui, je m'apprête à vivre le même sort que les autres.

— Je te l'ai promis : pas de différence. L'équipe des francs! Tu ne vas quand même pas rester seule sur le sable, à nous regarder nous geler le derrière?

Nous rigolons tous les deux et ne disons plus rien. Élisabeth s'est approchée et n'attend qu'un signe de ma part pour me libérer de son emprise, mais… est-ce que je désire sortir de là? Est-ce que je veux passer à côté de ça ? Est-ce que je souhaite réellement un traitement différent ? En m'agrippant de mes faibles bras, je laisse s'échapper deux mots entre mes lèvres, les plus beaux et les plus doux.

— Pourquoi pas !

Scott avance sur le sable jusqu'à ce que l'eau lui arrive aux épaules. Contre son corps, je sens la sueur que nous partageons céder la place à un courant frais. Mes doigts et mes orteils se crispent et je me cramponne le plus possible à son cou encore chaud. Il me libère doucement et ne me soutient que de sa main sous ma nuque. Je flotte maintenant de tout mon être. Je ferme délicatement les yeux, je sens les moindres mouvements de l'eau sur ma peau. Le poids de mon corps enfin allégé, je crois voler parmi les nuages. Plongeant la tête dans le lac, tout en me gardant à la surface, Scott semble heureux comme un poisson dans l'eau !

— Hé ! Je veux faire ça moi aussi.

— Quoi ?

— Plonger.

— … mais, Myriam…

— Hé ! L'équipe des francs !

— Oui, oui, mais je ne veux pas te noyer, quand même !

— Mais non, viens sous l'eau avec moi, tu me remonteras avant que je devienne bleue ! Je te fais confiance.

Je vois l'incertitude au fond de ses yeux, mais je ne suis pas effrayée, pas à ses côtés. Me tenant face à lui, au bout de ses bras pour ne pas me perdre de vue, Scott unit son inspiration à la mienne avant de nous faire sombrer tous les deux dans la noirceur de l'étang. À travers l'eau brunâtre, je devine les yeux noisette de Scott à quelques pouces des miens. Les sons étouffés dans mes oreilles me donnent l'impression d'être seulement témoin de la scène, mais la température du lac me rappelle que tout est bien réel. Je me sens pleinement vivante. Profitant de la légèreté de mon corps, si facile à remuer en apesanteur, je m'amuse à passer mes doigts dans les cheveux de Scott pour les secouer dans tous les sens. Mes pieds ballotent doucement de l'avant à l'arrière, comme pour imiter des pas sur le sable granuleux. L'espace de quelques secondes, mon pied frôle quelque chose de doux et de visqueux à la fois, qui s'éclipse aussi rapidement qu'il est venu. Quand le manque d'oxygène commence à me monter à la tête, je pointe le ciel à Scott. En me prenant sous les bras, il me ramène à la surface. Après une immense inspiration, comme un nouveau-né, je me sens revivre. Depuis toujours, j'adore l'univers marin, où les lois de la gravité ne sont pas les mêmes et où mon corps peut enfin bouger librement.

— Ça va ?

— Oui... J'adore l'eau !

— Je vois ça, sourit-il, mais là tu grelottes. Je te sors, OK ?

J'ai bien essayé de camoufler mes claquements de dents, sans succès ! Délaissant mes ailes au fond de l'eau, je renoue peu à peu avec le poids de mon corps avant de m'échouer, grâce à Scott, sur une serviette de plage près du feu. La robe que je portais pour le gala n'a plus du tout la même allure. Complètement imbibée, elle me colle maintenant à la peau.

— Il faut te mettre au sec. Attends, ça te va si je te prête ma chemise ? Il faut vraiment t'enlever ta robe... Je vais chercher Élisabeth, je reviens. Où est-elle passée ?

Faisant rapidement un tour d'horizon, Scott ne trouve Élisabeth nulle part. Ni dans l'eau ni près du feu, aucune trace d'elle.

— Elle doit être au téléphone avec Nicolas, c'est son heure...

À genoux à côté de moi, Scott continue à la chercher des yeux.

— C'est correct, je vais me réchauffer avec le feu. C'est bon...

— Mais non, tu trembles. Tu as froid parce que t'es mouillée... Écoute, si tu veux, je peux t'enlever ta robe, ça ne me dérange pas... C'est pour toi, je veux pas te gêner... Je vais te couvrir, j'verrai rien, promis...

Mal à l'aise, je ne sais plus quoi penser. C'est vrai que je grelotte dans ma robe humide. Par contre, je suis extrêmement intimidée à l'idée que Scott me déshabille. Beaucoup d'étrangers m'ont vue nue, à un moment ou à un autre, puisque évidemment je ne peux pas me laver seule. Docteurs, infirmières, préposées... beaucoup y sont passés. Je suis donc relativement habituée. Cependant, la situation est bien différente aujourd'hui. Scott n'est plus un pur inconnu, ce qui donne beaucoup d'importance au regard qu'il va poser sur moi et, évidemment, il est un gars. À l'exception de mon père, aucun homme ne m'a enlevé mes vêtements. Sans compter les sentiments que j'éprouve à l'égard de Scott. La simple idée que ses yeux s'attardent sur mon corps quelque peu meurtri, me coupe le souffle. Je ne m'y connais pas en relations intimes, elles ne m'ont jamais été offertes. Même Jérémy n'a jamais vu mon corps dénudé.

　　　　　　　　　　　　　　　　　Pourquoi pas ?

Le froid me pousse à prendre une décision.

— Ah et puis, si tu es d'accord, tu peux m'enlever ma robe. Je ne serai pas pire que tout le monde en bikini, dis-je pour détendre l'atmosphère.

— Pourquoi pas, hein ? Tout le monde a laissé ses vêtements derrière, de toute manière.

Il se penche sur moi et, du bout des doigts, descend délicatement le haut de ma robe sur ma poitrine, jusque sous mon soutien-gorge noir. De grosses gouttes ruissellent du tissu imbibé et sillonnent ma peau. En passant sa grande main dans le bas de mon dos, il me soulève pour mieux me retirer cette deuxième peau humide. Vêtue seulement de mes dessous, je sens mieux la chaleur du feu près de moi. Posant ce qui a été ma robe de soirée à mes côtés, Scott m'enfile sa blouse noire. Il prend ma main et lui trace un chemin dans la manche. Nous sourions tous les deux, trop embarrassés pour parler. Il attache les boutons à l'avant de la chemise qui me fait une robe. Une fois mes fesses et le haut de mes cuisses couverts, il n'y a plus de raison pour la gêne.

— Tiens ! C'est légèrement trop grand pour toi, mais bon... Tu as un pas pire *look*, ajoute-t-il en remontant le col à la Elvis, après m'avoir assise dans ma chaise.

— Merci, Scott, pour la baignade et tout... C'est super gentil.

— De rien, voyons, t'es venue jusqu'ici pour ça, non ? Vivre spontanément ! Je t'avais bien dit que je t'aiderais.

Je souris en direction du lac. Mes cheveux humides dégouttent dans mon dos, comme pour me rappeler ce qui vient tout juste de se produire.

Scott enfile son pantalon qui traîne sur la plage et revient doucement vers moi.

— Excuse-moi, j'ai oublié un petit quelque chose.

Il se met à ma hauteur et entrouvre ma blouse pour y plonger la main et atteindre une poche secrète. Il en ressort un sachet de plastique.

— Je gardais ça pour ce soir, pour célébrer.

Il porte à ses lèvres le papier roulé bien serré, sort un briquet et allume son joint, avant de tout ranger dans ses jeans.

— Je t'en offrirais bien, mais je me souviens de l'avertissement catégorique d'Élisabeth, à l'auberge.

— Elle voulait me protéger, j'peux pas lui en vouloir... Elle me connaît, elle sait que je peux me laisser tenter. J'ai toujours voulu essayer, en fait, et elle le sait très bien.

— C'est tes poumons qui t'en empêchent ?

— Ouais... les médecins m'interdisent catégoriquement de fumer... quoi que ce soit, je veux dire.

— Je crois qu'ils interdisent ça à tout le monde ! rigole Scott, en prenant une bouffée.

— T'as ben raison !

Debout, Scott fume en silence. La boucane vient titiller mes narines. Je pense à Dave qui a pris soin de sa santé, en espérant gagner un peu de temps. Ses sacrifices n'ont visiblement rien donné ! Je connais des gens dans ma situation qui ont été jusqu'à cesser l'école pour éviter les contacts et diminuer les risques d'infections susceptibles de dégénérer en pneumonie. Ils sont comme des poupées de porcelaine enfermées dans une boule de cristal. Ils souhaitent vivre plus longtemps, mais à quel prix ? Est-ce une vie de vivre ainsi en cage ? Ma mère et moi en avons déjà discuté. Elle suggérait que je fasse l'école à la maison. J'ai refusé catégoriquement et me suis enflammée ! Même après deux pneumonies en seulement quelques mois, il était hors de question que je m'isole. Je voulais retourner à l'école, retrouver mes amis, car être constamment à la maison me rendait folle. Je préférais courir tous les dangers, quitte à en crever, plutôt que regarder passer ma vie à travers la vitre de mon salon !

— Hé, Scott, passe-moi ton joint ! Même si on écoute les satanés docteurs, on ne sera jamais immortels, alors aussi bien en profiter.

— T'es sûre de ce que tu fais ?

— Voyons, Scott ! On n'est jamais sûrs de ce qu'on fait dans la vie. On prend des chances, on tente le coup et c'est tout !

— OK, mais juste une petite *puff*, c'est concentré, ce truc-là.

Scott s'assoit sur un billot de bois à mes côtés et s'étire le bras pour déposer le joint entre mes lèvres. Une couleur rougeâtre se dessine à l'embout du rouleau quand j'inspire et que la fumée envahit mes poumons. Je tousse un long moment et mes yeux s'inondent, avant que le restant de fumée me ressorte par la bouche.

— Ouf ! T'as raison, ça *fesse* ! dis-je faiblement, à bout de souffle, alors que Scott me tape dans le dos.

— Détends-toi, dans pas long, tu vas rire comme une folle, tu vas voir.

Je me sens aussi libre que le vent. En laissant s'échapper cette boucane grisâtre entre mes lèvres, j'ai laissé s'envoler toutes mes craintes et mes doutes. Comme un vieux tas de poussière, tout s'est dissipé. Ce que j'ai fait est nocif pour ma santé, je le sais, mais c'est un acte calculé, un geste posé contre ma destinée. Par cette bouffée, je reprends enfin les rênes de ma vie. Plus tard, j'aurai peut-être des regrets, mais au moins j'aurai vécu pour vrai !

— Hé ! T'as aimé ta saucette, Myriam ? s'écrie Élisabeth, soudain debout derrière moi.

Je prie pour qu'elle n'ait rien vu des dernières minutes.

— Ah oui, tellement ! C'était génial !

— Oh ! Je vois que tu es au sec maintenant. Ça te va bien cette chemise, sourit-elle en sachant ce que ce nouvel accoutrement a demandé d'effort. Je suis désolée, j'ai dû m'absenter. J'ai rien manqué ?

— Non, mais il y en a un là-bas qui te cherche…

Je lui montre Pierre-Luc toujours dans l'eau, qui agite les bras pour attirer son attention.

— Allez, viens, Élisabeth ! crie-t-il.

Elle ne bouge pas d'un poil, même si elle a visiblement envie de replonger.

— Allez, tu es en demande. Vas-y ! Ne te fais pas prier, il t'attend !

— Tu es sûre que tu n'as pas besoin de moi, Myriam ?

— Mais non, tout est beau ! D'ailleurs, je pense que Scott a passé le test, non ?

Elle court jusqu'à la plage pour plonger tout en douceur. Les cinq personnes qui restent dans le lac commencent alors à se lancer des ballons et des frisbees. L'eau gicle bientôt dans tous les sens.

— Tu sais, Scott, il y a un autre truc que j'aimerais faire pendant mon voyage et je crois que ton aide pourrait m'être utile. T'es toujours partant ?

— En autant que ce n'est pas illégal, je pense bien que oui.

— Approche, dis-je en repliant mon index vers moi, avant de lui chuchoter mes intentions à l'oreille.

— Tu veux vraiment faire ça ?

— Oui. Si je le dis à Élisabeth, elle va essayer de m'en empêcher.

— Je peux bien t'amener, mais je ne fais rien de plus !

— C'est parfait, c'est tout ce que je veux. Merci, Scott ! dis-je en laissant tomber ma tête nonchalamment sur son épaule. Si tu veux, je t'en paye un aussi.

— Ouf ! Non, hors de question !

PARTIE 5

Toujours plus loin

CHAPITRE 26

Le Mirador

Après ces quelques jours passés à écrire compulsivement, à rire et à savourer les soirées près du feu, l'heure de prendre le large a maintenant sonné. Nous dégustons un dernier café brûlant au bord du lac et nous réglons les comptes à la réception de la ferme. Comme si nous nous étions passé le mot, nous rencontrons au comptoir la plupart des participants aux ateliers, qui plient également bagage vers de nouvelles aventures. En discutant, nous apprenons qu'Émy et Hugues ont des idées plein la tête et planifient un voyage autour du monde pour s'inspirer encore davantage. Ils reviendront certainement l'été prochain, avec des tonnes de textes qu'ils perfectionneront grâce aux précieux conseils des slameurs.

— Est-ce que vous pensez revenir faire un tour vous aussi ? nous demandent-ils, déjà enthousiastes.

— Je ne sais pas, dis-je en haussant légèrement les épaules, peut-être bien. On verra !

Avant de partir, je tiens absolument à remercier le propriétaire pour son accueil chaleureux et, surtout, pour l'adaptation qu'il a apportée à l'un de ses chalets, spécialement pour moi. Il m'invite à revenir dès que je le souhaite, pour passer quelque temps de détente chez lui. Nous quittons les lieux en faisant résonner le carillon de la porte derrière nous.

Nous empruntons la 20 Ouest, vers la vieille capitale, en prévision de notre fameux saut dans le vide, demain matin. Bien qu'impatiente de vivre ce moment tant attendu, j'ai l'esprit préoccupé par ce qui va se produire dans quelques heures à peine. Élisabeth ne se doute de rien. Échangeant un regard avec Scott, je vérifie qu'il se souvient de ma demande spéciale de la veille. Heureusement, même s'il n'a tout d'abord pas approuvé mon choix, il me fait signe qu'il respectera sa promesse.

Après plus de trois heures de route, je suis toujours aussi excitée. Le nez contre la fenêtre, je ne me lasse pas d'admirer les dénivelés de la ville, le fleuve, les chutes Montmorency et surtout l'architecture du Vieux-Québec, digne d'un film. Nous nous promenons de longues minutes dans les petites rues sinueuses. Scott gare finalement le véhicule sur un boulevard rempli de commerces. Sur le trottoir, je n'ai qu'un seul objectif : remplir la prochaine mission sur ma fameuse liste.

— Ah, vous voulez faire un petit tour, s'étonne Élisabeth, qui retrouve ses esprits après une longue sieste sur la banquette arrière. Je connais plusieurs boutiques intéressantes, des crèmeries et tout pour se sucrer le bec, mais c'est plus loin, sur la rue Saint-Jean. Vous auriez dû me réveiller, je vous aurais dit où trouver un bon stationnement, parce que là, on a un bon bout à marcher.

— Tant mieux alors, il fait un soleil resplendissant et on est là pour visiter, non ?

Voyant que je pars vers l'ouest, Élisabeth me rappelle que, pour se rapprocher du centre-ville, il faut emprunter le chemin contraire.

— La rue piétonne est par ici, Myriam.

— Ouais, Ok, mais suis-moi, il y a un truc qui a attiré mon attention tantôt. Je veux aller voir.

Sans me retourner, j'entends le rire camouflé de Scott qui sait très bien où je m'en vais. Je m'immobilise devant une affiche au-dessus d'une porte. Suspendue à l'aide de chaînes, la pancarte se balance au vent. Plantée comme un piquet en plein milieu du trottoir, malgré les touristes qui circulent autour de moi, je souris de toutes mes dents à cette annonce gravée sur une planche de bois.

— Où est-ce que tu t'en vas, Myriam ? demande Élisabeth, en s'arrêtant à mes côtés.

— Là ! dis-je fièrement, en pointant l'enseigne du doigt.

Comme si je lui avais jeté un sort du bout de mon index, la publicité cesse de bouger pour nous permettre d'en lire l'inscription : « Le Mirador – Salon de tatouage ».

— Pas pour vrai Myriam, tu ne veux pas te faire tatouer ?

— Oui, ça fait des mois que j'y pense et c'est aujourd'hui que ça se passe !

Déterminée, je roule vers la porte que Scott me tient déjà. Élisabeth passe le seuil et s'arrête brusquement devant lui.

— Et toi, tu le savais et tu n'as rien fait ? murmure-t-elle sèchement, en le fusillant du regard.

— C'est sa vie, Élisabeth, laisse-la !

En pénétrant dans le commerce plutôt obscur, je me dirige jusqu'au comptoir vitré où des centaines de bijoux de *piercing* trônent sous des lumières d'un blanc rayonnant. De toutes les couleurs, de toutes les formes, avec ou sans pierre précieuse, en or ou en argent : il y en a pour tous les goûts, des choix les plus extravagants aux plus élégants. Distraite par leurs reflets miroitants, je ne remarque pas le commis qui s'avance vers moi.

– Bonjour ! Je peux vous aider ?

Je lève les yeux et découvre un jeune homme à la barbe fournie, qui arbore dans son visage plusieurs des bijoux que j'étais justement en train d'admirer. Un dans le sourcil, un dans le nez, deux sur la lèvre inférieure, en plus des gros anneaux qui étirent ses lobes d'oreille. Comme un cahier à colorier ambulant, ses bras sont couverts de motifs et de couleurs. Sur le haut de son épaule, je distingue le visage d'une femme à la chevelure d'un rouge flamboyant.

– Oui. Je viens pour me faire tatouer.

– OK, tu sais ce que tu veux ? Tu as un croquis ou une image ?

– Oui je sais ce que je veux, mais non, je n'ai pas d'image. En fait, c'est une phrase que je veux sur mon avant-bras.

– D'accord. Pour ce type de tatouage je te mettrais avec Lydiane, notre experte en calligraphie. Tu vas aimer ce qu'elle fait, j'en suis sûr ! Elle aurait de la place pour toi dans… deux semaines, le 29 juillet à trois heures, annonce-t-il, après avoir balayé plusieurs pages de son calendrier. Ça te va ?

Étonnée du délai requis pour une consultation, je ne peux cacher ma déception.

– Elle n'a pas de place avant, genre aujourd'hui ? Je suis en voyage, je ne serai plus ici dans deux semaines. Vous pouvez peut-être me mettre avec un autre tatoueur, plus disponible ?

– Hé, mais non ! La plupart de nos tatoueurs sont réservés trois mois d'avance. J'en ai même qui sont pleins jusqu'à l'année prochaine ! s'exclame-t-il. Deux semaines, c'est vraiment le meilleur délai que je peux te donner. À moins d'annulations, bien sûr, ajoute-t-il après un bref moment. Je peux toujours prendre ton numéro en note, si tu veux.

Pendant que je lui donne mes coordonnées, un homme, suivi d'une femme aux bras tout aussi colorés que mon interlocuteur, vient vers nous. Ils sortent de l'arrière-boutique, d'où proviennent des sons stridents et constants, semblables à ceux des outils sur les chantiers de construction. Chemise en main, l'homme vêtu d'une camisole porte une grosse pellicule de plastique sur l'épaule pour couvrir sa nouvelle signature corporelle. Il règle sa facture au comptoir et quitte les lieux, ravi de son nouveau *look*.

Bredouille, je suis sur le point de rejoindre Élisabeth, déjà dehors, soulagée que ma tentative ait échoué. Scott me tient la porte. Cette visite si prometteuse une heure auparavant n'a strictement rien donné. J'aurais dû me douter qu'il fallait s'y prendre à l'avance. Quand même, je trouve spécial que les tatoueurs soient aussi débordés. On croirait des médecins, tellement leur emploi du temps est chargé !

– Ç'a pris moins de temps que prévu pour monsieur Gendron aujourd'hui. Ça me laisse deux heures de pause, dit la tatoueuse, après avoir vérifié son horaire dans l'immense agenda posé sur le comptoir.

Je m'exclame et me retourne rapidement. Le commis comprend aussitôt mon intention et me devance.

— Euh, Monica, aurais-tu le temps, alors, de tatouer mademoiselle ? Elle est dans la région pour quelques jours seulement et je n'ai pas de place pour elle avant deux semaines.

Visiblement déçue d'avoir parlé aussi fort, la jeune femme croise les bras et me fait face.

— Ça dépend… C'est quoi ton projet ?

En un souffle, je lui explique ce qui m'a amenée jusqu'ici.

— Je veux me faire inscrire « Pourquoi pas ? » à l'intérieur de l'avant-bras droit.

Silencieuse, elle regarde le commis un long moment, avant de consulter de nouveau son emploi du temps.

— D'accord, ça me va ! Une heure devrait suffire. Je peux te prendre.

Je me tourne aussitôt vers mes deux amis pour leur communiquer ma joie. Élisabeth, entrée pour voir ce qui me retenait, affiche un air hébété et murmure au creux de sa main :

— Mais qu'est-ce que je vais dire à ta mère ?

J'éclate de rire. Scott, à l'écart, a un petit sourire satisfait.

— Tu peux me suivre, ça va être juste derrière, m'indique Monica, qui s'est équipée d'une tablette à dessin et d'un crayon.

Du corridor étroit qui mène à l'arrière-boutique, je fais signe à Élisabeth que je vais y aller seule. Je vois bien qu'elle n'est pas d'accord et je ne veux pas la mettre dans une situation embarrassante. De toute façon, je peux très bien me débrouiller seule pour ce genre de chose. Du coin de l'œil, je la vois s'assoir dans l'immense sofa rouge de la salle d'attente.

Une fois la porte refermée derrière nous, je découvre une immense salle avec plusieurs lits, séparés par de fins rideaux rouges. Entre les bouts de tissus qui délimitent l'espace de chaque artiste, des bibliothèques regorgent de bouteilles d'encre colorée. Il y en a de toutes les teintes, avec plusieurs nuances pour chaque couleur. Moi qui pensais que la plupart des *tattoos* étaient en noir et blanc ! En traversant cette grande pièce pour rejoindre l'emplacement assigné à Monica, j'aperçois trois clients en pleine séance. Ils n'ont pas l'air de trop souffrir. Même si leur peau est d'un rouge vif, ils continuent à rire et à discuter. Les tatoueurs, aux allures aussi extravagantes qu'originales, pincent entre leurs doigts la machine de laquelle émane un bruit constant et semblent suivre des tracés déjà dessinés. Après avoir passé à deux reprises sur la peau, ils essuient l'excédent d'encre qui s'est mélangé aux quelques gouttes de sang.

Dans l'espace réservé à Monica, plusieurs dessins sont exposés, tous magnifiques. L'un d'eux attire mon attention. Il représente le portrait d'une jeune femme, en noir et blanc. À travers quelques mèches de cheveux, elle nous fixe, comme la fameuse Mona Lisa. Souriant de ses lèvres pulpeuses, elle a un air rieur qui donne envie d'être à ses côtés. Même si l'image n'est couchée sur du papier qu'à l'aide de quelques coups de crayon, cette femme donne l'impression d'être en vie, de respirer à travers le papier.

Je suis plus que comblée que Monica soit ma tatoueuse. Je n'ai pas vu les autres, pas même Lydiane qui m'a été si chaudement recommandée, mais je sais que Monica est celle qu'il me faut. Elle dessine rapidement deux modèles pour ma citation et me pose quelques questions à propos de la taille et du jeu d'ombres que je désire. Elle comprend immédiatement ce que je veux. Légèrement inclinée sur le côté, l'écriture que je choisis rappelle la calligraphie des anciens manuscrits.

« Pourquoi pas ? » La phrase a de plus en plus de sens pour moi. Ces deux mots réunis deviennent mon emblème, mon hymne national personnel. Je veux les graver sur mon corps afin de ne pas oublier qu'il ne faut jamais baisser les bras. Peu importe notre situation, il existe toujours un chemin qui nous amènera où nous souhaitons aller.

Je me surprends à imaginer l'envol d'un grand oiseau, à droite de la citation. Émerveillée par cette idée, j'interromps Monica, qui s'affaire à me faire remplir un questionnaire et un formulaire de consentement où sont détaillés tous les risques que l'injection d'encre sous la peau peut occasionner.

— Crois-tu que tu pourrais ajouter la silhouette d'un oiseau juste ici, montré-je du bout de mon doigt. Une silhouette toute simple où l'on verrait les ailes grandes ouvertes.

— Oui, oui. Comme ça ?

Elle ajoute quelques traits au croquis.

— Exactement ! Merci.

L'ajout complète à merveille le tableau et permet d'exprimer clairement ce que je veux, ce que je désire me rappeler pour le restant de mes jours. Nous sommes tous aussi libres qu'un oiseau « tant et aussi longtemps que nous ne nous condamnons pas nous-mêmes ». Pour déployer nos ailes, il faut parfois nous demander « Pourquoi pas ? » et affronter nos plus grandes craintes. La liberté de l'âme est parfois la plus difficile à obtenir.

Monica s'arme de son outil, qu'elle appuie doucement contre mon bras.

– On y va, c'est parti !

Elle pèse sur le bouton et enclenche l'instrument. Nerveuse, je ferme les yeux pour mieux sentir les gouttes de pigmentation pénétrer mon épiderme. C'est bien plus qu'une phrase qui s'inscrit à tout jamais sur mon bras, c'est l'appropriation de mon être. Pour une fois, pour la toute première fois, par ma propre volonté, j'impose une modification à mon corps meurtri, modifié et marqué par des opérations. Aujourd'hui, je reprends mes droits sur lui.

*   *

*

– Et puis ? Ç'a bien été ?

– Très bien, regardez !

Je lève légèrement mon bras pour dévoiler, à travers la pellicule transparente, le chef-d'œuvre à Élisabeth et à Scott, toujours assis sur l'imposant sofa rouge.

– OK, je dois te le concéder, c'est très beau ! C'est tout à fait toi, Myriam ! approuve Élisabeth, après un examen attentif.

De retour sur le trottoir, dans les bruits du trafic quotidien, je me sens en pleine possession de mes moyens. Je m'appartiens enfin ! Quelques centimètres carrés sur ma peau me rendent maintenant fière de tout mon corps.

Je me sens comme une fiancée qui porte le bijou de son amoureux pour se rapprocher de lui. Seulement, c'est moi qui me suis offert l'objet qui me rapproche non pas d'un autre, mais bien des convictions que j'ai apprises cette semaine et que j'ai dorénavant au creux de mon cœur. Je repars chez moi dès demain. Les meilleurs souvenirs de mon escapade avec Élisabeth et Scott resteront à jamais gravés dans ma mémoire, mais l'inscription en plein cœur de mon épiderme sera la preuve irréfutable que tout ceci n'était pas qu'un rêve.

Profitant du beau soleil, nous nous baladons toute la journée dans les rues sinueuses et cahoteuses du Vieux-Québec. Le décor est hallucinant! Les portes ouvertes invitent les touristes à venir se procurer un souvenir à l'effigie de la ville fondée par Samuel de Champlain. Heureusement que je ne tiens pas à ces petits objets, car les deux ou trois marches de béton devant chaque commerce sont infranchissables. Scott et Élisabeth s'amusent donc à faire un tour rapide des boutiques et à revenir me montrer un accessoire loufoque. Ils jouent aux mannequins pour mon unique plaisir et se promènent avec toutes sortes de tuques, de foulards et de t-shirts.

Dans les rues piétonnes faites entièrement de pavés, j'avance à pas de tortue. Même si je roule très lentement, les fissures au sol me propulsent d'un côté et de l'autre dans ma chaise. À la longue, les secousses me causent de réels maux de tête, mais je ne veux pas m'arrêter, trop avide de découvrir cette ville aux allures de village qui me plaît tant. Des clowns, des mimes, des chanteurs, des musiciens, des cracheurs de feu et des statues humaines envahissent chaque coin de rue! Les commerçants se permettent même de sortir une partie de leurs marchandises. Heureuse de découvrir par moi-même tous ces bazars, je m'attarde à un immense présentoir de lunettes. J'aperçois une monture aux allures rétro, sur laquelle est ajoutée une bulle de dialogue. J'appelle aussitôt Élisabeth pour l'essayer.

Assez grosse pour me tomber légèrement sur les joues, la paire de lunettes est d'un noir tranchant et me donne une allure de personnage de dessin animé. La bulle dans laquelle est inscrit « *#YOLO* » ne fait que renforcer cette impression. L'acronyme signifiant « *You Only Live Once* » est la suite logique de « Pourquoi pas ? ». La décision est unanime : JE DOIS me les procurer, elles me sont destinées ! Au même magasin, Scott déniche une vieille plaque d'immatriculation aux couleurs vives et Élisabeth tombe sous le charme d'une tasse à café à laquelle elle s'identifie. On peut y lire : « *Keep calm I'm a future doctor.* » Cette fois, c'est moi qui affirme que l'objet lui est destiné.

En sortant avec nos trois souvenirs, nous prenons la rue du Trésor, puis la rue Sainte-Anne, où de nombreux kiosques sont installés. Les gens posent sagement, pendant que des caricaturistes dessinent leur portrait. Les résultats sont immanquablement surprenants. Les artistes griffonnent à la va-vite sous le regard amusé des curieux qui s'arrêtent pour admirer le travail. Les cinq stands sont très occupés. En déambulant devant chacun d'eux, nous observons leurs différents styles. Il y en a vraiment pour tous les goûts ! Certains font des portraits aussi précis qu'une photographie, d'autres mettent en scène les touristes dans des situations cocasses, et quelques-uns réalisent de grandes caricatures en couleurs.

— Vous voulez qu'on se fasse faire une caricature de nous trois, ensemble ?

— Si tu veux, Myriam, mais il faudrait absolument qu'on ait en main nos souvenirs. Toi, il te faut tes lunettes, Scott sa plaque et moi ma nouvelle tasse ! rit Élisabeth, en sortant tour à tour les articles.

Scott pointe du doigt la caricature d'un homme sur une moto allant à pleine vitesse.

— Moi, je dis qu'on prend celui-là ! Il va te dessiner une chaise du tonnerre.

Décidés, nous nous approchons de la petite tente rayée verte et blanche.

— Bonjour, que puis-je faire pour vous aujourd'hui ?

— Salut, on voudrait une caricature à trois. C'est possible ?

— Oui, bien sûr, installez-vous. C'est pour une occasion ?

— Pour une fugue, dis-je, pour faire planer le mystère.

— Eh bien ! Si jamais je vous vois aux nouvelles demain, je pourrai me vanter d'avoir dessiné des jeunes en cavale !

Nous posons durant près de quarante minutes, mais cela en vaut vachement la peine ! Le résultat est digne d'une affiche de cinéma. Je vois déjà le titre du film écrit en majuscules au-dessus de nos têtes « JEUNES EN CAVALE » avec, au bas de l'image, l'inscription « Bientôt au cinéma ». Tracés aux gros traits noirs, nos visages et nos mimiques sont vraiment ressemblants. Au centre et ornée de ma toute nouvelle paire de lunettes, je file à toute vitesse à bord de ma chaise roulante qui laisse derrière elle un nuage de poussière. Debout sur le marchepied derrière ma chaise, cheveux au vent, Élisabeth tient tant bien que mal sa tasse de café qui commence à se renverser. Accroupi à côté d'elle, Scott s'agrippe d'une seule main à ma chaise et de l'autre, essaie de fixer sa plaque d'immatriculation sur mon bolide. Nous avons l'air de vrais fous et nous en sommes plutôt fiers. C'est définitivement la meilleure image de jeunes en fugue que nous puissions avoir!

CHAPITRE 27

La poursuite

La noirceur descend peu à peu sur la ville, mais le paysage demeure enchanteur, avec les derniers rayons de soleil qui s'étalent sur les murs centenaires. Pour profiter pleinement de notre dernière soirée qui s'annonce mémorable, nous décidons de nous réserver une nuitée au grand hôtel Le Concorde, juste à côté des bars de la Grande-Allée.

Une odeur de prestige imprègne le hall d'entrée. D'immenses miroirs et des grands bancs coussinés d'un blanc impeccable entourent un majestueux piano à queue. Au comptoir, un jeune homme en habit cravate complète notre transaction avant de nous tendre nos clés.

— Comme ça, on va pouvoir fêter une bonne partie de la nuit, affirme fièrement Scott en brandissant la sienne.

Pour nous laisser plus de confort et d'intimité, Scott a pris une chambre adjacente à la nôtre, qui communique tout de même par une porte. Les deux réunies, nous avons un loft des plus luxueux! Les grandes fenêtres sur toute la longueur d'un des murs donnent une vue époustouflante sur la ville.

Du haut du cinquième étage, nous apercevons tous les restaurants et les bars déjà grouillant d'activités.

— On fait la tournée ce soir, Myriam! s'exclame Élisabeth. Il faut absolument qu'on te fasse voir ça. C'est l'un des premiers endroits que j'ai faits à mes dix-huit ans... ou plutôt, à mes presque dix-huit ans, rectifie-t-elle, avec un petit regard malin. Ce sera ton tour ce soir!

Aussitôt arrivés, aussitôt partis! Nous reprenons la route pour déambuler dans la ville à la recherche d'un endroit où manger. Nous parcourons les grandes artères piétonnières envahies de terrasses. Partout, les serveuses se faufilent jusqu'aux clients d'un pas rapide, dans des labyrinthes de tables et de chaises. Des odeurs de steak, de grillades et de bons plats viennent nous titiller et nous faire saliver. Notre choix s'arrête finalement sur une microbrasserie. Sous le parasol de la terrasse, je déguste ma première bière de la soirée : une rousse commandée par Élisabeth.

— Tu vas adorer! C'est ma préférée, elle a un goût juste assez amer.

Élisabeth plante une paille au cœur du liquide gazéifié et me le tend, pour que j'en déguste toutes les saveurs qui me détendent aussitôt. Comme pour me rappeler à l'ordre, mon téléphone fait résonner la mélodie de *Moves like Jagger* de Maroon 5. Je reconnais aussitôt le numéro.

— Salut Myriam, c'est Luc Constantin. Toujours prêtes à faire le grand saut, demain ?

— Oh que OUI! Si tu savais comme j'ai hâte!

— Génial, alors! Je t'appelais juste pour te donner le lieu de rencontre. J'ai trouvé un site parfait, dans le coin de Québec. C'est sur le terrain d'un de mes amis, en bordure du mont Saint-Anne. Je te donne l'adresse : le 75, rue Guénette. Penses-tu que vous pourriez être là pour dix heures ? C'est le moment où les vents sont les plus forts ces temps-ci.

– Oui, on y sera sans faute ! Merci encore.

– Y'a rien là ! J'aime sauter, ça me fait une occasion de plus ! À demain.

En raccrochant, j'écris rapidement l'adresse avant de l'oublier. Je vais sauter dans le vide dans à peine quelques heures ! Cela me semble irréaliste, invraisemblable. J'ai encore de la difficulté à y croire !

– Levons nos verres à cette dernière soirée, avant de tous nous envoyer en l'air ! lance Scott, en cognant son verre aux nôtres.

Après un copieux repas, notre guide touristique de la soirée, Élisabeth, nous dirige sur la grande terrasse Dufferin. Juste à côté du Château Frontenac, l'immense galerie de bois permet d'admirer une superbe vue sur le fleuve Saint-Laurent qui longe la Basse-Ville de Québec. C'est le genre d'endroit où je pourrais facilement passer de longues heures à seulement apprécier le panorama, sans jamais m'en lasser.

Dans la noirceur de la nuit, l'endroit est tout de même très achalandé. Les amuseurs publics jonglent ou crachent du feu pour susciter les rires et les applaudissements de la foule. Une barrière humaine se forme littéralement autour d'un de ces spectacles. Après nous être faufilés à travers cette masse vivante, nous découvrons un homme-orchestre. Comme une tortue trimballe sa maison, ce vieil homme porte une mini-batterie sur son dos. Avec l'aide de nombreux mécanismes, il réussit à jouer en même temps du tambour, de la cymbale, de l'accordéon, de l'harmonica, de la guitare...

   Pourquoi pas?

Quel exploit! Sous les applaudissements, l'artiste passe le chapeau, sans interrompre ses mélodies.

Me dirigeant près de la rampe de sécurité, au bord du précipice de la grande terrasse, je me laisse frapper de plein fouet par le vent qui amène l'odeur saline du fleuve à mes narines. En fermant les paupières quelques secondes, je m'imagine les pieds dans le vide, en train de voler librement au-dessus du paysage. Élisabeth et Scott viennent me rejoindre et s'appuient contre la clôture de fer forgé. Les terrasses de la Basse-Ville sont remplies à craquer et laissent émaner musiques et fous rires. Silencieux, nous admirons le spectacle. Les étoiles scintillent dans le ciel d'un bleu obscur. Les yeux de Scott sont eux aussi remplis d'étoiles, qui prennent littéralement feu quand il se retourne vers nous, ou plutôt vers Élisabeth. Son amour pour elle est des plus évidents, mais cette fois encore, elle reste de marbre.

« PAF, POUF, PAF. »

Me sortant de mes pensées, des explosions se font entendre en plein ciel pour nous faire sursauter. Des feux d'artifice commencent. Nous sommes au bon endroit, au bon moment, pour admirer un grand spectacle pyrotechnique.

Les gens nous rejoignent rapidement. Nos yeux reflètent les couleurs du ciel. Rouge. Bleu. Vert. Mauve. Or. Des pluies d'étoiles ruissellent jusque dans le fleuve, qui devient une marée d'or chatoyante. Tous les clients sur les terrasses, dans les cafés, s'immobilisent pour admirer le spectacle venu d'en haut. Après un grand mélange de couleurs où les explosions se succèdent pour la grande finale, la fumée se dissipe pour laisser place au calme de la nuit.

— Wow! Tu savais qu'il y aurait ça quand tu nous as amenés ici, Élisabeth?

— Pas le moins du monde! On a juste été chanceux! C'était pour clore ton voyage en beauté, Myriam.

— Hé! Hé! Oh! On n'a pas fini là, réplique Scott. Il n'est que onze heures, la soirée ne fait que commencer, mesdames. Suivez-moi, on a encore plein de choses à faire et à goûter.

Déterminé à nous faire vivre une veillée inoubliable, Scott nous amène dans toutes sortes d'endroits, des plus miteux aux plus réputés. Ne regardant pratiquement jamais les menus, il commande les incontournables qui ont fait la réputation de chaque restaurant. Ne goûtant que le meilleur, nous passons d'un commerce à l'autre. Café espagnol garni de crème fouettée saupoudré de cannelle et de chocolat. *Shooter* flambé à la queue de castor. Gâteau au fromage onctueux. Crème glacée à la vanille surplombée d'un expresso tout chaud et d'un filet de chocolat. Tout est délicieux!

— Et puis, vous aimez?

— Je crois bien que je ne peux plus rien avaler! soupire Élisabeth, en se frottant le ventre légèrement bombé.

Moi, je crois que je pourrais continuer pendant des heures et des heures à abuser des bonnes choses, mais l'alcool ayant fait son effet, ma vessie réclame plus de clémence.

— Je m'excuse, pouvez-vous m'indiquer où se trouvent vos toilettes, s'il vous plaît? demandé-je au serveur.

Les dix doigts bien occupés à tenir des gin tonics, des margaritas et des bières, il me dirige d'un signe de tête vers un long couloir, près des cuisines. Nous quittons la table, pour aller vers cette nouvelle destination devenue vitale. Pour moi, aller aux toilettes en voyage prend toujours des allures d'exploit! Les salles sont souvent trop exiguës pour simplement me permettre d'y entrer en chaise roulante. Sans compter les espaces au sous-sol ou à deux ou trois marches. Le pire là-dedans, c'est que ces lieux visiblement non accessibles arborent quelquefois un logo pour signifier qu'ils sont adaptés. Quelle ironie!

Nous nous engouffrons dans le corridor, mais nous ne trouvons aucune indication de toilettes à proximité. La lumière se fait diffuse. La musique rythmée qui nous faisait danser à la table devient de plus en plus sourde à mesure qu'on s'éloigne. Le chemin s'encombre de boîtes de livraison et de chariots de vaisselle.

— Mais voyons, elles sont où? Il nous a pourtant bien dit que c'était par ici...

— Il a dû mal me comprendre, avec tout le bruit. Regarde où ça mène, dis-je en montrant d'immenses boîtes de nourriture.

Prêtes à rebrousser chemin pour aller mieux nous informer, Élisabeth et moi nous arrêtons lorsque Scott nous fait signe de le rejoindre.

— Venez voir ça, les filles! chuchote-t-il, en repliant son index vers lui pour nous attirer.

D'un geste du bras, Scott dégage une entrée uniquement séparée par un immense drapé noir qui se fond à merveille avec l'obscurité. Derrière cette toile apparaît une grande salle de réception donnant sur une terrasse luxueuse.

— Venez, venez!

De l'autre côté du grand rideau, je vois se dessiner une pièce qui peut sans doute accueillir une centaine de personnes. Devant nous, se trouve un bar bien garni. Des fauteuils capitonnés et de grandes chaises longues occupent la terrasse que l'on peut apercevoir à travers le mur vitré. Cependant, le plus beau à mes yeux à cet instant est l'écriteau que je cherchais. Ça ne doit certainement pas être l'endroit que le jeune serveur voulait nous indiquer, mais il a tout ce qu'il me faut !

— Alléluia !

Une fois soulagée, je retrouve Scott sur la terrasse recouverte d'un immense toit. De grands lampadaires illuminent les lieux et offrent une belle vue sur un ruisseau qui donne naissance à une chute d'eau.

— De toutes les fois où je suis venu ici, c'est la première que je vois ça, déclare Scott en désignant la chute.

— C'est vrai qu'elle est belle, admet Élisabeth, mais nous ne devrions pas être ici... Retournons à notre table.

— Voyons ! Nous y sommes pour rien, c'est le serveur ! Nous nous sommes retrouvés ici par accident, aussi bien en profiter ! clame Scott, les bras en l'air.

Il se glisse derrière le bar, se penche et effleure du bout des doigts chacune des bouteilles.

— Bon, qu'est-ce que nous avons là ? murmure-t-il.

Debout à l'entrée de la salle, Élisabeth nous fixe et se balance de gauche à droite tout en veillant sur nos arrières. Scott s'exclame et se lève d'un bond avant de mettre deux bouteilles sur le comptoir.

— Tu aimes le Baileys, Myriam ? Je vais te faire goûter quelque chose de délectable...

Avant que j'aie le temps de dire un mot, il fouille un peu partout pour s'emparer d'un verre à cognac. Il ajoute au contenu des deux bouteilles une touche de lait bien froid et quelques glaçons qu'il récupère dans le frigidaire. En deux temps trois mouvements, il y trempe les lèvres et y plonge une longue paille. L'air satisfait, il me fait goûter sa mixture.

— Et puis, tu aimes? C'est semblable au goût du Baileys à cause du lait, mais avec en plus une touche de café.

— Mes deux consommations préférées! C'est délicieux. Comment ça s'appelle?

— C'est un *White Russian*, un vieux cocktail. Un classique indémodable!

Voyant que nous ne sommes pas près de partir, Élisabeth s'impatiente et finit par abdiquer en s'assoyant au bar.

— Tu es indomptable, Scott Ménard! Quand tu as une idée en tête, personne ne peut te l'enlever, hein?

— Eh oui, on voit que tu me connais bien! Depuis le temps, hein? plaisante-t-il. Je te sers quoi?

— Ta spécialité, s'il te plaît!

— Tout de suite, madame.

Aussi rapidement qu'il a concocté mon verre, il crée un mélange aux couleurs plus éclatantes. Orné d'une tranche d'agrume et d'une cerise, ce liquide orangé au nom aussi explicite que *Sex on the Beach* ravit les papilles d'Élisabeth. Comme de jeunes adolescents buvant en cachette, nous finissons la soirée au fond de cette salle à déguster des cocktails selon les humeurs de notre *barman*.

L'heure de fermeture vient certainement de sonner lorsque nous entendons un intrus s'approcher pour venir déposer un chariot de verres et d'ustensiles. Cachés derrière le bar – heureusement plus haut que ma tête –, nous le voyons commencer à dresser les tables en prévision d'une réception le lendemain. Il dépose un gros bac sur le comptoir, mais ne nous voit pas, soucieux de retourner à sa tâche. Nous devons partir au plus vite!

Nous comptons tout bas jusqu'à trois et nous nous élançons comme de vrais vagabonds, par l'arrière de la terrasse. Scott mène le bal et nous le suivons vers une sortie qu'il a aperçue. L'homme sursaute. Il nous a maintenant bien vus et souhaite nous mettre la main au collet, mais nous sommes déjà en train d'ouvrir le petit grillage qui nous sépare d'une ruelle sombre. Comme des criminels en cavale, nous fuyons en contournant les obstacles. J'appuie de toutes mes forces sur la commande de ma chaise pour la faire avancer à vive allure.

– Plus vite, plus vite, Myriam! me lancent Scott et Élisabeth.

Essoufflé par un surplus de poids, l'homme nous poursuit en nous ordonnant de nous arrêter. Ce n'est pas la peur qui m'envahit en ce moment, mais plutôt l'excitation de l'aventure! En pleine course dans la ruelle où mes roues plongent dans de grosses flaques d'eau pour m'éclabousser jusqu'aux genoux, je me sens plus vivante que jamais.

Deux coins de rue plus loin, Scott et Élisabeth reprennent leur souffle. Notre poursuivant a finalement abdiqué.

– Ah! Mais on est complètement cinglés! Avez-vous vu ce qu'on a fait?

— Ouais, Myriam, on est des vrais de vrais hors-la-loi, plaisante Scott.

— Et mes amis qui croyaient que je n'étais qu'une *Wanna be Bad*! Ils en auraient eu plein les yeux!

CHAPITRE 28

La dernière nuit

Je déteste quand ça m'arrive. Du jour au lendemain, l'insomnie peut s'emparer de moi. Le désagrément est doublé du fait que je ne réussis pas à bouger un tant soit peu seule. À la maison, je pouvais appeler ma mère des dizaines de fois au cours de la nuit pour qu'elle me tourne ou me replace en attendant que la fatigue s'empare de moi.

Au creux du lit douillet de l'hôtel, j'ai les yeux grands comme des billes et des fourmis dans les jambes. De toutes mes forces, je tente de les remuer, mais il n'y a rien à faire. Malgré tous mes efforts, elles restent immobiles et continuent à me démanger. Pour ajouter à mon inconfort, le masque que je porte toutes les nuits pour améliorer mon oxygénation au repos me blesse au visage. Bien qu'il m'aide à mieux dormir, il devient rapidement insupportable quand je suis éveillée. En faisant toutes sortes de mimiques et de simagrées, je tente de le repousser de mon visage, mais je ne parviens à rien de très concluant.

Le temps passe et une querelle intérieure s'amorce en moi. Je veux bouger, me retourner, me lever. Je veux aller faire un tour, parce que je vais devenir folle, immobile comme une statue pendant que des centaines d'idées défilent dans ma tête. Même si je n'en suis vraiment pas fière, je me résigne tranquillement à réveiller Élisabeth, qui dort paisiblement dans le lit d'à côté.

Elle n'entend rien. Je parle plus fort, malgré le masque sur mon visage. Elle ne bouge pas d'un poil. Mes appels se multiplient et se teintent d'un certain désespoir. En plein cœur de la nuit, loin de ma routine et sans ressource à portée de la main, je réalise à quel point je ne suis rien sans l'aide des autres. Je m'apprête à prendre une grande inspiration pour appeler une douzième fois, quand j'entends trois petits coups donnés contre la porte entrouverte qui nous sépare de la chambre de Scott.

— Myriam, ça va ? chuchote la voix de l'autre côté du mur.

Mal à l'aise, je prends conscience que mes appels ont peut-être été démesurés si je suis parvenue à réveiller Scott dans la chambre adjacente.

— Hem… oui, mais je suis prise en quelque sorte.

— Je peux entrer ?

— Oui, oui.

Il entre à pas de loup et vient vers moi. Dos à lui, je vois sa silhouette se dessiner sur le mur.

— Je suis désolée, Scott, je voulais pas…

— C'est pas grave. Si tu veux savoir, je ne dormais pas vraiment. Qu'est-ce que je peux faire pour toi ?

— Arrache-moi ça, s'il te plaît, j'en peux plus !

Retirant délicatement les couvertures et mon oreiller, il saisit mes deux jambes et mes épaules pour me retourner sur le dos et me délivrer de mon masque.

— Ahhhh ! soupiré-je, enfin soulagée. Merci, Scott.

Toutes les parcelles de mon corps vont mieux, comme si je venais d'émerger de mon cocon. Je me sens comme un squelette qui sortirait de son tombeau après des siècles et des siècles d'enfermement.

— Ça faisait longtemps que t'appelais ?

— C'est dur à dire, je suis sûre que ça m'a paru plus long dans ma tête, mais je dirais quinze minutes environ.

— Elle n'a rien entendu, sourit Scott en désignant Élisabeth, qui ronfle légèrement.

— Encore désolée de t'avoir réveillé…

— Non, non, et puis je te l'ai déjà dit, je dormais pas… Mais toi, tu ne sembles pas fatiguée, je me trompe ? demande-t-il en s'assoyant au bord du lit.

— Non, t'as raison… on dirait que l'insomnie me prend, encore cette nuit.

— C'est pas plaisant, ça. Moi aussi, j'en fais quand je réfléchis trop… C'est peut-être toute la caféine que je t'ai fait prendre en soirée : le café espagnol, la crème glacée avec un expresso… Je sais que tu aimes le café, mais j'ai pas pensé à son effet sur toi, rigole-t-il en se passant la main sur le visage.

— Je n'y ai pas pensé moi non plus… mais je ne regrette pas du tout d'en avoir pris, c'était DÉ-LI-CIEUX ! dis-je en joignant mon index à mon pouce en signe d'appréciation.

— Tu veux que je reste un peu ?… Puisque ni l'un, ni l'autre on dort, aussi bien se tenir compagnie.

— Bien sûr, on va se sentir moins seuls !

— Tu permets ? demande-t-il, en désignant la place à mes côtés dans le grand lit double.

— Oui, oui. Installe-toi.

Sous les couvertures blanches aux côtés de Scott, je suis plus que ravie ! Une nuit d'insomnie n'aura jamais été si plaisante. Ça va me changer des longues heures à fixer le plafond dans le plus mordant des silences.

— Et toi, Scott, pourquoi tu dors pas ?

— Je ne réussis jamais à m'endormir quand je stresse... Je réfléchis trop, je pense à plein de choses et ça m'empêche de me reposer.

— Qu'est-ce qui te stresse tant ? À quoi tu penses ?

— Eh bien, à demain, quand on va sauter dans le vide. J'ai toujours eu le vertige... chuchote-t-il.

Je suis stupéfaite. Les yeux écarquillés et la bouche entrouverte, je ne me serais jamais attendue à ça. Cet homme de six pieds, courageux et aventureux, ne peut pas avoir peur des hauteurs !

— Scott Ménard a le vertige ! dis-je en haussant la voix, avant qu'il n'étouffe mon cri dans le creux de sa main, pour ne pas réveiller Élisabeth.

— Eh oui ! murmure-t-il, gêné.

— Mais pourquoi tu voulais tant sauter avec moi alors ? T'as pas cessé de dire que si je sautais, tu sautais.

— Eh bien... je trouvais ça *cool* comme idée, y'en a qui disent que vaincre ce qui nous effraie nous en apprend le plus dans la vie. Alors, je me suis mis au défi !

— Le fameux « pourquoi pas ? ».

— Exact. Ce qui ne m'empêche pas d'être terrifié !

— Mais non, tu vas voir, ça va être magique ! dis-je, en saisissant sa main sous les couvertures pour le rassurer. Tu vas voir défiler tout un monde sous tes pieds. Un monde riche, plein de vie. La force du vent te poussera, te guidera. Tu te sentiras aussi minuscule qu'un grain de sable. Une parcelle d'un tout si grandiose !

Plus je parle tout bas, plus mon étreinte se resserre. Je suis emballée. Je nous imagine déjà en plein ciel, volant côte à côte comme des super héros. Doucement, je sens sa tête se rapprocher de la mienne et il se met à fixer le plafond comme moi, submergé par la même vision.

— J'aimerais bien avoir ton regard, Myriam. Moi, je vois plutôt ça comme un suicide, un laisser-aller complet de sa vie aux mains d'un guide, d'une simple toile de nylon, du vent, des intempéries…

— Ouais, mais avoir le plein contrôle, c'est pas un peu ennuyant ? Tu voudrais pas défier ta destinée, parfois ?

J'ai droit à de petits yeux rieurs accompagnés d'un sourire qui dévoile ses jolies fossettes. Il ne dit rien, mais je sens qu'il acquiesce lorsqu'il entrelace ses doigts aux miens.

CHAPITRE 29

L'envolée

Scott et moi avons finalement vaincu l'insomnie. Une fois le stress et les émotions évacués au fil des confidences chuchotées, le sommeil nous a gagnés. C'est Élisabeth qui nous sort du lit pour le saut en parapente.

— Je suis désolée, Myriam. Je comprends pas que je t'aie pas entendue… Je m'excuse ! déclare Élisabeth au réveil, en voyant Scott couché à mes côtés.

Nous ramassons nos bagages et nous nous retrouvons au restaurant de l'hôtel pour déjeuner. Un immense buffet se dresse au centre de la salle à manger et des effluves de bacon et de jambon nous enveloppent. Je remarque, entre les allées et venues des serveurs, qu'on trimballe un objet d'une table à l'autre.

— Un peu de café ici ? demande une serveuse.

— Oui, s'il vous plaît.

— Bon déjeuner ! dit-elle, en déposant un bocal de vitre au centre de notre table.

Je découvre alors que ce qui circule d'une table à l'autre, comme un vulgaire bibelot, n'est rien de moins qu'un papillon emprisonné dans une bulle de verre. Cette vision me serre le cœur. Comment peut-on être si égoïste ? Comment peut-on emprisonner une vie pour son unique beauté ?

— Élisabeth, peux-tu me le rapprocher s'il te plaît, j'aimerais mieux l'observer.

Je peux maintenant toucher la cage de verre. Sous ma main, le papillon ne se débat plus, se contentant simplement d'ouvrir et de refermer ses ailes.

— Mets le pot entre mes mains, s'il te plaît. Je veux le voir de plus près encore.

— T'es sûre que tu es capable de le tenir, Myriam ?

— Oui, oui. Je le tiens, je suis correcte.

Sans dire un mot, je me dirige vers la terrasse. Je conduis ma chaise d'une seule main, le pot appuyé sur mes genoux. En passant le pas de la porte, je soulève légèrement ma main gauche pour laisser le bocal de verre se fracasser contre le sol. Tous les regards se tournent vers moi, mais je n'ai d'yeux que pour le papillon qui, parmi les éclats de vitre, réussit à prendre son envol.

— Ça va, madame ? Vous n'avez rien ? Ne vous en faites pas pour le papillon, c'est pas grave !

— Je vais super bien. Je respire déjà mieux.

*　　*
*

Nous décollons à bord de notre Westfalia et suivons les indications données par le GPS pour atteindre le lieu de rencontre avec Luc Constantin. Nous empruntons de petites rues sinueuses faites de terre et nous montons de nombreuses ruelles abruptes.

— Tournez sur la prochaine rue à votre gauche, dans quatre cents mètres. [...] Virage en épingle à votre gauche, sur la rue Guénette, dicte la voix robotique.

— Non, mais c'est une blague ! clame Scott, en s'arrêtant devant ce qui ressemble davantage à un sentier pédestre qu'à une route. Y'a juste des randonneurs expérimentés qui peuvent monter cette côte-là. Pas nous, pas notre Westfalia ! déclare-t-il, avant d'enfoncer la pédale à fond.

Lentement, mais sûrement, nous réussissons à gravir la route avec, comme trame sonore, le vrombissement du moteur.

— Vous êtes arrivé, votre destination se trouve sur votre droite, indique le GPS.

Pourtant, aucune habitation ne se trouve près de nous. Il n'y a que des arbres, des arbres et encore des arbres. Des centaines d'arbres ! Continuant encore un moment sur le gravier, nous nous heurtons à un cul-de-sac.

— T'es bien certaine d'avoir pris la bonne adresse, Myriam ?

Je suis tellement excitée de venir ici aujourd'hui, je n'aurais pas pu me tromper sur un tel détail ! Je regarde l'heure sur le cadran vieilli de la radio : dix heures pile. Je discerne un écriteau, à demi caché par des branches, sur lequel est inscrit le chiffre soixante-quinze. À côté, deux traces de pneus s'enfoncent dans la forêt. Sans nous poser plus de questions, nous nous engouffrons dans la jungle jusqu'à ce que le ciel, dissimulé au-dessus de nos têtes par de longues branches, se découvre et qu'une petite maison orangée se dévoile à l'horizon.

Aussi accueillante que la « Petite Maison dans la Prairie », la résidence en bois trône sur la plaine. La forêt ne fait plus qu'office de clôture visuelle. Au bout du terrain, une bande d'hommes viennent maintenant dans notre direction. Trois bêtes blanches les devancent et gambadent vers nous. Pensant avoir affaire à quelques chiens de campagne, nous sommes surpris de voir qu'il s'agit en réalité de trois chèvres à poil long, qui viennent gentiment nous souhaiter la bienvenue.

— Bonjour. Myriam, c'est ça ? demande le plus jeune, en me saisissant la main. Enchanté, moi c'est Luc. Voici mon ami Gaëtan, qui a accepté de nous prêter son terrain et Frédérik et Lucas, qui vont accompagner tes amis.

— Salut ! Voici Élisabeth et Scott. Merci beaucoup à vous tous, merci d'avoir accepté de sauter avec moi, Luc.

— Ça me fait plaisir. Viens, je vais te montrer comment on va arranger ça. J'ai déjà installé l'équipement, mais je vais avoir besoin de toi pour faire le reste.

Sur cet immense terrain, à travers les longues herbes mangées avec parcimonie par les chèvres, nous nous croirions dans un tout autre univers. Nous n'avons fait que quelques kilomètres depuis notre hôtel si chic, mais le paysage a tellement changé que l'on se croirait ailleurs. La présence des chèvres autour de nous ne fait que renforcer ce dépaysement. Elles nous suivent partout et je crois bien qu'elles se prennent littéralement pour des chiens. Des chiens qui broutent, mais des chiens quand même !

Sur le sol, trois grandes toiles sont étendues : une bleue, une rouge, une jaune. Elles sont toutes reliées par de nombreux filages à un harnais et semblent déjà prêtes à s'envoler dans l'immensité du ciel. L'une se distingue néanmoins des autres. Au bout des cordages résistants de la rouge se trouve une chaise à trois roues, dans laquelle un siège est incrusté. Malgré ses airs de poussette, la structure composée de quelques bouts de métal et d'un banc de plastique me permettra de déployer mes ailes en plein ciel. Grâce à quelques courroies, j'y serai solidement attachée, me confirme Luc qui, pendant la grande escapade, sera derrière moi pour nous diriger.

Je fixe longuement l'engin, dangereusement semblable aux premières inventions de vol aérien qui ont amèrement échoué. Je doute un peu de sa sécurité. Rien ne me tiendra solidement en place, si ce n'est quelques sangles à mes pieds et à la taille. Au quotidien, je suis toujours encastrée au creux des coussins de ma chaise, soutenue de tous les côtés. Le changement m'effraie et m'excite à la fois. Pour une fois, je sentirai la force du vent tout autour de moi. Je serai vulnérable à tous les caprices du temps. Plus rien ne me sera sans danger.

Pour commencer les manœuvres, Élisabeth, que je sens tout aussi anxieuse que moi, me prend dans ses bras pour me déposer dans la structure précaire. N'ayant aucun tonus, je m'écrase de tout mon poids au fond du siège. La tête à droite, les fesses à gauche et les jambes de chaque côté, j'ai l'air des enfants malades que nous voyons chaque année au téléthon ! Mes amis viennent rapidement à mon secours. Une douzaine de mains tentent tant bien que mal de me placer confortablement. La situation n'est pas des plus faciles, puisque habituellement je suis assise dans mon siège fait sur mesure. Mon dossier et moi nous emboîtons parfaitement l'un dans l'autre, comme deux pièces d'un même casse-tête.

Après plusieurs ajustements, beaucoup de patience et l'ajout de nombreux tissus et coussins, je suis enfin immobilisée. Nous avons utilisé tous les oreillers que Luc avait pris la peine d'apporter : des dizaines qu'il avait sous la main, il n'en reste plus un seul ! Par contre, ma tête n'a toujours aucun soutien. Perplexe, il cherche désespérément un accessoire pour corriger la situation afin de m'éviter tout inconfort pendant notre escapade dans le ciel. Le problème est rapidement réglé lorsque Scott tend la chemise à carreaux qu'il porte par-dessus son mince t-shirt.

— Tiens, si on attache ça ici, comme ça... C'est mieux, Myriam ?

Je remue légèrement la tête de gauche à droite pour tester l'efficacité de ce nouvel accessoire et lève le pouce en l'air. Assise le plus droit possible, je peux maintenant admirer le décor de l'aventure que je m'apprête à vivre, l'aventure que j'ai si longtemps attendue. À notre arrivée, je n'ai eu d'yeux que pour la chaise volante et j'en ai oublié d'admirer la vue. Derrière, une épaisse forêt nous coupe du reste du monde, mais un panorama unique se dévoile devant la petite maison orangée. Du haut de la montagne où nous nous trouvons, nous voyons filer les autos sur les routes, au loin, près du fleuve. Plus près de nous, juste en bas du précipice, de modestes maisons et quelques animaux parsèment de grands terrains vagues. À l'horizon, l'île d'Orléans apparaît à travers un léger brouillard.

C'est maintenant au tour de Scott et d'Élisabeth de s'installer. Élisabeth est jumelée à Lucas et accrochée au parapente jaune, tandis que Scott sautera avec Frédérik, suspendu à la toile bleue. Prisonnière de ma nouvelle chaise, je ne peux pas me retourner, mais je les entends se préparer et discuter. C'est moi qui ai réclamé ce grand saut et ils m'ont suivie, mais en les écoutant, je m'aperçois que tout le monde a la frousse, à l'exception de nos guides, évidemment. Scott respire bruyamment et Élisabeth murmure pour elle-même : « *Oh my God! Oh my God! Oh my God!* » Même moi, je suis à la fois excitée et complètement apeurée !

Pour me calmer, je fixe un long moment le fleuve agité par le vent. Comme un rêve qui me revient à la mémoire, je me souviens de la soirée passée au bord du lac où j'ai appris la triste nouvelle du décès de Dave. Une tornade d'émotions traverse mon corps avant de laisser place à un silence. Je sais pourquoi je saute. Je saute pour ne plus jamais avoir peur. Je saute pour ne jamais avoir de regrets. Je saute pour lui, pour eux, pour moi. Je défie la vie. Je défie les pronostics qui me destinent à une vie trop calme à mon goût. Je saute pour vivre !

— Bon, est-ce que tout le monde est prêt ? demande Luc, en se plantant droit devant nous. Je vais sauter en premier avec Myriam. Frédérik et Lucas, vous allez m'aider à la pousser pour le décollage. Ensuite, vous viendrez nous rejoindre dans le ciel avec Élisabeth et Scott. Le vent est assez fort aujourd'hui, je crois qu'on va pouvoir voler un bon vingt minutes.

Côte à côte au bord du précipice, face à l'immensité du ciel, nous plongeons le regard vers l'avant. Luc s'installe derrière moi et attache son harnais aux filages de la toile.

— Prête, Myriam ?

– Oui, dis-je d'une voix assurée, en m'agrippant de toutes mes forces, au moment où un volcan de peur et d'excitation se déverse en moi.

Luc s'élance. Lucas et Frédérik viennent courir à mes côtés en tirant ma chaise jusqu'à ce qu'elle se détache du sol. Je crie de toutes mes forces, j'ai l'impression de perdre pied. Les bruits et les secousses cessent d'un seul coup, quand la toile s'élève dans le ciel pour nous plonger dans un silence étourdissant. Le vent bourdonne dans mes oreilles, j'avance, je vole! Comme dans mes rêves les plus fous, je plane au-dessus du monde. Plus rien ne me soutient, plus rien ne touche terre!

De si haut, le monde paraît minuscule. Les arbres gigantesques qui nous ont accueillis au sommet de la montagne ne sont plus si impressionnants. Les routes ont maintenant l'allure d'une fourmilière en pleine effervescence. À cette distance, tout semble calme et serein en bas, comme sans le moindre tracas.

J'aperçois Élisabeth et Scott sur la piste de décollage improvisée, à ma gauche. M'envoyant des signes de la main, Élisabeth est visiblement subjuguée par mon audace. Elle cache sa bouche de sa main pour camoufler son étonnement.

– Et puis, la vue est belle là-haut? crie Scott, les mains en porte-voix.

– Oui! Venez nous rejoindre! C'est génial!

Les yeux à demi fermés, Élisabeth plonge dans le ciel au pas dicté par son guide. Comme je l'ai fait, elle laisse échapper des cris remplis de joie et d'excitation. Affrontant ses peurs, Scott hurle lorsque ses pieds quittent le plancher des vaches.

Nous planons au rythme du vent. Nous sommes les trois toiles bleu, rouge et jaune qui brisent le ciel azur pour découvrir de nouveaux horizons. Les secondes, puis les minutes s'écoulent et je ne parviens plus à cligner des yeux, tellement la vue est exceptionnelle. Je veux tout enregistrer ! Tout immortaliser ces images dans mon cœur et dans mon âme. Tout capter de ce paysage rempli de vie. J'ai le souffle coupé devant tant de beauté. En plein ciel, je me sens enfin à ma place. Rien sur la terre n'est parfait, mais c'est l'endroit où je veux vivre. Parmi cette vie agitée et éphémère, je veux avancer, malgré tous les risques que cela peut comporter.

Lorsque mes trois roues se posent finalement, plus rien ne me paraît comme avant. Je ne vois plus rien du même œil. Les fleurs dans le champ où nous atterrissons ont une beauté différente et une odeur plus parfumée. Les arbres, les oiseaux, le fleuve me semblent plus resplendissants, plus vivants !

— Et puis, t'as aimé ? demande Luc, toujours attaché derrière moi.

— Certain ! Je suis déjà prête à recommencer ! C'était génial, merci mille fois ! Wow, juste wow !

— J'suis ben content que t'aies aimé. J'sais pas pourquoi, mais j'sens qu'on va se revoir bientôt, nous deux ! Un saut en appelle souvent un autre.

— Peut-être bien ! En tout cas, je garde précieusement ton numéro !

J'apprivoise la nouvelle sensation de la terre ferme sous mes pieds. Le silence bourdonnant du vent dans mes oreilles laisse place aux chants des oiseaux. Comme si je me trouvais toujours entre ciel et terre, mon cœur continue à se débattre dans ma poitrine et les images défilent dans ma tête. En fermant quelques instants les yeux, je peux encore m'y croire. Ce sont les pas d'Élisabeth et de Scott qui me ramènent à la réalité.

— YAHOUU ! s'exclame Élisabeth, les bras dans les airs.

Elle qui avait si peur au départ semble plus que ravie de son escapade. Loin derrière, Scott atterrit plus lourdement. À genoux, il pose ses deux mains contre ses yeux, pour se ressaisir.

— Mon Dieu ! J'ai fait ça, moi ? dit-il, en se relevant et en montrant la pointe d'où nous nous sommes lancés. Mais... je suis complètement cinglé !

— Bravo, Scott ! Avoue que c'était génial !

— Ouais, le paysage était super, Myriam, mais le cœur battait pas mal fort, mettons.

Réunis en plein milieu des hautes herbes, nous partageons les souvenirs qui viennent tout juste de s'imprégner dans nos cœurs et qui resteront à jamais gravés au plus profond de nos mémoires.

— En tout cas, je pense que tu t'es fait des vacances inoubliables, Myriam ! T'as réussi à nous faire sauter tous les deux, en plus de te faire un *tattoo*. C'est pas rien !

— T'as bien raison, merci, merci à vous deux, soupiré-je lorsque Scott et Élisabeth s'approchent pour me faire une accolade riche en émotions.

Au bout du rang, nous voyons apparaître notre Westfalia, conduite par Gaëtan. Le temps a passé et l'heure du retour à la maison a maintenant sonné. Un sentiment de nostalgie mêlée d'appréhension m'envahit. Une partie de moi redoute le retour au quotidien et veut continuer à explorer les millions de possibilités que m'offre le monde. L'autre tressaille d'envie d'aller retrouver mes parents et mes amis. J'imagine déjà le visage de Christian quand je vais lui raconter toutes mes aventures, lors de notre prochain *Friday night*, qui prendra sûrement des airs de retrouvailles.

Complètement réénergisés par cette grande bouffée d'air, nous partons en direction de la gare en remerciant une millième fois Luc et ses amis.

PARTIE 6
Retour à la réalité

CHAPITRE 30

L'heure des adieux

Dans la cacophonie des valises qui roulent au cœur de l'immense bâtisse vitrée, une voix robotisée résonne : « Tous les voyageurs à destination d'Ottawa sont priés de se rendre à la porte numéro 27, merci. »

— Je pense que c'est ton train ça, Myriam.

— Ouais sans doute, on devrait y aller…

Assise dans ma chaise au bout du long banc où se tiennent Scott et Élisabeth, je n'ai aucune envie de bouger. Moi, qui me suis si souvent retrouvée dans ces lieux à attendre le départ d'un ami ou d'un proche, je les ai tant enviés. Aujourd'hui, je n'ai pourtant qu'un seul désir : rester ici, dans cette gare, à seulement regarder les allées et venues des voyageurs bien plus courageux que moi. Sous mes yeux, mille et une histoires prennent vie, de parfaits inconnus se révèlent. Leur démarche, leur téléphone collé à l'oreille, leurs accolades ou leurs joues baignées de larmes racontent une partie de leur existence. Aujourd'hui, c'est à mon tour de dévoiler une parcelle de mon vécu aux plus attentifs. Moi qui m'étais promis de ne jamais me laisser aller à la nostalgie devant un nouvel horizon... il est évident que je n'y parviendrai pas!

La voix automatisée fait de nouveau écho dans la salle pour me sortir de mon monde imaginaire : « Dernier appel, tous les voyageurs à destination d'Ottawa sont priés de se rendre immédiatement à la porte numéro 27, merci. »

— Viens, Myriam. Faut vraiment y aller, sinon tu vas manquer ton train.

Scott dit vrai, je dois me dépêcher si je ne veux pas rester ici, mais est-ce que je veux réellement partir? Mon cœur connaît très bien la réponse, mais ma tête est encore une fois aux contrôles. Me résignant sagement, je roule derrière Scott qui me trace le chemin parmi la foule. Au-dessous des deux gros chiffres illuminés « 2-7 », une jeune femme, les cheveux attachés en chignon et le foulard de la compagnie noué au cou, déchire les billets.

— Bonjour! Je vais appeler quelqu'un pour vous aider. Attendez ici, ça ne sera pas bien long, dit-elle, avant d'adresser un court message dans son *walkie-talkie*.

En bordure de la file de voyageurs qui s'allonge de plus en plus, je commence à faire mes au revoir. Je remercie pour une millième fois Élisabeth et Scott de m'avoir permis de vivre cette escapade qui vaut de l'or à mes yeux. Fébrile, je sens les doux cheveux d'Élisabeth se poser doucement sur mon épaule lorsqu'elle me fait une dernière accolade en me regardant de ses yeux gris en forme de croissant. Scott s'agenouille, pose sa main derrière mon épaule et frotte ses joues légèrement rugueuses contre les miennes.

– Mademoiselle, si vous voulez bien me suivre. Ça va être juste par ici, m'indique une voix dans mon dos.

Derrière la ligne d'embarquement, Élisabeth et Scott se tiennent bien droits et m'envoient la main, comme l'ont fait mes braves parents à mon départ. J'entends la voix enjouée d'Élisabeth me crier « À bientôt Myriam ! » lorsque je monte sur la rampe du train qui m'amène à ma destination finale : la maison.

*　*
*

Vous savez, ce sentiment d'angoisse qui vous paralyse, qui vous noue l'estomac et vous serre la gorge pour vous empêcher de prononcer le moindre son. Cette terreur qui vous cristallise, telle une statue de pierre. Vous êtes pris au piège. Un seul mouvement et vous éclatez en mille miettes. Personne n'est réellement à l'abri de la peur d'être jugé, de la crainte d'être rejeté. Assise en première classe dans le train, c'est le sentiment qui m'habite.

Je ne peux pas croire tout ce qui s'est passé durant ces quelques jours. Je suis effrayée à l'idée de retourner dans ma routine. J'ai goûté à la liberté et je ne peux plus m'enlever ce goût de la bouche. Surtout, je ne peux concevoir que je ne reverrai peut-être plus jamais Scott. Maintenant qu'il m'est revenu, je ne veux pas le perdre à nouveau. J'ai eu une deuxième chance de lui dire ce qu'il représente à mes yeux et, par manque de conviction ou de courage – sûrement un peu des deux ! – je n'en ai pas eu la force… encore une fois ! Quand il s'est approché de moi pour un dernier au revoir, j'ai fermé les yeux. Sa joue a touché la mienne et j'ai souhaité lui murmurer le secret de mon cœur, mais rien n'est sorti. Mes lèvres ont bougé dans le plus profond des silences.

Moi, la fille qui riait à gorge déployée de ceux qui n'osent pas avouer leur sentiment à l'être aimé, j'étais terrifiée ! Je ne lui ai rien caché, la question n'est pas là, mais je ne suis jamais parvenue à lui avouer mes vrais sentiments. J'ai bien essayé à quelques reprises, mais chaque fois que je m'y apprêtais, je croisais son regard et je me disais que cette confession dresserait un mur entre nous.

J'ai imaginé la scène des milliers de fois, le soir dans mon lit. Dans la noirceur de mes yeux clos, j'ai essayé de prévoir sa réaction, ce qu'il allait répondre, et je n'y suis jamais parvenue. À la fin de mon aveu, je voyais son regard changer. Il faisait signe que non et reculait, comme si je venais de briser le lien de confiance qui nous unissait. Je voyais « Bien sûr ! Évidemment ! Pourquoi n'y ai-je pas pensé ? » inscrit au fond de ses yeux. S'ensuivait un air compatissant de grand frère. Bien que sincère, il n'avait pas le bon ton. Je ne voulais pas qu'il me voie comme sa petite sœur, mais bien comme la femme que j'étais devant lui. Une femme tombée sous son charme et qui ne pouvait plus s'en départir. Une femme qui, même si elle savait que la situation n'était pas idéale, tentait sa chance.

De scénario en scénario, je finissais par glisser dans le monde du rêve, où il venait souvent me rejoindre. Au réveil, ma tête reprenait le dessus sur mon cœur. Je l'aimais et je le voulais près de moi, mais s'il ne partageait pas mes sentiments, rien ne serait plus jamais comme avant. Un voile de brume s'immiscerait entre nous. Je n'étais pas prête à mettre une croix sur lui en tant qu'ami. Même s'il n'occupait pas le rôle que je souhaitais dans ma vie, je le voulais à mes côtés, pour toujours. Je voulais continuer à entendre ses longs discours philosophiques, à argumenter avec lui de longues heures autour d'une bonne bière et, surtout, à voir ses jolies fossettes.

Par la vitre entrouverte du wagon, d'où je vois le paysage défiler, le vent frais teinté de l'odeur du fleuve Saint-Laurent s'abat sur moi et balaie les cheveux de mon visage, tout en essuyant les larmes qui se sont frayé un chemin sur mes joues.

— Madame, ça va ? Je peux vous aider ? me questionne un agent de bord, qui circule dans l'allée centrale.

Il se penche doucement vers moi et m'adresse un regard consolateur. Je me force pour lui offrir un petit sourire, il semble si gentil. Il m'a aidée à m'installer plus tôt dans le train, il doit avoir à peine cinq ans de plus que moi.

— Ça va, ça va, merci… tout va bien, je vous assure. C'est juste une petite peine de cœur. Je reviens d'un voyage entre amis, ça me fait un petit pincement. Je dois être un peu fatiguée, c'est tout…

— Oui, les voyages, ça fatigue. Vous êtes partie depuis quand ?

— Une semaine. On faisait un *road trip* entre amis, mon premier vrai *road trip* !

— Ah oui, c'est toujours plaisant ! ajoute-t-il avant de s'éloigner. Si vous avez besoin de quelque chose, n'hésitez surtout pas. On est là pour vous.

De nouveau plongée dans mes pensées, je jette un coup d'œil sur mon cellulaire, où je conservais ma fameuse liste de souhaits.

☑ Aller au Festival de Rimouski
☑ Voir un lever de soleil
☑ Boire de l'alcool à en perdre la tête
☑ Faire un saut de parapente
☑ Me faire tatouer

Mes objectifs se sont concrétisés, mais j'ai beau lire et relire cette liste, il y a un événement qui s'est produit, dont je n'avais pas du tout prévu l'éventualité : tomber amoureuse.

*   *

*

Comme deux phares immuables, leurs sourires m'illuminent. Ils sont les deux seuls à attendre près de la porte des arrivées. Mon père se tient en retrait. Ma mère se dresse sur la pointe des pieds, déjà prête à venir me rejoindre.

— Myriam ! s'exclame-t-elle, en me voyant tourner le coin du couloir.

— Salut ! m'écrié-je aussi fort qu'elle, en plein cœur de la gare pratiquement déserte.

Nous avons été séparées à peine quelques jours, rien qui ne justifierait une telle réaction, mais pour nous, cette durée est un record sans précédent ! Au cours de mes dix-sept ans d'existence, je n'avais jamais vécu une semaine séparée de ma mère. C'est moi qui ai réclamé cette distance, le temps de me connaître mieux en tant que femme indépendante, mais honnêtement, je suis heureuse de la retrouver. Je crois qu'elle aussi a profité de ses vacances plus que méritées. Ses traits reposés indiquent que les nuits de sommeil ininterrompu ont contribué à une cure de rajeunissement.

                                        Pourquoi pas ?

— Et puis, tu as eu du plaisir ?

Celle qui me textait constamment lors de mes après-midis entre amis pour être certaine que tout se déroulait bien, a réussi à ne pas me contacter durant mon escapade. Je suis plus que fière d'elle ! Il faut dire que je l'avais chaudement avertie. Maintenant, il me semble que j'ai des centaines de choses à lui dire et à lui raconter.

— C'était mémorable ! Magique !

Attentif à ce que je commence déjà à raconter, mon père s'avance doucement en posant sa main sur mon épaule, avec un léger sourire en coin.

— J'ai bien hâte que tu nous racontes ça. J'ai hâte de voir toutes ces photos.

— Mais avant, je crois qu'il y a quelqu'un d'autre qui a très hâte de te voir... déclare ma mère, en fixant l'autre bout de la salle.

Je me retourne brusquement et vois la silhouette de Christian. Il donne de gros coups de roues pour me rejoindre. Je démarre moi aussi une course folle vers lui.

— Chris !

— T'es revenue en un seul morceau ! Bravo, je te félicite ! Je suis content de te revoir. J'espère que tu t'es bien éclatée, que tu t'es éclatée pour deux, surtout !

— T'inquiète ! Tu connais ta sœur, quand même !

Nous tombons dans les bras l'un de l'autre. Christian s'étire pour saisir mes épaules et poser son menton dans le creux de mon cou. Cette réaction me surprend de sa part, il n'est habituellement pas très démonstratif. La plupart du temps, il laisse échapper des blagues pour s'éviter les moments d'émotion. Pendant mon court voyage, j'ai souvent pensé à mon grand frère. J'entendais même parfois sa voix me raconter des *jokes* de comptables pour me divertir. Mon meilleur ami depuis des années m'a grandement manqué !

*   *

*

Dans l'obscurité du salon, je continue à faire défiler les photos sur mon ordinateur qui répand une lumière bleutée dans la pièce. Malgré les bâillements de mes parents qui commencent sérieusement à caler dans le sofa, mes pupilles souhaitent se remémorer les souvenirs qui ne datent parfois que de quelques heures.

C'est Christian et ma mère qui ont réclamé la projection de mes différents clichés, mais ils ne s'attendaient sûrement pas à autant d'images et, surtout, pas à autant de commentaires de ma part. Chaque photo a son histoire et me rappelle mille et une sensations que je ne peux plus garder pour moi.

— Ah oui ! Là, c'est quand l'autobus a explosé... Vous auriez dû voir ça, c'était digne d'un film à la James Bond ! Il y avait de la fumée noire partout... Et c'est à ce moment que...

— Et lui, à droite, c'est qui ?

— Lui avec le chapeau... c'est Scott, l'ami d'Élisabeth. Il a été avec nous pendant tout le voyage.

Christian prend un air moqueur. Il n'a visiblement pas oublié Scott Ménard, qui nous a accompagnés de temps à autre les vendredis soir, et il semble bien se souvenir de l'effet qu'il avait sur moi.

— Comme je vois, tu as eu du bon temps, en bonne compagnie en plus !

CHAPITRE 31

Le retour

– Pour le prochain cours, lisez les chapitres dix, onze et douze à propos de Freud. Nous aborderons sa théorie du « ça », du « moi » et du « surmoi » la semaine prochaine. Bonne fin de semaine, on se voit mardi !

En ce vendredi après-midi de septembre, la voix de l'enseignant se perd dans le brouhaha des étudiants qui s'empressent de quitter la classe de philosophie. Depuis un mois, j'expérimente ma nouvelle vie de cégépienne et je m'y plais. Inscrite en Arts et Lettres, je baigne dans MON univers : celui des mots et de l'imaginaire ! Dans chacun de mes cours, j'en apprends sur les auteurs classiques qui ont tracé le chemin de la belle langue de Molière jusqu'à nous. Je découvre d'un nouvel œil des phrases et des œuvres célèbres dont j'apprends enfin l'origine.

Christian s'est inscrit en comptabilité, comme prévu, et regarde d'un œil mesquin mes piles de livres – quelquefois vieillis par les années – lorsque je viens le rejoindre. Lui aussi a des tonnes de bouquins à consulter, mais les siens sont remplis de chiffres et de formules. Ni l'un ni l'autre ne voudrait échanger son domaine, mais nous étudions si bien, installés côte à côte à une immense table grise de la grande bibliothèque.

Dès la première journée, les responsables du programme ont rassemblé les étudiants d'Arts et Lettres dans cette grande salle qui, comme ils nous l'ont promis, deviendrait notre lieu de prédilection. Je m'y suis immédiatement sentie chez moi ! Située en plein cœur du cégep, la bibliothèque dégage un air de prestige, avec ses murs immensément hauts, ses dizaines et dizaines d'étagères de bois et ses tables parsemées d'étudiants la tête enfouie dans les bouquins. La poussière des livres qui ont vu le temps passer m'excite, comme si, par leur âge avancé, ces ouvrages pouvaient nous révéler des secrets conservés depuis des centaines d'années.

J'y passe la majorité de mon temps. Si je ne suis pas en cours, je suis assurément assise à la bibliothèque, café à la main, les yeux plongés dans un autre univers. Christian ne me cherche donc jamais et vient m'y rejoindre pour me sortir de mon monde imaginaire. Par moments, il s'y installe avec quelques-uns de ses amis cartésiens pour jouer aux échecs. À côté de lui, je regarde avancer la partie d'un œil distrait, tout en lisant un chapitre qui me passionne.

— Regarde Myriam, si je bouge ce pion, Jo va sans doute tuer mon cavalier et là je pourrai… Myriam, tu m'écoutes !

— Oui, oui…

Il est évident que je n'ai pas les caractéristiques d'une joueuse émérite. La dernière fois que j'y ai joué, je devais avoir huit ou neuf ans. Mon niveau ne s'est guère amélioré malgré toutes les leçons que

Christian s'obstine à me donner, semaine après semaine.

— Myriam, aux échecs, tout est calculé. Tous les coups sont comptés. Pour gagner, tu dois deviner la stratégie de l'autre. Tu dois avoir au moins un coup d'avance sur ton adversaire, raconte-t-il, les yeux fixés sur le jeu, en se frottant le menton pour mieux réfléchir.

Aujourd'hui, Christian m'a prévenue que je ne le trouverais pas devant son échiquier. Je me retrouve donc seule en compagnie de mes livres. J'y vais toujours après mon cours de philosophie pour commencer, dans le calme plat, mes lectures qui ne sont jamais très évidentes à comprendre. Je m'installe au fond de la salle avec mon accompagnatrice jusqu'à la fermeture, à quatre heures. Je dois bien surveiller l'heure, car il m'est déjà arrivé d'être si concentrée que j'ai quitté l'endroit bien après les employés. Heureusement, les portes n'étaient barrées que de l'extérieur !

J'empoigne mon recueil de philosophie et je l'ouvre au chapitre dix pour découvrir le monde selon Freud. Il faut souvent que je lise deux fois le texte pour en saisir l'essentiel. En murmurant ma lecture du bout des lèvres, j'entends ma voix dans ma tête. J'adopte toujours cette technique. Toutefois, devant un texte à saveur philosophique, ma voix intérieure change et mue. Elle devient plus grave, plus calme, plus assurée, plus articulée… Elle ne m'appartient plus !

Je ne comprends tout d'abord pas d'où elle provient. Elle m'est familière, mais je suis incapable de l'identifier. C'est lorsque je ferme les yeux, pour mieux me concentrer que je la reconnais : c'est celle de Scott. J'essaye de trouver une explication à ce phénomène. C'est la première fois qu'une autre voix s'immisce aussi fortement dans mon esprit. Au fond, rien de réellement étonnant là-dedans ! J'ai si souvent entendu ce genre d'expressions de la bouche de Scott. Pendant notre escapade, il me parlait constamment de philosophie. Il baigne dans ce domaine et souhaite réinventer le monde ! Sans crier gare, il sort parfois de grands dictons et des théories dignes de ses lectures. Je n'oublierai jamais la fois où, autour du feu de camp à la ferme, il a dit avec un aplomb déroutant :

— Il y a sept milliards de personnes sur cette terre, choisis bien celles qui t'entourent. Celles qui te font sentir vivante et importante, c'est avec elles que tu parviendras à réaliser tes plus grands rêves !

C'est tellement simple quand on y pense ! Pour agir, il faut se regrouper, bien s'entourer pour mieux avancer. Pourtant, c'est rarement aussi évident dans la vraie vie. Si par chance vous dénichez ces perles rares qui vous font sentir spécial, il arrivera qu'elles vous laisseront loin derrière. C'est impossible de retenir ceux qu'on aime. Les théories philosophiques ont certes raison, mais elles ont malheureusement leurs limites au quotidien.

Je suis restée sans nouvelles de Scott, à part une demande d'amitié sur Facebook dès le lendemain de mon arrivée à la maison. Nous avons alors discuté par messagerie une soirée entière, en parlant de nos retours à la réalité. Dans quelques jours, il allait retourner agencer les saveurs dans les assiettes du petit restaurant où il travaille depuis plusieurs années, pour le plus grand plaisir de ses fidèles clients. Moi, je retrouvais mon chez-moi et mes amis, avant de découvrir le cégep.

Depuis, plus rien. J'en apprends un peu sur lui en parcourant sa page Facebook, où il publie des dictons et des citations à son image : empreints de sagesse et de liberté. Devant l'écran froid de mon ordinateur, je tombe malgré moi de plus en plus amoureuse. Je le mentionne à tout propos dans mes discussions, au grand plaisir de Christian qui se plaît à rire de moi. Mais, il faut se rendre à l'évidence, cet amour naissant est complètement absurde. Comment un homme comme lui pourrait-il s'intéresser à moi ? Comme je le disais, il a cinq ans de plus et, détail plus qu'important, il est « normal » ! Je déteste utiliser ce terme, mais c'est tout de même la vérité ! Comment pourrait-il m'accepter telle que je suis, si je n'ai pas pu le faire pour Jérémy ? Malgré tout, je sens mon cœur s'attacher. M'accrochant à ce rêve, je préfère espérer Scott en silence plutôt que lui avouer mes sentiments.

Les lumières du plafond s'éteignent brusquement pour se rallumer à trois reprises. J'ouvre les yeux et sors de ma rêverie. La bibliothèque ferme dans cinq minutes. Mon accompagnatrice et moi quittons rapidement les lieux.

CHAPITRE 32

J'aimerais que tu restes

Même si j'ai essayé de déguiser ma déception, je suis triste que Christian soit parti en fin de semaine. Je ne comprends pas que mon meilleur ami, capable de retenir des centaines de dates et de chiffres inutiles, ait pu oublier cet événement unique : ma fête ! Normalement, je n'aurais eu aucun problème à célébrer mon anniversaire quelques jours avant ou après, mais cette année n'est pas une année comme les autres. Je passe le cap de la majorité. Je deviens maître de ma destinée.

En entrant au cégep, j'ai rencontré de nouvelles personnes et ma vie d'adulte a commencé à prendre forme. Quand je me regarde le matin dans le miroir, je vois enfin se dessiner une femme devant moi. Mes dix-huit ans ne viennent qu'officialiser la chose. Je souhaite donc célébrer cette étape en grand. L'idée de le faire sans mon meilleur ami m'est bien venue, mais m'a paru complètement absurde, car je tiens à ce qu'il soit là. J'attendrai quelques jours. Après tout, je suis devenue plus sage maintenant !

Après avoir parcouru la ville de Gatineau presque en entier à travers le parcours sinueux de l'autobus adapté, j'arrive enfin chez moi. Il y a toujours plusieurs automobiles dans ma rue à l'heure du souper, mais l'une d'entre elles se démarque du lot. Je fixe la Yaris blanche stationnée à quelques maisons de la mienne. « Ça se peut pas », me répété-je pour moi-même. Au début de la montée dans ma cour, je me rappelle soudain un signe distinctif. Je fais demi-tour et dévale la pente jusqu'à la mystérieuse voiture. Plus aucun doute n'est possible : c'est bien la sienne ! Le petit autocollant en forme de tortue que Nicolas lui a offert le confirme. Rebroussant chemin, je roule à toute vitesse jusque chez moi.

— ÉLISABETH ! m'écrié-je lorsque la porte s'entrouvre sur mon passage et que je la découvre à l'entrée.

— Bonne fête, Myriam !

— Ce n'est que demain ! Que fais-tu ici ?

— Tu sais, les dix-huit ans, ça se fête toujours la veille, parce que le vrai *party* ne *pogne* jamais avant minuit ! On est attendues dans un lieu tenu secret, dans quarante-cinq minutes. J'ai comme mission de te préparer et de t'y emmener.

— Mais... Tu es venue tout droit de Montréal juste pour moi ?

— Tu penses vraiment que je t'aurais laissée passer ton dix-huitième anniversaire en pyjama devant la télévision ? Bon allez, on n'a pas beaucoup de temps ! Viens, on va te changer. Il faut se mettre *cute*, on ne sait jamais qui pourrait être là !

Tout excitée à l'idée d'un *surprise party*, je fouille partout dans ma garde-robe pour trouver la tenue parfaite. Aidée des judicieux conseils d'Élisabeth, qui connaît mieux que moi la suite des événements, j'enfile une camisole colorée sans bretelles et ma paire de jeans préférée. Un peu de mascara, une touche de parfum et je suis fin prête!

— Avant que t'embarques dans la *van*, je vais te demander de tourner en rond. Tourne, tourne, tourne! Il faut que tu sois étourdie, je vais te bander les yeux pour pas que tu voies où on va.

Tourbillonnant sur moi-même comme j'adore le faire, je ferme les yeux pour amplifier l'effet d'étourdissement. Une fois le bandeau noué derrière ma tête et ma chaise attachée dans la fourgonnette, nous partons vers une destination inconnue. Nous tournons à gauche vers Buckingham, ou non, plutôt à droite en direction d'Ottawa... je ne sais plus!

J'ai toujours les yeux bandés lorsque Élisabeth s'efforce de pousser ma chaise jusqu'à notre destination finale.

— Tu es sûre que tu ne veux pas que je conduise... ma chaise est vraiment lourde, tu sais, quatre cents livres, ça commence à faire!

— Non, soupire-t-elle entre deux poussées où elle doit se pencher pour mieux forcer. Une surprise, c'est une surprise, Myriam!

Je n'ai pas la moindre idée de l'endroit où je peux me trouver. Tous mes sens se concentrent pour tenter de me situer. Sur ma peau, je sens un vent légèrement plus frais que chez moi. Des bourrasques apportent des odeurs d'oignons grillés et de steak. Loin au fond, j'entends des gens s'amuser et discuter. Nous n'avons fait qu'une demi-heure de route. Je dois très certainement connaître ce lieu et je récupère chaque indice pour tenter de le deviner.

Pourquoi pas?

En montant une légère côte, Élisabeth force de plus belle. Un grincement de porte se fait entendre, des chuchotements s'échangent et la cadence de ma chaise s'accélère. Les bras d'Élisabeth ont visiblement cédé la place à d'autres, plus musclés. J'entends Élisabeth chuchoter un merci à un être qui m'est pour l'instant inconnu. Zigzaguant entre les tables dans la cacophonie de ce qui me semble être une brasserie, ma chaise s'immobilise finalement pour laisser naître un silence précaire.

– Ça y est Myriam, on y est! BONNE FÊTE! crie Élisabeth, en retirant son foulard de mes yeux.

Devant moi, se dresse une grande tablée avec tous mes amis réunis pour l'occasion. Des applaudissements et des chants se font entendre dans la grande salle de réception du restaurant. Plusieurs clients des tables avoisinantes se joignent même à la fête, en tapant des mains. Je balaie les invités du regard : Mike, Suzanne, Jérémy, Nicolas et, évidemment, aux premières loges, juste à mes côtés, sans aucun doute l'initiateur du projet, Christian.

– Bonne fête, Myriam! Tu croyais quand même pas que j'allais te laisser seule en fin de semaine!

Je n'ai pas les yeux assez grands pour regarder tous ces visages rassemblés spécialement pour moi. Émue, je les scrute un à un. Je suis très contente de revoir Suzanne et Mike, dont je n'ai pas eu de nouvelles depuis au moins deux mois. Suzanne a pris soin de moi quotidiennement à l'école pendant tout mon secondaire, nous sommes devenues de très bonnes amies malgré les trente ans qui nous séparent. Je suis ravie que celle qui m'a connue à douze ans soit là pour célébrer mes dix-huit ans. Pour ce qui est de Mike, je l'ai appelé comme il me l'avait demandé dès mon retour à la maison, mais j'ai seulement pu laisser un message sur la boîte vocale.

— Joyeux anniversaire, Myriam! Je suis désolé de ne pas t'avoir rappelée, j'étais bien occupé... Regarde ça.

S'emparant de son portefeuille, il en sort un petit bout de carton lustré et me présente le premier bébé de son garçon.

— La femme à Robin a accouché il y a sept semaines, je te présente Magalie, ma p'tite-fille. Je suis grand-papa! J'te l'ai pas dit non plus, mais je suis resté un bout de temps avec Hébert au chalet et j'ai décidé de racheter mes parts. On est maintenant copropriétaires, comme avant! Avec la famille qui s'agrandit, il va y avoir pas mal de beaux souvenirs qui vont se créer là-bas.

Je suis touchée que Mike soit venu malgré ses nouvelles responsabilités. Ses yeux émus témoignent de sa nouvelle joie de vivre. Ils brillent de mille feux! Pour moi, cela ne fait aucun doute, il sera un vrai grand-papa gâteau!

À côté de lui, je suis contente d'apercevoir Jérémy. Un peu à l'écart, il sirote sa vodka jus d'orange. Depuis le triste décès de Dave, nous avons repris contact. C'est fou à dire, mais la visite de la mort dans nos vies a su nous rapprocher. Évidemment, rien n'est comme avant. Nous nous sommes tous les deux beaucoup aimés, mais les choses sont différentes maintenant. Nos sourires témoignent néanmoins des liens d'amitié qui nous ont au départ unis et qui nous uniront certainement à tout jamais.

J'admire encore la tablée lorsque je sens une main sur mon bras gauche. La personne qui est venue au secours d'Élisabeth se trouve toujours derrière moi. Quand elle se dévoile, une touche rosée recouvre certainement mes joues.

— Bonne fête, Myriam !

— Scott ! m'écrié-je, en enroulant mes bras autour de son cou. Mais que fais-tu ici ?

— Je suis venu pour ta fête, voyons ! Je voulais être là pour tes dix-huit ans, quand même. J'habite toujours dans le coin moi, près de l'Université d'Ottawa. Je n'ai pas fait comme Élisabeth !

Je suis si contente de le revoir, d'entendre sa voix autrement que dans ma tête. Du coin de l'œil, je vois Christian mordre la paille de son *drink* en donnant un coup de coude à Élisabeth. Ils sont visiblement complices. Je n'ai dit à personne que je souhaitais l'inviter, mais je comptais sincèrement le faire. Heureusement, mon frérot s'en est chargé pour moi.

Occupant une grande partie du restaurant, nous parlons fort, rions fort et célébrons fort ! Je joue à la chaise musicale et fais le tour de la grande table pour parler à tout le monde. Certains invités se font un plaisir de me payer un verre ou un *shooter*, si bien que je ne reçois aucune facture de toute la soirée ! Une fois le restaurant presque désert, mes amis viennent me saluer avant de quitter les lieux. Quand je regarde l'heure, je prends conscience que le temps est passé à la vitesse de l'éclair. Ce qui m'a paru à peine vingt minutes s'est étiré sur plus de trois heures ! L'horloge indique la fin de soirée, mais mon cœur n'a aucune envie d'arrêter la fête.

Quinze minutes plus tard, il ne reste plus qu'Élisabeth, Nicolas, Scott et moi. À la sortie du bar, nous restons debout comme des piquets, sans savoir comment nous dire au revoir.

— Hé! Si ça vous dit, on peut continuer la fête chez moi? J'habite à vingt minutes environ, dans un appart. C'est petit, mais *cosy*, propose Scott en montant le *zip* de sa veste.

Sans aucune gêne, je me prononce pour tous ceux qui restent muets.

— Ouais! Ça serait vraiment *cool*.

— OK, mais on ne restera pas trop longtemps, faut que je te retourne chez toi après et je suis déjà un peu fatiguée.

— Parfait, Élisabeth! Alors, suivez-moi! s'exclame Scott, en faisant un grand signe du bras pour rallier les troupes.

Plongés dans la nuit, nous longeons les réverbères de la rue Eddy, derrière la petite Volkswagen bleue dans laquelle Scott s'est engouffré. Nous empruntons le pont Alexandra pour continuer sur Colonel By et tourner sur de petites rues avant de nous immobiliser devant un imposant bâtiment de briques grises.

— Bienvenue chez moi! lance-t-il, en ouvrant notre portière.

L'immeuble de dix étages est étonnamment calme et paisible. Dans le portique, deux grands pots de fleurs jouxtent les deux ascenseurs. Je suis contente et excitée de découvrir un nouveau lieu. C'est plutôt rare que je me retrouve chez des amis, nos réunions prenant habituellement place dans des lieux publics, car plus souvent qu'autrement les maisons ne sont pas accessibles. C'est donc avec un grand soulagement que je vois s'ouvrir les immenses portes métalliques. En acceptant l'invitation de Scott, je n'ai pas pensé une seule seconde à ces détails techniques.

Scott habite l'appartement 305, la quatrième porte à droite en sortant de l'ascenseur. Il s'empresse de nous ouvrir pour nous souhaiter la bienvenue. L'endroit est grand et vaste. Rien à voir avec une maison familiale, c'est visiblement l'appartement d'un jeune adulte aux mille et une idées. L'endroit lui ressemble, des projets entamés ont laissé des traces un peu partout dans la pièce. Quelques livres ouverts traînent à côté de recettes, de plantes et d'un ordinateur. Une bonne odeur emplit l'appartement. Exactement la même que j'ai sentie lorsque je portais la chemise de Scott, après notre baignade improvisée à la petite ferme : un mélange d'épices et de cèdre fraîchement taillé. Scott allume quelques lumières ici et là et joue bien son rôle d'hôte.

— Vous voulez un verre ? J'ai du vin rouge…

Normalement, j'aurais refusé, mon palais n'ayant pas encore pris goût au vin, mais puisqu'on ne fête pas sa majorité tous les jours, j'accepte volontiers ! Nous nous installons au salon, à côté de la chaîne stéréo. La musique dans les oreilles, personne ne se fait prier pour se déhancher. Nicolas danse avec Élisabeth, tandis que Scott et moi suivons le rythme à notre manière. Dans l'espace qu'on m'a libéré, je tourbillonne sur moi-même. Scott, sur une chaise à roulettes, se cramponne à mon fauteuil et nous nous étourdissons en chantant à pleine voix.

Après quelques danses, Élisabeth s'effondre sur le sofa.

— Ouf ! Je suis désolée, mais je pense qu'on va devoir y aller, Myriam. Je dois te ramener chez toi et retourner me coucher… Je suis désolée… soupire-t-elle, déjà presque assoupie.

– On y va, dit Nicolas en se levant d'un bond. Je travaille demain matin de toute manière…

Jetant un œil à l'horloge suspendue au mur, je concède que l'heure joue contre nous. Il est déjà passé deux heures du matin. Même si mon cœur est encore à la fête, je vide mon verre et acquiesce.

– Merci beaucoup Scott, pour le vin et la fin de soirée, lancé-je les yeux toujours pétillants.

Près de la porte, nous nous apprêtons sagement à partir. Les célébrations prennent abruptement fin, mais la musique continue à jouer dans mon cœur.

– Humm… J'sais pas, je dis ça comme ça, mais… Si vous voulez, si tu veux Myriam, on peut continuer encore un peu. Je peux te reconduire chez toi un peu plus tard, quand tu voudras, propose-t-il, en se frottant nerveusement les mains et en me fixant.

Il est déjà tard, mes parents vont certainement s'inquiéter si je ne donne pas signe de vie. Je connais par cœur tous les arguments de la raison qui devraient retenir la réponse que me crie pourtant mon cœur, mais je m'entends répondre :

– Ouais ! Mais seulement si ça ne te dérange pas…

– Non, du tout ! Sinon, je ne te le proposerais pas, m'assure-t-il, sourire en coin.

– T'es sûre, Myriam ? demande une dernière fois Élisabeth.

– Certaine !

– OK, j'm'obstine pas plus longtemps, dit-elle, en lançant les clés de la voiture à Scott. Je rentre avec Nicolas, alors. Bonne fête encore Myriam, on se voit bientôt !

Les yeux fatigués, Élisabeth referme la porte derrière elle.

— As-tu faim ? demande Scott, en faisant la moue devant le frigo.

— Ouais, je pense que je ne dirais pas non à un petit quelque chose. Ça donne faim tout cet alcool !

— Oh oui ! L'idéal serait une bonne poutine grasse. Après plusieurs verres, c'est le meilleur remède ! Mais, puisque je n'ai ni frites ni fromage en grains… Qu'est-ce que tu dirais de pâtes avec un peu d'huile d'olive et des épices ? C'est ma spécialité au resto ! Avec notre vin, ça serait bon !

J'en ai déjà l'eau à la bouche. Sortant son chaudron, il le remplit d'eau et le met sur le feu. Ses gestes sont efficaces et rapides. Un vrai cuistot — ce qui n'est pas loin de la réalité ! En moins de deux, une odeur alléchante emplit l'appartement et deux belles assiettes sont dressées sur le coin de la table du salon. Pour accompagner ce magnifique repas, Scott verse les deux derniers verres de vin, qui plaît de plus en plus à mes papilles.

— Merci, ç'a l'air délicieux ! Plus raffiné qu'une poutine en tout cas.

— Merci, dis-moi donc si c'est aussi bon que ça semble, dit-il en piquant deux fusillis sur une fourchette, qu'il fait pénétrer dans ma bouche.

L'huile ruisselle sur mes lèvres qui deviennent plus brillantes à chaque bouchée. Les pâtes *al dente* sont gorgées de saveur. Je ne connais pas toutes les épices que Scott a mises, mais l'harmonie est parfaite : juste assez sucré, juste assez piquant ! Je n'aurais pu demander mieux.

— C'est DÉ-LI-CIEUX !

– Content que tu aimes, lance-t-il, satisfait, en m'offrant une gorgée de mon verre où trône une longue paille.

Une fois le ventre plein, nous avons l'esprit encore plus éveillé et agité. Des débats recommencent à naître et nos plus profondes convictions refont surface, pour mieux s'affronter et s'entremêler. Scott défend et appuie ses propos de grands gestes, tandis que mon visage s'anime pour exprimer ma fougue et mes positions.

Lorsque Scott se lève pour rapporter les assiettes à la cuisine, je le suis et jette un œil sur l'horloge accrochée au mur. Je devrais de toute évidence retourner chez moi. Il ne faut pas abuser des bonnes choses. Ma mère m'a bien élevée, on ne reste pas trop tard chez les gens. Bon, trois heures du matin, c'est sans doute beaucoup trop tard, selon elle ! M'approchant sagement de la porte d'entrée, je propose mon retour à la maison, plutôt par politesse que par envie. Si je suivais mon cœur, je resterais très certainement toute la nuit, à boire les mots de Scott et à discuter avec lui.

– D'accord, si tu veux, me dit-il, dos à moi, penché sur son lavabo, mais... Tu peux rester encore un peu, tu sais... On peut même attendre et aller admirer le lever du soleil dans deux ou trois heures. Sur le toit, la vue est hallucinante ! Tu te souviens, j'ai manqué ton lever de soleil la dernière fois. On pourrait le voir ensemble !

Je me mords les lèvres. C'est ce que je désire depuis si longtemps ! Scott me plaît, je le sais depuis des années et il m'offre de passer la nuit avec lui. Pourquoi hésité-je ? Pourquoi ne dis-je plus rien ? Qu'est-ce qui me retient ? La peur ? Oui, certainement la peur ! Celle qui vous paralyse et vous noue l'estomac.

Voyant que plus aucun son ne sort de ma bouche, Scott se retourne lentement vers moi. S'accotant sur le comptoir derrière lui, il reste à son tour silencieux.

— J'aimerais que tu restes… laisse-t-il échapper, en tendant la main vers moi. J'aime être avec toi.

— Moi aussi.

— Alors, c'est réglé ! sourit-il en se penchant vers moi. De toute manière, avec tout ça, je ne t'ai même pas donné ton cadeau. Viens, suis-moi !

Scott arrache une guitare de son trépied et s'installe sur le sofa pour l'accorder. Il semble plutôt nerveux.

— Là, ne me juge pas sur ma qualité vocale, mais bien sur l'essence du message, dit-il en levant des yeux incertains vers moi.

— Bien sûr ! Fais-moi entendre ça !

Ses doigts commencent à gratter timidement les cordes pour faire résonner des airs de ballade. Sa voix nasillarde se joint à la mélodie pour me raconter une histoire : celle de l'escapade que nous avons vécue l'été dernier. Sur un air country, il parle de ce premier festival où les cowboys faisaient la loi, de cette Westfalia orangée qui nous a donné une seconde chance, de ces aiguilles qui m'ont percé la peau pour mieux la marquer et de ce saut en parapente qui nous a littéralement donné des ailes !

Mes yeux deviennent humides et mes joues se contractent pour sourire à tous les bons moments passés en sa compagnie. Lorsque les doigts de Scott se détendent pour laisser mourir les dernières notes, je m'approche pour le remercier de tout cœur. Je m'étire les bras jusqu'à son cou et je plonge la tête dans le creux chaud de son épaule, comme je l'ai fait près du lac. Ses bras me serrent aussi fort que je voudrais le faire de mes faibles doigts. Je réussis enfin à souffler les mots que j'aurais dû lui dire depuis des mois.

— Je t'aime...

Pour la première fois, pour la TOUTE première fois, lorsque son emprise sur moi se détend et que ses lèvres charnues se posent tendrement sur les miennes, je me permets d'imaginer sans gêne que l'amour que je ressens envers lui peut être réciproque. Pour la première fois, je me permets de croire de tout mon être que, malgré TOUT, malgré les diagnostics, malgré mon avenir incertain, MALGRÉ TOUT ÇA, Scott peut m'aimer pour qui je suis. Même si nous ne vivons pas sur la même planète, même si TOUT nous sépare, l'amour peut nous unir.

Parce qu'après tout, personne n'est condamné tant et aussi longtemps qu'il ne se condamne pas lui-même, j'ai osé crier dans le silence de mes entrailles : « Pourquoi pas ? »

À propos de l'auteure

Née à Saint-Jean-sur-Richelieu et ayant grandi à Gatineau, Mylène Viens est depuis toujours une passionnée des mots et de la culture.

Journaliste et chroniqueuse dans l'âme, elle plonge dans le monde de l'écriture au secondaire lorsqu'un professeur l'invite à écrire dans le journal étudiant. Mettant en vedette le portrait de personnes d'exception, Mylène remporte les honneurs deux années de suite avec le prix de journalisme de son école en 2010 et 2011, remis par L'Étudiant Outaouais. Elle a maintenant la piqûre et ne peut plus cesser d'écrire !

Quelques années plus tard, Mylène rentre à l'Université du Québec en Outaouais et complète un baccalauréat en communication avec une mineure en rédaction professionnelle. Habitée par une histoire, elle décide de réduire le nombre de ses cours durant une session afin de se consacrer à son projet d'écriture qui lui tient tant à cœur.

Pourquoi pas ? raconte l'histoire qui lui coule dans les veines depuis des années. Mêlant vérité et fiction, son premier roman lève le voile sur une réalité différente qui est tout aussi savoureuse. C'est un hymne à l'espoir qui prouve que même si tout nous sépare, l'amour peut nous unir.

Table des matières

BÉLANGER, Pierre-Luc. *24 heures de liberté*, 2013.

BÉLANGER, Pierre-Luc. *Ski, Blanche et avalanche*, 2015.

BÉLANGER, Pierre-Luc. *Disparue chez les Mayas*, 2017.

BÉLANGER, Pierre-Luc. *L'Odyssée des neiges*, 2018.

CANCIANI, Katia. *178 secondes*, 2015.

DUBOIS, Gilles. *Nanuktalva*, 2016.

FORAND, Claude. *Ainsi parle le Saigneur* (polar), 2007.

FORAND, Claude. *On fait quoi avec le cadavre ?* (nouvelles), 2009.

FORAND, Claude. *Un moine trop bavard* (polar), 2011.

FORAND, Claude. *Le député décapité* (polar), 2014.

FORAND, Claude. *Cadavres à la sauce chinoise* (polar), 2016.

LAFRAMBOISE, Michèle. *Le projet Ithuriel*, 2012.

LAROCQUE, Jean-Claude et Denis SAUVÉ. *Étienne Brûlé. Le fils de Champlain* (Tome 1), 2010.

LAROCQUE, Jean-Claude et Denis SAUVÉ. *Étienne Brûlé. Le fils des Hurons* (Tome 2), 2010.

LAROCQUE, Jean-Claude et Denis SAUVÉ. *Étienne Brûlé. Le fils sacrifié* (Tome 3), 2011.

LAROCQUE, Jean-Claude et Denis SAUVÉ. *John et le Règlement 17*, 2014.

MALLET-PARENT, Jocelyne. *Le silence de la Restigouche*, 2014.

MARCHILDON, Daniel. *La première guerre de Toronto*, 2010.

MARCHILDON, Daniel. *Otages de la nature*, 2018.

OLSEN, K.E. *Élise et Beethoven*, 2014.

OLSEN, Karen. *La rançon d'Atahualpa*, 2018.

PÉRIÈS, Didier. *Mystères à Natagamau. Opération Clandestino*, 2013.

PÉRIÈS, Didier. *Mystères à Natagamau. Le secret du borgne*, 2016.

RENAUD, Jean-Baptiste. *Les orphelins. Rémi et Luc-John* (Tome 1), 2014.

RENAUD, Jean-Baptiste. *Les orphelins. Rémi à la guerre* (Tome 2), 2015.

ROYER, Louise. *iPod et minijupe au 18e siècle*, 2011.

ROYER, Louise. *Culotte et redingote au 21e siècle*, 2012.

ROYER, Louise. *Bastille et dynamite*, 2015.

ROYER, Louise. *Téléportation et tours jumelles*, 2018.

VIENS, Mylène. *Pourquoi pas?*, 2018.

Couverture : © Andrey Novojilov
Photographie de l'auteure : Jean Lapointe
Maquette et mise en pages : Anne-Marie Berthiaume
Révision : Frèdelin Leroux